Black Swans

ブラック・スワンズ

Eve Babitz

イヴ・バビッツ

山崎まどか 訳

左右社

ブラック・スワンズ

イヴ・バビッツ

山崎まどか＝訳

目次

嫉妬

永遠に続くって訳じゃないよ。だって結局は死ぬか、立ち直るしかないんだから。

——何があっても悪いのは自分ではないと信じられた頃に、わたしが知ったような顔をしてバーで面白半分に言っていた一般論。

わたしの持っている辞書の「嫉妬」の項目に、「苦痛」という定義はない。嫉妬の説明として用いられているのは、こんな言葉だ。「憤慨」「羨望」「疑惑による心痛」、そして無力感が生じる「気分」。辞書には載っていないが、「嫉妬」という単語は、我が友プルーストとわたしにとっては泣きながら身を焦がすような暗黒の日々と荒れ狂う地獄の夜に耽溺することを意味する。ある朝、唐突に全てが消滅して、ようやく正気を取り戻して目を覚ましたら、驚くことに、部屋が真っ黒に塗りつぶされていた。それを見てようやく自分は頭がおかしくなっていたのだと納得する。辞書は、そんな（あらゆる苦悩に共通する）興味深い余波についても触れていない。「そこまで追いつめられたのに、先週見かけたらその人ハゲている上にチビだったの。まったく、嫉妬っていうのは地獄から来た病気持ちの狂犬に違いないよ。何せベランダまで真っ黒になってたんだから」。母なる自然は全てを拭い去り、かつては苦しみが猛り狂い、嫉妬が魂を引き裂いたはずの場所に、空白しか残さない。でも自分が味わった苦痛と嘗めた辛酸を覚えていられたとして、果たしてそれに耐えられるだろうか。そんな愚行に身を投じるだけの勇気がある人間はそういないだろう。自分の記憶を掘り起こして、わたしの辞書にはただ「気分」とだけある嫉妬というものの実在を証明できるのは、アーティストだけかもしれない。

「あの人は毎晩、どうしているんだろうってずっと気になっていたの」

友だちの一人が教えてくれた。「車であの人のところまで行って、そう、家の外の人目につかないところで見張ってみようかなんて考えたりしてね？　それで一度……」自分の執念を振り返って恐くなったのか、彼女の声は小さくなった。というか、そこで途切れてしまった。

「それでどうなったの」わたしは焦れた。

「ああ、そうだね」彼女の声は消え入りそうだった。

「一度、やっちゃったんだよね」

「やったって何を？」

「あの人の家の外でずっと監視していたの。暗闇の中で立ち尽くして。どうしてあんなことをしちゃったんだろう」彼女との話が終わるとわたしはそのまま座り込んで、十人もの相手に電話をかけまくった。その話を聞いた全員が取り乱して、しまいにはこちらに自分の経験を洗いざらい打ち明けてきた。「一度、彼女の女友だちの家まで尾行していったことがある」だの、「窓に明かりが灯っているか確かめるためだけに彼の家までよくドライヴしていた」だの。そして嫉妬の猛威について十人分の話を電話で聞かされた後も、わたしの頭の中には「暗闇の中で窓辺に立ち尽くしていた」という言葉がずっとこびりついていた。

「気分」なんて言葉で、誰かの窓辺に立ち尽くすようなことをどうしたら説明できるだろうか？　わたしは自問してみた。

そもそも、嫉妬というのは複雑なものだ——様々なタイプに精通しているつもりでも、また知らなかった類の嫉妬と出合う。一瞬の怒りに我を忘れたと思ったら、一度のキスで溶けてなくなるというのが、初恋の頃のわたしの嫉妬パターンだった。一緒にパーティに出かけて、わたしの彼が他の娘に微笑みかけたのを見たとしよう（嫉妬について語るとき、「彼が他の娘に微笑みかけた」という胸をかき乱される光景を記憶として持ち出す人は多い）。その笑顔を見ただけでわたしはカッとなって、パーティ会場をずかずかと横切ると「わたしの彼氏に手を出さないで！」と微笑みかけられた相手にすごんだものだった。彼が女の子に微笑んだというだけで、わたしは黙ったままパーティからいなくなり、たまたま居合わせただけのよく知らない男子といちゃつき、パーティの主催者をバスルームに引っぱり込んで、どうしてあんな「あばずれ」をここに招いたのかと問いただした。二度ほど、もう死んでしまおうかと考えたことさえあった……すると、彼がわたしを隅に呼び寄せて、心配するような、気遣うような顔で優しく「ねえ君、どうしたんだよ？」と訊いてくるのだ。

「あなたとあの娘が、だって……」わたしの緊張が解けてくる。一瞬前まで自分の頭の中の妄想にとらわれていたのに、彼の声と肌だけがリアルに感じられて、他のことはみんな消えてしまう。「何でもないの」わたしはぽつりと言った。「ただのやきもち。あの娘の方が好きなのかと思って」。「そんなのはただの誤解だよ」。当初、彼はよくそう言ってくれた。後になるともう言わなくなった。彼が他の娘に微笑みかけただけで自殺したくなった頃から、一年近くが経っていた。それでもわたしは、彼に黙ったままパーティを後にしたあの夜について覚えている。わたしはバーに駆け込むと、閉店までそこに居座った。わたしの気持ちは千々に乱れていた――苦しくてどうしようもない状態だった――それで彼のアパートまで車を走らせた。そしてその窓辺に立ち尽くしたのである。

それなのに、誰よりも頭脳明晰で、賢明で、世慣れていて、過去の経験から学びを得てきたはずの友人たちでさえ、誰もこの厄介な感情については詳らかにできないでいる。嫉妬が話題に上がって「いいね、わたしもそのことについて話したいと思っていた！」と楽しげに手を叩く人は滅多にいない。大抵の人はその感情によって苦しんだ経験がないと主張して、そんな自分の状態について一般的な見解を述べるにとどまる。でも最後にはみんなこぞって、自分でも忘れかけていたけど「相手の窓辺にただ立ち尽くしていた経験がある。あれはもう、最悪だった！」と告白する羽目になるのだ。

知り合いで身の毛もよだつような嫉妬に苦しんだ男といえばリチャード・ガーディナーで、こいつはハンサムな悪魔で女たらしだった。リチャードが結婚したのは、その頃、みんなが狙っていたフレッシュな若い美女だった。彼の全友人のみならず、男たちの誰もが彼女を一目見るなり、一切合切を投げ出して後を追う一群に加わったという。

リチャードはそんな彼女をかっさらって、妻に娶ると、子供を二人も産ませた。リディアの運命は瞬く間に決まってしまった。リチャードはそうと決めたら実行する男なのだ。会わなかった時期もあるが、わたしとリチャードは実のところ長い付き合いだった。わたしは彼が若い頃にのめり込んだ中でも、最も深い仲だった女の一人だ。(結局のところ、あいつみたいなハンサムな悪魔は侮(あなど)れない)ともかく、あの頃はわたしもまだ若くて、ハッピーエンドは絶対だと信じていたので、既婚者になった男とはもう関係を持たないのが普通だと思っていた。

だから新婚旅行から二ヶ月も経たないうちに、廊下を渡ってベッドに行くまで待てずに少年みたいに焦れて、リチャードがわたしをリビングのカーペットの上に淫らに放り出したのには驚いた。わたしはまた部屋の天井を見上げていた。まるで結婚なんてなかったみたいに、わたしの家の天井もリチャードも変わりがなかった。それどころか、彼はオフィスで始終〝残業〟しなくてはならない身だったので、緊急の〝事態〟が生じたら徹夜できるように、事業拡大に際して小さな〝設備付きのアパートメント〟を持つまでになった。みんなリチャードの行状については知っていたから、夫が破廉恥な火遊びに励んでいても、エレガントに落ち着いていられるリディアの冷静沈着ぶりには感心しきりだった。自分の夫がリチャードみたいな真似をしたら、わたしは子供っぽく癇癪(かんしゃく)を起こして右に左に大騒ぎをしたはずだ。だからリディアに申し訳ないと思っていたが、彼女は白鳥のような品格で、リチャードが地方で女たちの電話番号をせっせと集め、バスルームに連れ込んだ魅力的なお相手に天井を見せているようなときも、パーティで友人たちと社交的なおしゃべりに興じているだけだった。そうやって五年近くの月日が流れた。

「ねえ聞いてよ！」電話でわざわざわたしに教えてくれようとする人がいた。

「何なの？」

「リディアとリチャードが別れたって！」

「ああ」わたしは声を漏らした。「まあ、いつかは彼女も嫌になるだろうと分かってはいたけど……」

「ところがそうじゃないの」とっておきの話を打ち明けようとして、彼女の声は震えた。

「じゃあ、リチャードが誰か愛人を選んで、リディアを捨てたっていうの……？」

「違うの！」無上の喜びを湛えて彼女の声がひび割れるほど、それは衝撃的な展開だった。

「リディアが別の男とデートしたいって言い出したんだって。それをリチャードに話したんだよ」

「別の男？」わたしは自分の頭の中の社会における常識の範囲を拡張して、この段階での男と女の争いにおける「デート」という言葉の概念を受け入れる余地を作ろうとした。「しかもそれをリチャードに自分から打ち明けたっていうの？」

どうやら、とどのつまり、リディアは夫の不貞行為についてまるっきり気がついてなかったらしい。ここ四年、彼が自分とのセックスに興味を示さなくなったとは察知していた。でも男の性衝動は年齢を重ねるにつれて消滅するという事実については本を読んで知っていたので、セックスそのものに興味がなくなったのだろうと考え、特に気に病むこともなかった。リチャードもまあ年だからね。彼女はそう決め込むと、自分がたまにデートする機会を持っても彼は気にしないだろうという結論に達したのだ。（リチャードは三十二歳だ）。リディアは知り合った男性に誘いをかけられ、返事をする前に自分の夫の意見も聞くべきだと考えて、ある日、デートに出かけてもかまわないかとリチャードに尋ねた。

リチャードは銃を買った。

斧で自宅をめった打ちにした。

リディアと一緒に結婚カウンセラーのところに行って、二回分の浮気を白状した。リディアは面食らってショックを受け、打ちのめされて涙に溺れた――一度として、本当に一度として夫を疑ったことはなかったのに――二回も不貞を働いたと相手が認めたのだ、二回も！

リチャードは設備付きのアパートメントに越して、何ヶ月もシーツも替えなかった。服を着たままで寝た。あらゆる場所でみんなに触れ回った。もう自分は死ぬしかない。（友人たちが彼のところで銃を見つけて、取り上げた）

リディアの方は黙ってデートの計画を推し進め、リチャードの子供じみた行動について友だちにこぼしていた。彼女は相手の大げさなお芝居に嫌気がさして、彼はわざわざ嫌われるためにあんなことをしているのだと思うまでになっていた。

ある夜、リチャードは酔っ払って古株の愛人に口を滑らせた。「俺は浮気をしてもいいけど、あいつはだめだ！　まるで売女（ばいた）じゃないか！」リディアは売女なのだと決めつけて勝手に震撼する、それがリチャードの嫉妬だった。二人は離婚後、何故か家庭で一緒に過ごすようになって、この世界はどうなってしまったのかと目を白黒させている祖母に子供たちを預けては、二人で週末のハイキングに出かける仲になったけれど、リチャードの嫉妬は変わらない。しかしその前は窓からスパイしようとリチャードが何週間もリディアの家の外の暗がりに潜んだりしていたので、洗練された現代人であるこのわたしでさえも、あの二人の離婚の取り決めを仕切るのに手こずったものだった。

今、読み直していて気がついたのだが、わたしは現代の嫉妬についてきっちりと図解するはずの原稿に、その後のリチャードとリディアの週末の話を加えて台なしにするべきじゃなかった。「売女」って言葉が二度目に出てきた時点でやめるんだった。でもこれは真理を見極める能力が乏しいリチャードのような男をもってしても、嫉妬というものは長続きしないのだと教えてくれるいい実例なのである。嫉妬についてのどんな話もきれいに終わらせるのは難しい。ある日突然、何だって自分はこんな鼻持ちならない相手に大騒ぎしているのか理解不能になるといった極めて単純な話でさえも、グダグダになるのが常だ。

数日前の夜、わたしはレストランで〝単なる古い友人〟の男と出くわして、テーブルを囲んで一緒に飲まないかという話になった。彼は連れの女性にわたしを引き合わせた。それでしばらくおしゃべりしていたのだが、急にその女性がカッとなって立ち上がり「それはさぞ素敵なことでしょうよ！」と言い捨てたかと思うと、ぷりぷりと怒って出ていってしまった。

「デートだったんじゃないの！」今更ながらわたしは気がついた。「なんでわたし、誘われるままに合流しちゃったんだろう、本当に、もう！」

「俺たちはただの友だちなんだよ」彼は口ごもりながら、臆病なコヨーテみたいな女を急いで追いかけていった。彼とは一時期男女の仲だったっていうのに、連れの女性とデートだと気がつかないほどのすれっからしになってしまった自分にお灸を据えたかった。「ただの友だちね、あっそう！」。表面的な礼儀正しさを維持しようとして歯を食いしばり、皮肉っぽく「それはさぞ素敵なことでしょうよ！」と低い声で告げてテーブルをひっくり返さんばかりの勢いで立ち去るまで、彼女は我が身をののしっていたに違いないのだ。

ああ、自分もあんなだったとわたしは思った。それも一度だけの話じゃない。この文明社会において嫉妬は時代遅れの感情のはずだ。そんな気持ちになった経験がないので、特に話すことはないとうそぶいておいて、告白しなくてはならないところまで追いつめられると、一晩だけ男性の窓辺に佇(たたず)んでいたことがあると微笑むわたしのような人間でさえ、こんなのは古くさいと分かっている。嫉妬は原色の衣装を着た原始人のもので、デートでレストランに来る女性にはそぐわない。彼女はマナーってものを忘れちゃったんだろうか？　かわいそうに。彼女の〝ただの友だち〟は戻ってくると、相手の非礼について詫びた。

「あの娘はいつもああなんだ」と彼は説明した。「タクシーでも拾って家に帰ったんだろう。俺に期待し過ぎなんだよな。七回か八回、一緒に出かけたってだけなのに、付き合っているかのような錯覚をしているんだ」

「じゃあなんで彼女とデートするの？」わたしは訊いた。

「あの娘は面白いんだ」彼はきっぱりと言った。

「知的で楽しいってことなの？」

「いや、あの娘はしゃべらないんだよ」と彼は言った。「俺の話を聞いているのが好きなんだ」

「あの、それじゃ」とわたしは言った。「全然話が通らないんだけど」

「だろうね」と彼は認めて、自分のグラスにワインを注ぐと澄ました顔をしていた。

またもや話がグダグダになってしまった。彼女が好きな理由は聞き上手だからだとこの男は言うけど、彼の方はあんまりしゃべるのが好きじゃないんだから、どうかしている。

すると例の女性が微笑みながら戻ってきた。「ただちょっと外の風に当たりたかったものだから」と彼女は言う。「ここは煙たくて……」上品なことに、「これじゃあの娘にナイフで刺されても仕方がないな」と男が言う直前に彼女はお行儀よくテーブルに戻ってきて、何と相手を刺す代わりにキスをしたのである。

「要するにこの関係も小説のネタって訳か」この男が作家だったのをわたしは思い出した。でも彼女が戻ってきたので、げんなりしてしまった。

筋書き通りならばこの娘はタクシーで家に戻り、絶望して泣いてなければいけないはずなのに、彼の元に舞い戻ってくるなんて、これじゃ小説の題材にもならない。整合性がなく、ストーリーとして成立しない。めちゃくちゃだ。

みんな覚えているはずだと思うが、子供ほど、嫉妬の感覚が鋭敏な者はいない。安心できる愛は子供にとっては救命浮具のようなものだ。それが妹だろうが弟だろうが、着飾った両親の二人きりの外出だろうが、その安全性を脅（おびや）かすものはみんな、愛に満ちた無垢な子供っぽい性質を凶悪な怒りで覆って凍らせてしまう。両親が生後一週間の妹を初めて我が家に連れ帰ったとき、三歳のわたしははっきりと宣言した。「その娘をくずかごに捨てちゃって」。両親は冗談だと思ったようだ。でもわたしは自分が何を言いたいのか分かっていた。ベビーベッドの中にいる妹を本当に燃やしてしまう寸前までいった。死は免れたが、わたしの凶行のせいで妹は火傷を負い、五歳で整形手術を受けるまで鉤爪（かぎづめ）のように手が固まったままだった。わたしは妹を傷つけたかったのではなく、そこに居座っている者の強固な存在感が少し薄まればいいと思っただけだった。だから本当に火がついて彼女が苦しんでいるのを見てどんなに自分が驚いたか、今でも覚えている。もし考えを変えてすぐに両親を呼びにいかなかったらどんなことになったのか、今はもう想像もしたくない。きょうだい間の抗争はよく聞く話だが、実の妹のベビーベッドに火をつけた自分をわたしは許せないでいる。（しかし「きょうだい間の抗争」なんて、最低最悪の嫉妬にずいぶんと愛らしい名前をつけたものだ）「きょうだい」なんて可憐な言葉を使うのを思いついたとき、フロイトは「妹」という言葉を聞くたびにわたしの心臓の表面を走るカミソリのような感覚について想像できただろうか。今のわたしにとって妹は誰よりも仲のいい友だちの一人だが（そのせいで彼女の見目麗しいとは言えない手の傷跡がどうしても目につくが）、今でも「妹」という言葉を聞くとあの凶暴な気持ちが自分の中でくすぶっているのを感じて、「妹」という言葉と自分の本当の妹をようやく切り離して考えられるようになったことを、神に感謝したいと思っている。あの頃のわたしが言っていた「妹」は、何十年も前にきょうだい間の抗争の最悪の例によるショッキングな事故で黒焦げになってしまった。今のわたしが言う「妹」は決して自分が傷つけたりしない相手のことだ。これまた予想通りの展開を見せなかった実例である。どう考えてもありえない話なのに、今回は真の人間性が怒りと憎しみに打ち勝ったのだ。

嫉妬に関する事柄は文明を忘れさせ、人間同士を分断して、自殺や殺人やスパイ行為といった犯罪は必要だと人々を洗脳し、わたしたちを混乱に追い込む。

他人の成功や財産や溜め込んだ金銀宝石類に対して人が抱く感情は妬み（ねたみ）と呼ばれるはずだが、それがどの時点で嫉妬に転じて、どのように嫉妬を忘れさせるほど冷たく凝固して執念に変貌するのかは定かでない。嫉妬から生まれた執念もまた嫉妬なのだろうか、それともまた別の病で、新手の「気分」なのだろうか？　妬みがありふれた風邪で、嫉妬が深刻な病状だとしたら、執念まで来たときは危篤状態なのだろうか？　だって嫉妬の時点で危篤状態みたいになってしまったりもするし……でも、すると何かが起こって理性の声が発動し、悪感情の全ては朝露のように消えてしまうのだ。

ひょっとしたら嫉妬はスキーと同じで、持久力と活力が充実している若者のためだけのものなのかもしれない。年齢を重ねると人は嫉妬を諦め、（夫が「俺は君よりも若くて、全盛期の君も敵わないほどキュートな女と一緒になることにした」と宣言する、といった）認める以外の道がないような明白な証拠を突きつけられない限りは、少なくとも心の片隅に追いやれるようになる。

精力の有り余っている人間は、スタミナ不足で嫉妬もできないとか、浅ましい気持ちを乗り越えるために内なるパワーを探すのも億劫なのだとこちらが言っても信じてくれないかもしれないが、不可能ではない、本当の話だ。疲労困憊している中年たちは、若くて元気いっぱいの人間と違って、ナイアガラの滝から真っ逆さまに落ちていくような悲劇に身を任せるようなことはしない。

わたしのいとこは、最近習得したテクニックと自制心によって嫉妬心を抑え込めるようになったと話してくれた。

「何かよからぬことが起きていそうだなって疑いが頭をもたげたら、それを追いやって、別に用事を見つけて外出するようにしている」わたしが嫉妬について話すと彼女はこう言った。

「でもその疑惑が頭から離れなかったらどうするの？」

「わたしはもうそんな状態に陥（おちい）ったりしないの」彼女は言った。「もう一年以上も鍛錬しているもの。もちろん簡単じゃないのよ、テクニックっていうのはなかなか身につかないしね。郵便局で手紙を投函しているようなときに、お腹のあたりがざわついて、悪い考えが心に浮かぶこともあるけれど、それ以上に考えないように努める。そしてお腹の方を落ち着かせようとすればいいの。それだけでリラックスできるから。わたしが今まで習ったものの中でも難しいテクニックではあるけどね」と彼女は認めた。

「それを教えて、レッスンしてくれる人がいるの？」わたしは訊いた。

「〝回復力〟っていうグループで教わったのよ。お腹のざわつきに対処していれば嫉妬は消えるから、そんな深刻に考え過ぎちゃいけないっていうのがこのメソッド全体のコンセプトね。嫉妬のせいで疑念に駆られて、一日に二十五回も夫の仕事場に電話しちゃうような執念深い奥さんっているじゃない？　グループでは、そういう人には電話を十五回に減らすようにと教えるの。するとそれが十回になり、三回になって、執念を助長するような行動や振る舞いがなくなっていくにつれて、執念そのものが消えていくようになるんですって」

「本当に？」わたしは言った。

「そうみたいだよ」と彼女は言った。「嫉妬による執念に対抗して、我慢することを覚えると、そのうち退け（しりぞ）るのが上手になって、自尊心が執念に取って代わるものなのよ。一日に三回しか夫の仕事場に電話しなくなったら、せっかくそれで獲得した自尊心を危険に晒すようなことはしたくないから、また二十五回も電話したりしないでしょう」

「そんなに上手くいくものなの？」彼女にはそう言ったけど、本当のような気がしていた。だって、聞いただけでも大変そうだったから、効果はあるはずだ。経験から言っても、難しそうなことほど効き目があって、簡単にやれることはただのごまかしに過ぎないのは分かっている。我慢して執念を押しとどめて、車を走らせて明かりの消えた窓辺に佇む回数を一晩五回から三回に減らすのは苦行だ。効かないはずがない。

恋愛の最中は、嫉妬するたびに恋人のイニシャルが皮膚に焼きつけられて、烙印を押されたような気がするものだが、そんな気持ちもいずれは消えてしまう。でも、もしかして、自分の気持ちに負けないようにしていたら、嫉妬の消滅はもっと早いのかもしれない。その状況を生き延びた当事者以外には意味をなさないような詳細なことまで全部覚えておいて、ホロコーストについて途切れ途切れに語るような声で、手のひらで崩れていく言葉を使って、自分の身に何があったのか説明しようという気持ちももっと早く生じるのかもしれない。一度抜け出してしまうと、過去にぽっかり穴が空いたかのように見えるが、かつてそこには痛みが支配し、赤く燃えるジェラシーが切り刻んだ空間があったはずだ。そうでなければ自分で記憶を黒く塗りつぶしてしまうなんてありえるのだろうか？　でも振り返っても何も見つけられなくて、「うん、そうだね、一度だけ窓の下で身を屈めていたことがある……」と微笑む以外は何もできずに、気がつくとこんな言葉を口にしている。「わたしは本物の嫉妬っていうものを知らなくて……」それも遠い昔の話になってしまった。

ロデオ・ガーデンズを冷やかして

昨今、テレビに映る人間で、髪を脱色していないのは解放されたばかりの捕虜だけのようだ。もちろん、囚われ人は虐待を受けてきた様子であって然るべきだけど、テレビに出演している他の人間はこぞって、議員までもが髪色を変えているところを見ると、この傾向には歯止めがかからないらしい。でも悲しいかな、容赦なく日差しの照りつけるロサンゼルスではこういうメンタリティは無惨な結果を招く。

人間として理想的なプロポーションが崩れていくのに抗う、そんな涙ぐましい努力を見たかったら、土曜の午後にロデオ・ガーデンズに行けばいい。たるみ取りにピーリング、脂肪吸引、歯間の接着治療、コラーゲン注入をした人々が優雅に翳りゆく午後の日差しのもとに溢れている。

堕落とさえ言えそうな事態だが、堕ちるためには一度は無垢でなければいけないはずなのに、ここの人たちはそうだったためしがないのだ。

(皿洗いの子たちは例外かもしれないが)

わたしはこういう、時計だの、ジュエリーだの、ロデオ・ドライヴで買い物するためのロデオ・ドライヴの服といった、上面なタイプの資産の誇示について、ついムキになってしまうところがあるのかもしれない。でも見慣れていないと、触ってもはね返してくる弾力もなさそうな身体に若々しい顔がのっかっているアン・ブライスみたいな女性たちは真の恐怖を誘うものだ。

とにかく近頃は他の人間が言うことが正しいのでわたしは気が滅入っている——みんなが何かにつけて口にするのも、行動の規範となるのも、お金のことばかりだ。友だちのウォーレンは財産目当ての結婚をした挙句、もう読書をしたり、笑ったり、損得勘定なしに他人を助けることもなくなって、元恋人にバレる前に何もかも済ませようとロデオ・ガーデンズに隔離状態で婚約パーティをやったような男だが、彼に限った話ではない。

わたしは捨てられた恋人にあいつは元からああいう奴なんだって言い続けていた。「本質的なところで、あいつは本当に浅薄にできているんだって」と言い聞かせた。

「本質的なところでは」と彼女は笑った。「わたしたちはみんなどこか浅薄にできているんじゃないの」

「でもあいつの場合は洒落にならないんだよ」わたしは強く言った。そう、本当に洒落にならなかった。あいつは心底、深刻なレベルで浅薄だった。

しかもあいつは（十二歳も年上でヨークシャーテリアを連れているような）新妻との新婚旅行から帰ってくると、息を詰まらせながら元恋人の留守電に「まだ愛している」という伝言を残したのだ。

「つまりそれは、離婚の芽があるってことでいいんだよね、ウォーレン？」翌週、あいつに会う機会があったのでそう尋ねてみたが、ウォーレンは悲鳴を上げながら起きてきたような顔をしていた。でもあいつはこう言った。「いや、いや、いや、ようやく彼女に慣れてきたところなんだ」

「へー」とわたしは返した。

彼の身に起こった出来事は、五十五歳のテレビスターと結婚する二十三歳のネイリストたちが陥るパターンと何ら変わらない——ピチピチしていた栗色の髪の娘が、ロデオ・ガーデンズに大勢いるような夫と同年代の女性たちのスタイルを全部取り入れて、欠けのない爪にベージュ色のネイルを塗って凍りついたコーラルカラーの女に様変わりしてしまうのだ。この間、ロデオ・ガーデンズで顔を合わせた女性がしゃべっているのを見て、わたしは戦慄を覚えた。相手にはまるっきり生気というものがなくて、ろくに立ってもいられないような状態だった。

「あの貧相な女性は誰なの？」

わたしはベビーシャワーの主役であるところの、友人のモニカに聞いた。

「貧相な女性って？」彼女は訊いてきた。「ああ、セリアのこと？　貧相ってどういう意味？　あの人は豊かよ。とにかくすごいお金持ちなの」

「でもえらく年を食っているじゃない！」わたしは怒鳴った。

「そんな年じゃないよ。三十四歳だもの」

「わたしよりも若いっていうの？」

「まあ、そうね」彼女は目を細めて自分の友人をじっくり観察してみた。「あの人は八十代の男と結婚したの。だから慎ましやかにしているとは言えるかもね」

財産目当てで結婚した自分より年下の女性としゃべろうとしても、「お金の方はいかがです？」以外に訊くことも思いつかなかったので、セリアの隣の席でなくて助かった。

ウォーレンもこういう女たちと同じく、硬直状態になってしまった。あいつから失われた活力が新婚の花嫁の血液に流れ込んで、彼女が充分な休息を得たかのように生き生きとして若返ったのなら、まだましだったかもしれない。でも彼女の容色は更に衰えていた。

ベビーシャワーの行われていた部屋でその日、ウォーレンの妻となったワンダを見かけたが、まるでアンモニア漬けになったみたいに悲惨な有様だった。もちろん隣に座っているウォーレンも悲惨だったが、不幸な結婚をしたんじゃないと見せたくてとりあえず虚勢を張っていた。モニカが指摘した通り、あいつは「買い手募集中」のサインを身にまとっているみたいだった。しかも未だに。

〝未だに〟ってところで笑わずにはいられないのは、少なくとも新婚旅行から戻ってきて飛行機を降りてすぐに電話をかけた相手のエミリーと恋に落ちるまでは、あいつがいつだって買い手募集中に見えたせいだった。エミリーと一緒だったときは、ウォーレンは現世利益なんか気にしない、ただ楽しむことが好きな男なんだと大勢の人間に信じてもらえていた。二人はマリブのフレンチ・ビーチでホットドッグを食べてゆったりと過ごし、マリアッチバンドを聴きに行くためにダウンタウンまで長いドライヴをして、一緒にクリームとバターがたっぷりのパスタをディナーに食べて、デザートにピーカンパイをつけた。(二人はどんどん太っていったが、動脈硬化を心配しているお客ばかりのロデオと違って、ここでは誰も気がつかなかった)あの頃のあいつは今よりずっと親切だったので、わたしも「買い手募集中」という第一印象を忘れかけていた。

あの二人が出会った日を覚えている。五月の雨の日、ビートニクたちが集まるメーデー連帯パーティで、マイルス・デイヴィスのそっくりさんや、過剰摂取で死ぬ運命にある連中や、それで最近仲間の誰かを亡くした人々で会場はいっぱいだった。ボストン出身の哀れなウォーレンの方は、まるでおとぎ話の王子様みたいに見えた。

ウォーレンは身長が一九〇センチあって、テニスのできるセックスのお相手みたいな役が必要なときはいつだってオーディションに駆り出されていた。本当のところ、どう見積もっても一七八センチしかないロバート・レッドフォード本人よりも、ウォーレンの方がよっぽどロバート・レッドフォードだった。何年も演技教室に通ったのに、昼メロに出ても他の俳優たちにとって目障りなエキストラにしか見えないという欠点さえなかったら、あいつはグレート・ギャツビーにぴったりだった——セックス・スターになれた。

俳優というのは胸襟(きょうきん)を開いたと思ったらすぐさまキャリアの手助けをして欲しいと頼んでく

るような種族だが、ウォーレンも御多分に洩れずそう言ってきたので、わたしはこの素人くさいところが薄れて垢抜ければいいと願ってあいつを社会科見学に連れ出した。でもそれだけじゃなくて、ウォーレンが本を片っ端から読む人間で、大変な事態になっても笑っていられて、わたしの車の排気ガス検査の代金を払ってくれた、と言うか、非常に上品な形でそのお金を貸してくれたので、わたしはあいつが好きだったのだ。あいつにはノーブレス・オブリージュってものがあった。わたしは既に他の相手に傷心中だったので、運よくあいつと恋に落ちないようにしていられた。そんな訳でわたしたちはただの友だちだった。でもこんなにも……背の高い男性をこのパーティに呼べて、愉快な気分だった。

ウォーレンとわたしが、ロサンゼルスを馬鹿にすることで自分たちの知性をひけらかそうとしているニューヨークの二人の作家と話していると、突然ドアが開いてエミリーが現れ、赤い傘を閉じて卑屈なビートニクたちに雨粒を撒き散らした。

エミリーは目立ち過ぎた。

何せ、ほら、あのボディだったから……

どんな場面でも目がいく存在で、この日も例外ではなかった。彼女のまぶしさには一瞬くらっと来てしまう。意地悪な弁護士の女がよく「エミリーはいつもホームレスになりたてみたいな服装をしているよね」と言っていた。でも彼女は明らかに嫉妬していたのだ。わたしの目からすると、エミリーはジャック＝アンリ・ラルティーグの写真に出てくる一九二〇年代のリヴィエラの美女みたいだった。彼女は水兵みたいなぶかぶかの白いバギーパンツに、上半身にぴったりとはりつく小さなパウダーブルーのTシャツという服装で、ウェッジソールを履いていたので背丈は一八二センチにも及び、髪は雨のせいで乱れていた。大勢の男がエミリーについて下品な噂をしていたのは、彼女を恐れていたせいだ。

「エミリー！」寒さのせいで彼女の乳首が立っているのを見て、ホストのゲイリーがいやらしい目になった。「来たんだね」

「でもいられないの」そう言ってあたりを見回すと、エミリーはウォーレンに目を留めて不意に顔を背け、堪(こら)えきれなくなったのかもう一度視線を戻すと、急にお馬鹿な女の子になったみたいに──もちろん可愛らしくはあったけど──こう言い添えた。

「……チリを作ってくれるなら話は別だけど」

「特別に作ってあげるよ」とゲイリーは言った。

ウォーレンの母親も一八〇センチ近い身長があったと聞いた記憶があるので、あいつがエミリーを恐れなかったのはそのおかげだったかもしれない。気がつくとエミリーがすぐそばに来て、当てつけのようにあいつを無視してわたしにこう言ってきた。「イヴ、よかった、本当に、ここにいてくれて助かった、家まで送ってもらえるかな、わたしの車ときたら……」

（彼女はウォーレンの方を見ようとしなかった）

「君、エミリー・バウワーだよね？」ウォーレンは礼儀正しく尋ねた。

「ええ、わたし……」

「覚えているよ、十年前にニューヨークで会ったけど、君はウォーホルのお仲間と一緒だったものだから、俺みたいなダサ坊は話しかけたくても到底無理だったんだ」

「あら……」彼女はあいつを見つめてブルックス・ブラザーズにぴったりな体型をチェックし、相手の美貌のせいで心臓が止まりそうになっているのを隠そうとしながら、「でもわたしはダサ坊なのってすごく好みなんだけど」と言った。

「俺は今でもそうかもな」あいつがそう答えるのを聞いて、これは上手いことといきそうだと思った。悦楽がむくむくとあいつの心と魂に満ちてきた。この瞬間、もしウォーレンがエミリーを理解できる男だとしたら、彼はさほど浅はかではないのかもしれないとわたしは気がついた。

「君の書いたレストランの記事は全部読んだよ」相手が人として適切な距離を必死に保とうとしているのも無視して、ウォーレンは彼女に寄りかかってきた。「面白くていつも笑っちゃうんだ」

「あら」と彼女は言って、気の利いた言葉が何も思いつかなかったのか、これ以上に気の利いた返事がないと考えたのか、「ありがとう」と答えた。

「何か持ってこようか……?」この頃になるとエミリーとウォーレンの波長はぴったりと合わさって、二人は他の連中から離れて――まだ雨が降っていたにもかかわらず――屋外をさまよい歩き、その後一時間ほどはわたしが窓の外に目を向けるといつも、ジャン・コクトー的に悲しげな薔薇のあずまやでエミリーとウォーレンがお互いの目を覗き込んでいる姿があった。エミリーはいつも興味を引く存在だったが、このときはまるで『悲しみの青春』のドミニク・サンダみたいに見えた。二人ともはるか昔の遠い場所の映画から抜け出てきたみたいだった。

彼らのロマンスが始まった。日曜ごとにみんなでウィンドサーフィンに行く頃になると——みんなではなく二人きりのときもあったが、ウォーレンたちの恋は全開モードになっていた。二人が情熱を募（つの）らせている横で、わたしはビーチに座ってヴォーグのイタリア版を読みながら、失恋から立ち直ろうとしていた。七月になると、回復してまたマリブ・ビーチにたむろするフランス男との破滅的な戯れに突入していくまでになったが、今度は、たとえこの夏の期間だけだとしても、ひどい目に遭わないんじゃないかといういい予感があった。

あの二人が夕日の中を散歩していると、そのあまりの輝きに映画スターたちが恐れをなしたものだった。

ウォーレンには本当に俳優の仕事が舞い込むようになった。初めはチョイ役だったが、九月になるとシットコムで一週間の仕事にありついたので、わたしはエミリーと一緒にあいつの台詞の練習に付き合って、スターの風格だけが頼みで演技のできない俳優に必要不可欠なプライドだの、色気だのをとにかくエミリーがウォーレンに持たせようとする努力を目の当たりにした。

するといつもウォーレンをペテン師扱いしていた人々が、突然あいつを繊細で優しい男だと見なすようになった――それは身長が一九〇センチある傲慢な男にとっては嬉しい変化だったはずだ。

　そしてエミリーはずっと狂人よりも頭がおかしいと思われていたが、急にただ純粋で陽気で個性的なだけだという話になってしまった――ウォーレンのポジティブな見方は正しかったのだ。エミリーの手がける記事も洞察力のある秩序だったものになってきて、ヴォーグからロサンゼルスのレストランを網羅する大きな仕事を任され、雑誌の西海岸特派員の地位を手に入れた。

　太陽が匂い立つ季節、冬の来ない国ではサバイバルに関する醜い疑問や缶詰野菜が頭をよぎることもなく、悦楽だけがわたしたちが求める真実だった。

「あなたたち二人ほどマリブで美しい人間はいないよね」みんな日焼けしてブロンドで、言葉にできないほどロサンゼルス的になってビーチから車で家に帰る途中、必ずどこか新しいレストランに寄って夕食を摂っては、わたしはそう言ったものだった。

「ノグゼマはどこにあるんだ？」そのクリームが日焼けを保つと信じていたウォーレンは、肌にたっぷり塗り込むまでは車から降りようともせず、パニックになっていた。樟脳（しょうのう）の香りがわたしたちの心を満たした、はるか昔の遠い場所でのことだ。

　エミリーが〝椿事（ちんじ）〟と呼ぶ出来事は、ウォーレンが出演しているテレビドラマのキャストを集めたパーティで起こった。あいつはエグゼクティブプロデューサーの未亡人である金満夫人と出会ってしまったのだ――ヨークシャーテリアを連れて、フェイスリフトを施し、コラーゲン注入をして、肌をピーリングしたところで年齢は隠しようもない女、それがワンダ・ラックスだ。

その数週間後にエミリーはウォーレンと喧嘩をして、何日も口をきかず、そのせいか夕食のためにわたしの家を訪れたときには悲しい顔をしていた。付き合いが始まってから初めての喧嘩だったが、どうしてそんなことになってしまったのか、彼女には訳が分からなかった。

気温が唐突に下がって、十月にしても寒い夜のことだった。まるでさよならのキスもなしに、一夜にして夏が去っていってしまったかのようだった。わたしたちが服を着込んで座り、テレビを見ていると、十一時のニュースにロデオ・ガーデンズで開催された宣伝目的のいやらしいチャリティパーティが映って、そこにウォーレンがいた。ウォーレンは今までわたしたちが見たこともないような黒いタキシードを着て……あの女を連れていた。

「でもこの女、ゾッとするほど不細工で、不快で、死人みたいじゃないの！」エミリーは嘆いたが、彼女とウォーレンはわたしと同い年だったし、ワンダも本当のところそんなに年寄りではなかった。ただあちこちいじり過ぎたせいで、ずっと年上に見えるだけだ。彼女がジョージア・オキーフだと考えれば、そう悪くない感じと言える。でも寒い中、オオヤマネコの毛皮のケープをまとってウォーレンと現れたのはワンダだった。ワンダがこんなにも老け込んで見えるのは、前の夫が彼女よりもずっと高齢だったせいかもしれない。とにかく、彼女はイヤリングとのコーディネートでウォーレンを連れているようにしか見えなかった。

「そうよね」とエミリーは言った。「彼は急に彼女と出席するって決心したんじゃない。こういうことはそんな風には決まらないもの。前から誘われていたのよ。それでもう行くって決めていたんだわ。このタキシードの件が突然決まったように見せたくて、わざと喧嘩をふっかけてきたんだよ、印刷された招待状があるようなイベントなのに」

「本当にそう思うの……？」違うかもしれないと最初はわたしも考えた。

でも彼女の意見は筋が通っている。こういう芸能人がきちんとドレスアップするには数週間の準備を要するし、チャリティイベントの計画には数ヶ月かかる。ウォーレンは元から決めていたのだ。

「ああ」とエミリーは声を上げて「もう絶対に許してやらないから、絶対に」と言った。

「あいつは何だってこんな真似をしたんだろう？」わたしは不思議がったが、でもアパートの外で吹いている冷たい風から、本当のところ分かっていた。冬が来た今、悦楽を追いかけるのは子供がやることなのだ。屋内に戻るときがやって来て、その戻る場所がロデオ・ガーデンズだったという話なのだろう。

十一月になると、エミリーが電話をするたびにウォーレンは「忙しいんだ」と彼女をあしらうようになった。

寒さはひどくなる一方だった。雨が降った。電気と電話、ケーブルテレビどころか、普通のテレビと学校さえも支障をきたして機能しなくなった。車は雨裂にはまった。みんな映画に行くか、キャンドルの灯りのもとで読書をするしかなかった。オートクラブのロードサービスの電話はずっと、ずっと、ずっと鳴りっぱなしだった。

エミリーはわたしのソファで泣いて、その涙は雨と混じって髪や、ジャケットや、赤い傘を濡らした。

「あいつがわたしのクリスマスパーティに来るって」わたしは彼女に言った。「招待したら、断らなかったの」

彼女は唸り声を上げた。そしてはたと気がついた。「何を着ていけばいいかな？」

彼女はこの出来事のせいで七キロ近く痩せていた——失恋してシーズのセミスウィートボルドーチョコレートの海に溺れる代わりに、体重を落とすというわたしがうらやむタイプだ。

本当にいつだって彼女はきれいだったけど、今はもうとても華奢になってしまって、まるで百合の花の一種みたいだった。家にこもっていたせいで色白になり、動作も悲しげで、ウォーレンが彼女の血液に注入した喜びは枯渇して過去のものになってしまったかのようだ。エミリーの友だちでデザイナーのマリカ・コントムパシスが、生成色と淡いカラーの毛糸を編んで小さなリボンやレースや生地をあしらった素晴らしいセーターを彼女にプレゼントした。マリカはオフホワイトのロングプリーツスカートもくれた。エミリーはもう白い靴を持っていたから、パーティの装いの準備は万端で、まるでヘンリー・ジェイムズの小説に出てくるクリケットに興じる乙女の写真が色褪せたみたいだった。

ウォーレンはワンダがロデオ・ドライヴで買ってプレゼントしたゴテゴテした趣味の悪い服を着て現れて、エミリーの姿を目にして顔色を変えて身体を震わせたと思ったら、急に彼女から離れられなくなって、堪えきれないかのように二人でずっと笑い合っていた。それなのにあいつは腕時計を見ると「もう行かなくちゃいけない。人を待たせているんだ」と言ってのけたのだ。

そして本当に行ってしまった。

ストイック過ぎるではないか。

こういうのを東海岸では「気骨」って呼ぶのだろう。夏を袖にして去っていくのが。

その後、あいつはロデオ・ガーデンズで自分の婚約パーティに出席して、大晦日にワンダと結婚するためにその夜バミューダ島に旅立っていったと判明した。

「それを聞いたときは」とエミリーは言った。「こんなの平気だと思っていつものようにアンバサダー・ホテルのプールに泳ぎに行ったの。でも駐車場に着いたら、駐車場で、わたしは……」

彼女はまた泣き始めた。

二週間後、ラディー・ジョン・ディルの新しい作品を一緒に見に行った帰りに彼女の家で留守電を再生してみると、息を詰まらせながら「まだ愛している」と言うウォーレンのしわがれ声が聞こえてきた。

「これって……？」わたしは訊いた。

「気にしないで」と彼女はメッセージを消去した。「きっと間違い電話だよ」

押し殺していてもウォーレンの声ならわたしには分かる、あれはウォーレンだ――

「だって、あれは……」でも考えたら、あいつが離婚するんでもない限り、何だっていうんだろう。それにあいつはわたしに「彼女に慣れてきた」って言ったんだから……

ウォーレンとエミリーの苦難はそんなことでもう数年も続いている。

ところが、わたしが友人のモニカのベビーシャワーのためにデコレーションされた青い部屋で（赤ん坊は男児だともう判明していて、〝アラン〟という黄色にはそぐわない名前までつけられていた）セーターデザイナーのマリカの隣に座って、みんなに配られたゴディバのチョコレートを見ないようにして目を上げたら、しゃべりまくっているパステルカラーの女性たちでいっぱいの部屋の向こう側にウォーレンがいたのだ。

わたしは失礼して脇のドアから出ると、バーの奥のところにあるトイレの前でウォーレンと合流して、しばらく二人で黙り込んでいた。

「やあ」とあいつは言った。

「それで」とわたしは言った。

（わたしはあいつの馬鹿みたいな高価な靴、馬鹿みたいな高価なパンツ、ワンダが彼に着せたがるネオンブルーのどうかしているラスヴェガス的なシルクのシャツ、馬鹿みたいなジャケットの胸ポケットからのぞくどうかしているシルクのポケットチーフを見ていた）

「順調だって聞いているぞ」とあいつは言った。

「あんたはどうしているの？」

（あいつはまるで酔っ払ったアイルランド人の神父みたいに、老けていた）

わたしは最初、あいつが何か洗練されていて気の利いた感じの、土曜の午後のロデオ・ガーデンズにふさわしい返事をするものと考えていた。でも代わりに、わたしに「あんたはどうしているの？」と訊かれて、あいつはただ崩れ落ちてしまった。

わたしは首を振って、カクテルナプキンをつかんで涙を拭き取り鼻をかむと、似合わない髪の色をしてまつ毛まで脱色したあいつが玄関口でぐったりしているのをそのままにして立ち去った。もしこの場面が少しでも風雅だったら『ヴェニスに死す』みたいだったはずだ。でも堕落するためには一度は無垢でなくてはならないし、そうであったためしのない人間だってきっと存在するのだ。

エミリーは今でもウォーレンを愛していて、彼が髪を脱色するなんてはずがない、きっと染髪料だと言い張っている。

「髪を洗えば落ちるのよ」と彼女は言って、あいつが素晴らしい男だとまだ信じようとしている。彼女の目にはそれが真実なのだろう。ウォーレンと別れて体重を失ってから、彼女はデイジー・ミラー的な乙女の佇(たたず)まいを保ったまま、冬の馬鹿げた気まぐれからあいつが戻ってくるのを待っている。

チベット解放

チベットに関するわたしの知識は微々たるもので、紙切れにして丸めればヤクの餌にちょうどいいくらいの分量しかない。そこに行くのは一大事。寒い。高地にある。六歳のときに神の化身として選ばれ、高僧たちが神聖な規律に従って教育してきたダライ・ラマが率いる聖なる国。シャーリー・マクレーンが行ったのはネパールで、違う場所だっていうのは分かっている。チベットは中国の南方にあり、本来の住民たちがそうでない人によって蹂躙され、追い出されて、アメリカに来て窮状を訴えたために、そこで何が行われているかが明らかになった。チベットは中国を網羅する鉄道の終点だが、そこからこの自治区の首都で唯一の都市であるラサに行くまでは車が必要になる。遠くて、高くて、風が吹き荒んでいて、本当のところ、チベットに行くなんて不可能だ。

ブライアンとは似ても似つかない。

友だちのジャニスがビヴァリーヒルズで開いたパーティでわたしに会った途端に彼は一目惚れして、自宅のパーティに招いてきたが、こっちは「どちら様でしたっけ?」とけんもほろろだった。

わたしからするとブライアンは距離感が近過ぎ、お高くとまってなさ過ぎ、当たりが柔らか過ぎだった。言っておくが、わたしは意地悪か、少なくとも近寄りがたいタイプの男じゃないと嫌なのだ。わたしはブライアンときちんと知り合う前から彼の気持ちを傷つけるようなことを言ってきたし、彼があんなに人間としてできていなければ実際に傷ついたかもしれない。

あの頃のわたしは、男はみんな髪がフサフサじゃないといけないという主義だった——そうでなければあいつらの長所なんてどこにあるっていうの。もちろん、かなりなお金持ちか、ローリングストーンズのメンバーに紹介してくれるっていうなら話は別で、そういう場合、わたしは融通がきくようになる。

ブライアンには髪の毛がなかった。

頭はつるっとしていて、体型はすらっと痩せていた。

すぐにわたしは人の集まりに出かけるたびに、流行のバギーパンツをはいて野球帽を被り、フレッド・シーガルの店かミラノでもなければお目にかかれないようなイタリア製のセーターを着たブライアンの姿を認めるようになった。

一度は結婚してロサンゼルスを離れ、はるか彼方のマウイ島に暮らして、最高のマリファナを一緒に育てた元妻との間にエディという息子がいたが、ブライアンがゲイだってことは、わたしにも、他の人の目にも明らかだった。（元妻はヨガの導師と恋に落ちて彼を捨て、インドへと越していった）髪の毛がないことにさえ慣れてしまえば、ブライアンは誰も彼もの想像力をかき立てるような素晴らしい社交術の持ち主だった。みんなそのファッションに釘づけになった。彼は歓喜と狂喜とエネルギーに満ち溢れていた。オペラ的なスケールで人々の心を照らし、出会った人間を一人残らず巻き込んでいった。一年もの間、彼の華やかさに抵抗した挙句にわたしもその魅力に屈したのだ。ブライアンは輝くような人だった。

髪の毛はなかったとしても。

わたしと付き合いのある人間の中で、カトリックの枢機卿(すうききょう)のような人物がいるとしたら、それはブライアンだ。彼はイエズス会的なはぐらかしのテクニックと優雅さを携え、霊的な力を発揮し、優れた頭脳と戦略があった。

わたしに対する彼の戦略は待つことだった。

こちらが降参するまでディナーのテーブルやオープニングパーティや様々なイベントに招待してきて、しまいにはトマトを差し出した。

わたしが陥落したのはトマトだった。

わたしはスーパーで売っていない、自家栽培のトマトに目がない。食べると発疹が出る体質だけどひるまない。菜園から収穫したのを次から次へと口の中に放り込んでかぶりつけるものなら、そうする。太陽で温まったトマトの匂いと、その表面に付着して温まったトマトみたいな匂いになった砂ぼこりが好きだ。(友だちのキャロライン・トンプソンがつけているケーレックスという香水が、この匂いによく似ている)

「トマトが好きなんだってね」とブライアンは言った。「だったら今日の午後うちに来てよ、山ほどあるから」

　彼の屋敷は昔からのお金持ちが暮らしている、ロス・フェリスの丘の上の由緒正しき地域にあった。ブライアンの家族は先祖代々からの蓄え（たくわ）で豊かだった。サンタクララあたりの出身で、カリフォルニア一帯に牧場や農場を持つ一家の四代目に当たり、唸るほどの相続財産と娯楽を第一にして生きていけるほどの信託財産があった。

「そのお金はどこから来ているの？」と無邪気な誰かが聞いたことがある。

「銀行からだね」とブライアンは答えた。

　そう、わたしがブライアンと出会ったのは一九八二年で、ロサンゼルスの人々がエイズで亡くなり始めている時期だったので、彼はその病気に倒れた多くの友人たちのためにしょっちゅう病院に行っているイメージがあった。ブライアンその人はカトリック的でお堅く、見るからに貞潔だったので、彼が不道徳な人間にベッドで何かさせるなんて到底考えられないことだった。彼はマウイで妻と別れて以来、禁欲生活を続けていて、母親がインドに出奔したときは四歳だった美しい息子のエディの面倒を任されていた。ブライアンの家にトマトを食べに行くとわたしが約束したとき、エディは八歳だった。そしてわたしはどういう訳かそのときから、ブライアンは面白くて、楽観的で、興味深い人物で、たとえ恋人にはできなくても自分の人生に加える価値のある人間だと決めたのだ。

「彼はすごくリッチなの」ブライアンに付きまとわれているとわたしが文句を言うと、ジャニスがそう教えてくれた。「一緒だと絶対に退屈しないよ」

ジャニスがリッチって言ったのは彼の資質のことだけど、お金についてもそうなら悪い話じゃない。

わたしと彼の間にはロマンスがあった。まるで心が自分の体を置き去りにしてチベットに行ってしまったみたいに、わたしは彼と恋に落ちたのだ。もちろんわたしたちの関係は完璧にプラトニックなもので、どんなに熱く盛り上がろうとも、彼と事に及ぶなんてどうにも考えられなかった。それでも、（どういう訳か）そこらに溢れている美少年の一人に彼を盗られて自分は捨てられるんじゃないかと、いつも気が気ではなかった。

しかし一ヶ月が経って、ロマンスの最中でも激情の方はおさまってきた頃、どうしようもないほど人間を見る目のないわたしは、ピーターという悪い男をまともな人間だと勘違いして、ブライアンに捨てられる代わりに自分から彼の元を去っていった。言っておくと、出会った頃のピーターは愉快な人だったし、一緒にタンゴのレッスンを受ける約束までしてくれたのだ。でもすぐに退廃的な魅力はヘドロと化して、わたしは失意でいっぱいの惨めな女に成り果てた。

それでもブライアンはわたしに会うと、優しい眼差しをこちらに向けて大音量でプッチーニを流し、トマトを差し出してきた。

「いつでもうちに来てね」と彼は言った。

「トマトはたんまりあるんだから」

「食べると蕁麻疹が出ちゃうのよ」

「そうだね、でも蕁麻疹があってもなくても、君はいま一緒にいるくだらない男のせいで燃えかすみたいになっているよりも、ここにいた方がずっとマシに見えるよ」

恋人とタンゴを踊るという夢がその残骸になっていくにつれて、わたしの容色が衰えていくのをブライアンは間近で見ていた。そしてある夜とうとう、わたしは車に乗り込んで泣きながらブライアンの家に駆け込んだ。

「どうして泣いているの?」ブライアンが訊いた。「今日のディナーは家鴨だよ。さあ中に入って」

「あら、じゃあ家に戻ってドレスアップしてこなくちゃ」

でも家に帰ってくると、ろくでなしのピーターから電話が来たので、陳腐なことにわたしは彼の家に舞い戻り、また悪魔信仰の実例と汚らしさを見せつけられて、真っ暗な人間と暮らす希望のない生活を味わうこととなった。どうかしているようなものを見たいと思っているような人間の目からしてもピーターはどうかしていたので、わたしは自分の残骸をかき集めて家に戻ると、六十ページに渡って彼の悪行を書き連ねた長ったらしい手紙をしたためた。ブライアンと気晴らしについて思いを巡らせるようになるまで、数ヶ月かかった。ブライアン好みの贅沢な快楽について考えられるまで。

ある日、起きてくるとブライアンから電話がかかってきた。「サンタバーバラまでハーブの採取に行こうよ」

　ヴェルディの代わりにアレサ・フランクリンのカセットを車に仕込んでやって来たブライアンは、ブラック・ビューティの歌声が流れる中でわたしにＨＩＶポジティブだと打ち明けた。

「僕のＴ細胞はどんどん減っている」とブライアンは説明してくれたけど、Ｔ細胞が何のことかもわたしには分からなかった。

　一九八三年に病院で輸血を受けたために肝炎に罹(かか)って、彼は死にかけたことがあった。ブライアンが死にそうになるのは、これに始まったことではなかったけど。妻が出ていったせいで胃がムカムカするだけだと思っていたら胃潰瘍だと判明して、そんなことになってしまった。胃痛の症状が悪化したところで彼はようやくウエストハリウッドの病院に行って七パイントの輸血を受けたが、そのとき彼の命を救った血液に陽性患者のものが混じっていたのは間違いない。

「人は病気で死ぬんじゃないよ」彼は言った。「恐怖心によって死ぬんだ。そう、死ぬことと自体は何でもない。サイケデリックの時代にそう教わったよね？　あれは本当に素晴らしくなかった？」

　わたしは病気の兆候をブライアンの顔に探したが、そこにあったのは歓びの歌と、優しさと、こちらを気遣うような眼差しだった。ブライアンはわたしのメンタルの方を心配していた。

「惨めに生きるには人生はあまりに短いって、分かってるよね？　君は自分を愛してくれる人たちと一緒にいなくちゃ。思い遣ってくれる人たちと。だってダーリン、君はそのままでいるにはあまりに素敵過ぎるもの！」

「わたしは惨めじゃないよ」うそぶいてみたが、わたしはまだピーターの支配下にいて、いつかあの真っ暗闇が晴れて、彼が「幸福」とか「楽しみ」という言葉に対してヴァンパイアがニンニクに示すような反応をしない日がやって来るという叶わぬ望みを抱いていた。何かを楽しみにするということが、ピーターにはどうしても理解できなかった。未来に何があるかなんて考えるのは恐怖でしかないというのが彼の通常モードで、夕食の予定を立てただけで顔をくもらせてエドガー・アラン・ポーの登場人物みたいになってしまう。「このところ無料で出回っているものといえば、不安だけだ」と彼は言う。

部屋でわたしが笑っているのを見たことがあるかもしれないけど、それは自分が真っ暗闇にいるって他の人に気がついて欲しくて必死だったせいだ。こんなにもハンサムで、成功していて、「俺たちの過ちは二十年前に出会わなかったってことだ」なんてロマンティックな台詞を言ってくれる人が、どうしてこんなに友人がいないのか謎だったが、一緒に過ごして、彼は他の人間に対処するために準備を必要とするタイプで、ずっと一緒にいられるのは猫だけなんだと気がついた。わたしは彼のために猫を見つけてあげるという過ちを犯して、お払い箱になった。

ブライアンが電話をくれたのは、そんな目に遭ってもわたしがピーターとのランチの約束を取り付けようと虚しい努力をしてしゃかりきになっているときだったけど、そんなことをしているよりもブライアンと一緒に出かけた方がずっと間違いがないはずだった。

「僕はＨＩＶポジティブだけど、君の方が病人みたいだよね、自分の姿を見てみなよ。その男と一緒にいるのがセックスのためだったとしても、ろくなものじゃないはずだよ、そうじゃなかったらきっともっと幸せな顔をしているはずだもの」

（実のところ、セックスの方はエドガー・アラン・ポー的ですごく良かった）

サンタバーバラに向かう途中、彼はかつて友人が所有していたという牧場を見せてくれた。洗練された飲んだくれの両親が自分の子供にかまう暇もなかった頃、彼はそこで日々を過ごした。「おばがあそこに住んでいて、僕は彼女に育てられたんだ。今、彼女は具合が悪いんで僕の方が面倒を見ている——ほら、これが彼女の土地だよ」

「見渡す限りみんなそうなの！」わたしは仰天した。

「そうだよ。幼なじみの女の子たちはやっぱりみんなこういう土地を持っていて、あの丘の向こうのだだっ広いところは前妻の家族が所有している場所だ」

六〇年代がみんなに影響を及ぼして、信じ難いほどに美しく向こうみずな男たちのサークルに入って芸術的なパーティ漬けの日々に突入する前、ブライアンは馬と兎狩りとカントリークラブが好きなカリフォルニアの由緒正しき家柄の教皇選挙（コンクラーヴェ）のもとで育ってきた。「妻に会うまではね」と彼は言った。「彼女に会ってこんな日々とは永久におさらばだと思った。ところが結婚したら、彼女はあいつらの一員になっちゃった。ひどくブルジョアな、お堅いことばかりだよ！」
田園風景が通り過ぎるのを見ながら、裕福なカトリックとして育つのはどんな気分なんだろうと考えていた。掘立て小屋が並ぶ小高い丘の土地に、収穫されたシトラスやアボカドの入った美しいオリジナルラベル付きの箱、家畜に、馬に、馬術ショー、馬に乗って山へ行き、一泊するキャンプ旅行——彼方に水平線を見ながら、海岸沿いで馬を乗り回すのは。

あまりに退屈で、自分だったらジャンキーになってしまったに違いない。するとブライアンが言った。「僕たちはみんな手に負えないほどやんちゃだったから、オーハイの私立校に送られたんだ。そうすれば親は旅行ができるしね。僕が入学したのはドミニコ会系の学校で、みんな聖杯のためのワインを樽ごと盗んで酔っ払っていたよ」

サンタバーバラで中国のハーブをいくつか買った後、わたしたちはドミニコ会の精修会施設の神父たちに会いに行った。そこはあの恐ろしいピーターと出会う前に週末を過ごして幸せだった場所で、ブライアンとわたしは友人たちと一緒に瞑想し、散歩して、風が吹きつける中で真っ赤な夕日を眺めた。それがどんなに崇高な体験だったか覚えているはずなのに、わたしはそこにピーターを連れて行くという最低の裏切りを行って、修道僧の一人に車の駐車場所を変えてくれないかと頼まれたピーターは不機嫌になり、真っ黒なムードで地平線の光を消し去って灰色の線に変えてしまった。むっつりとした彼は夜になるとギラつくトカゲみたいだった。（でもセックスは最高だった。他の全てのことに比べれば何だってマシに思えたって話だ

けど)

「セックスについては全てドミニコ会で習ったね」とその日ブライアンは教えてくれた。

わたしは陳腐な女で、ピーターの性根が腐っているのは分かっているはずなのに、彼と別れられないでいた。まったく、ブライアンが車内でＨＩＶポジティブだと打ち明けているっていうのに、わたしときたらここのところの自分の愚行について嘆いてばかりで、これじゃ『失われた時を求めて』で昔からの友人スワン氏が訪ねてきて喘息で死にそうだって言っているのに、聞いていないような顔をして「もうパーティに遅れているの、履いていく靴が見つかればすぐにでも出かけるところなんだけど」ってとぼけていたゲルマント公爵夫人と同じじゃないか。そう思った。

これこそがプルーストの全著作の中で最もぞっとする場面だってずっと思っていたけれど、わたしも人のことは言えなかった――本当の悲劇を目の前にして自己憐憫に酔いしれていたんだから。サンタバーバラからの帰路、ブライアンが元気そうに見えても、実は疲れて憔悴していることに気がついた。

「インフルエンザに罹っちゃったかも」と彼は言った。

「あら、気の毒に」

家に戻る道中、わたしはゲルマント公爵夫人になるのはやめて、仕事と自分を愛してくれる人たちのために人生を捧げ、数週間後に迫っているブライアンの誕生日パーティにも顔を出して、親切ないい人間になるために努力をしようと決心した。長い付き合いから考えても、ろくでなしのピーターはパーティが嫌いだし、普通の人間が楽しみにするような祝日をわたしやわたしの友人と一緒に祝う気はないだろう。ピーターは毎年感謝祭をマクドナルドで過ごして、「神の作った最も完璧な食べ物」であるビッグマックにかぶりつくのだから。

チベットは、そう、あまりに遠い高地にある。

でもわたしはあの国に何かしてあげただろうか？　答えはノーだ。

それからブライアンに会わないままいくつかの季節が過ぎても、わたしはピーターとまたどうにも離れられないまま絡み合っていて、かつてわたしを愛してくれた人々をペストみたいに避けるようになっていた。これ以上、悪くなんてなりようがないよね？　ずっとそう唱えていたが、驚いたことに状況は悪くなる一方だった。ただそれもフェイ・ウェルドンの小説を読むまでだ。それは陰鬱な男と結婚した女の話で、相手に対してあなた（つまり女性）がしてあげられることは何もないと書いてあった。事実が踏み入れるのを恐れるところにフィクションが踏み込み、わたしを貫いた。

彼が決して変わらなかったという事実とこの小説から得たことを合わせて、この恐ろしく魅力的なモンスターとずっといたら、感謝祭をどこか砂漠のトレーラーで七面鳥も希望もないまま過ごすことになるだろうと考えた。

彼はそれに値するほど魅力的だろうか？

どう考えても、そうじゃない。少なくとも、今はまだ。

ピーターはいつもわたしが彼を捨てたのは髪が薄くなってきたせいだと言っていたが、そうだったとしても気がつかなかったし、それにブライアンがつるつるだったから、もう慣れっこになっていた。

セックスのためだけに踏みとどまっていた関係が長引くと厄介なのは、別れた後でセックスのことばかり考えてしまうようになることだが、わたしからアドバイスがある。いいセックスが欲しかったらヴァイブレーターを買って（もしくは自分の手を使って）、素敵なセックスについて思い出すこと。間違ってもその相手を取り戻そうとしてはいけない。そんなことをしたらバグダッド・カフェの外に広がる砂漠で骸骨に成り果てる運命が待っている。

とにかく、わたしはようやく小説の世界から侘（わび）しい現実に戻ってくると、わたし以上に紫の服ばかりを着ているヴァレー在住のユダヤ人のお嬢様セラピストを見つけて、最悪のときを脱するまで彼女にしがみつき、いいヴァイブレーターの店を紹介してもらっただけではなく、いまあなたが読んでいるこの本を書くきっかけまでもらった。

「自分を愛してくれない人と過ごすなんて時間の無駄遣いはもうやめなさい。人がいっぱいの部屋の向こう側にいる誰かに心惹かれたら、そこから立ち去るの」セラピストは言った。

「じゃあ、どうやって出会いを探せばいいんですか？」わたしは困惑した。

「あなたを好きな人に会いに行けばいいんです」彼女は教えてくれた。相手に誘われるまで待つ、それはタンゴで習ったことに似ている。理屈では分かっていたけど、わたしが実践してこなかったことでもある。

「どうしてる」昨年のクリスマスから連絡がなかったジャニスから声がかかった。「パーティには来るんでしょ？」

「もう十二月なの？」ロサンゼルスの上流階級から下層の人間まで網羅したアルコール依存者の互助会で会った最初の年以来、わたしは毎年欠かさず彼女のクリスマスパーティに出席していた。今みたいに彼女はいつも「少人数のパーティにするから、誓って三十人以上は呼ばないからね」って言う。

「ああ、ジャニス、あんたはそう言っておいて、この街の互助会に出席しまくって、しまいには七面鳥が七羽も必要だって事態になるんじゃない！」

「あなたにはパイをいくつか持ってきてもらいたいの」と彼女は頼んできた。

「そっちはどんな服を着るの？」わたしは聞いた。

誰よりも美しくて社交的なジャニスは、高校時代から友だちでいたかったとこちらが思うような女性だ。いつもパーフェクトな服装で、可愛らしく、あらゆる人と友だちで、どんな面にも秀でている。彼女のような人と友だちでいるのがどれだけ幸運か分かる年頃になって、わたしはようやくジャニスと出会えた。しかもジャニスは素晴らしい画家でもあり、輝くようにエレガントなその作品は真の一流品だった。色とりどりの過去を持つ由緒正しきハリウッドの上流階級の出身で、彼女を理解してくれる男性を夫に持ち、どこもかしこも絢爛豪華な家に住んでいて――それでいて愉快な人なのだ。

「何を着てくかって？」彼女は聞き返した。「何だろ、適当にかき集めるわよ」

この前のクリスマス、彼女はハリウッドの娘らしく赤いスパンコールのドレスで階段を降りてきて、ファッションの範囲で許されるギリギリまで着飾ってきたその他大勢を押し除けて一番のスターになった。

どうやったらあんなに美しく装いながら一流のアーティストとしてやっていけるのか、わたしには皆目見当がつかなかったが、彼女にはできるのだ。あんな赤いスパンコールのドレスを見つけてこられるなんて、それだけでフルタイムの仕事だと言えるのに。

とにかく、ジャニスのパーティは翌週に迫っていたので、わたしはありったけの美しい服を取り揃え、パイを手に入れて出向いた。でもいつもの癖で早く到着し過ぎたせいで、あれほど三十人までと約束したはずなのに、やっぱり不動産のオープンハウスみたいに二百人以上の客がつめかけてくるという事態になったことについて、彼女と夫はまだ二階で喧嘩の真っ最中だった。

わたしは一階にとどまり、今となってはとても足らないことが分かっているパイをケータリングのスタッフに渡しに行ったが、彼らは彼らでもう八つのパイを用意していて、わたしのものを置く場所はなかった。仕方なく待機していると、そのうち美の気配と旧友たちと優しいムードとクッションで部屋がいっぱいになってきた。大きなダイニングテーブルにはシルバーのビュッフェトレイと保温皿が置かれ、至るところにアロマキャンドルがあって、ジャニスが手書きのデコレーションをあしらったクリスマスツリーが部屋に鎮座し、暖炉があった。ナット・キング・コールが「栗が焚き火で焼かれている……」と歌う声で雰囲気が盛り上がり、ジャニスの登場によって頂点に達した。もちろん窓の外に雪はなかったけど、ロサンゼルスで雪が見たいのならアスペンに行けばいい。

それと、わたしが来てから二十分ほど時間が経って、他の客がまだ到着していないとき、ハンサムな悪魔みたいな友だちのクリストファーが現れて、大きな腕を広げてわたしを抱きしめてくれた。「久しぶりだね……ニューヨークに行く前に会って以来だ。確かあれはブライアンのところだっけ？　一年前、ブライアンの家で会ったのが最後だった」

「そうだね」わたしは答えた。「まったく、ブライアンが友だちでわたしたちはラッキーだよね」

「そうだよ。彼が亡くなって何もかもが変わってしまった」

わたしは呆然と立ち尽くし、溶けたと思ったら、美しい思い出と、良識を失って自分のくだらない恋愛にかまけ、本当に愛する人を蔑ろ（ないがし）にした罪悪感のせいで大理石のように固まった。わたしを愛してくれた人。

何てことだろう、さよならも言わずにブライアンを逝かせてしまった。素敵で、髪のない、痩（や）せっぽちで派手やかなわたしたちのブライアン！

ブライアンとの外出はいつも特別だった。使用人がいて、銀の食器があって、子供たちや老人たち、家庭教師、氷に鶏肉、ヴィクトリア時代的な全てがやって来る映画『山猫』のあのシチリアの貴族のピクニックみたいだった。ブライアンの行くところ、その魅力の虜(とりこ)になって、彼の言葉にルビーの宝石以上の価値があると信じている取り巻き連中がついて来て、彼の愛する息子のエディやその他の友だちが後に続いた。でもブライアンは洗濯機と乾燥機のない友人たちに彼の家で洗濯するように言ってくれていたので、大抵は家にいて洗濯物を抱えた取り巻きたちを迎え入れていた。彼はしょっちゅうお茶やコーヒーやココアをいれ、スポンジケーキやクッキーを焼き、何日もかけてソースを煮詰めては瓶詰めにしていた――彼のオーブンは巨大だった。しかもオーブンは二つあって、彼のショーはいつまでもいつまでも終わらなかった。まるで王子様のような振る舞いだった。

わたしは見捨てられたような気持ちになった。もちろん、彼がエイズだっていうのは知っていた。たとえブライアンが「死は恐怖によってもたらされる」と主張しても、人は病気で亡くなる。

そう、ブライアンが病院にお見舞いに行っていた友人たちはそれまで病気なんかに罹ったこともなかったが、ブライアンの方はしょっちゅう体調を崩していて、アルコール依存症のため植物状態になってしまった親族を抱えていた。人生という名の愚行とその滑稽さを素晴らしい社会的な行いとして体現するかのように、彼は自分の広大な屋敷のいくつかの棟を、病人と余命いくばくもない人たちのためのホスピスに充てていた。病院で死ぬのを嫌がる大好きなおばが脳卒中で倒れた後にホスピスに移ってくると、彼はある暑い日にわたしに電話してきた。「すぐにビヴァリーヒルズまで車で行って処方箋の薬をもらってきて！　それをここまで持ってきて！」

わたしはピーターとのことでめそめそしている最中だったが、車を走らせて薬局に行くと、薬剤師が「じゃあ、彼女はとうとう亡くなるんだね？」と言ってきた。

わたしは薬を届けるために彼の家へと急ぎ、大げさではないほんの少しばかりの誠意を見せるために、少しだけ寄って帰るつもりだったが、彼はわたしを抱きしめて言った。「君はこれを見ておいた方がいいよ……」

彼が死を目前にした人たちを収容する棟の二階にわたしを連れて行くと、そこにはフルタイムで働く三人の黒人の看護師がいた。ビー、アンジー、ジョアンナはここ数年彼のおばの家で彼女の面倒を見てきて、彼女に食べさせ、お風呂に入れて、夜となく昼となくそばに付き添ってきた。三人は死にゆく彼のおばを取り囲み、その黒い手で上半身や顔に触れて撫でながら、囁くように祈りの言葉を低い声で唱え、その魂が旅立つのを手伝うかの如く、さざ波のように絶え間なく彼女の体をさすっていた。彼女たちの黒い手によって死にゆく女性の身体から魂が自由になっていくかのようだ。そこにあったのは、凄まじいまでの真実と、美しさと、親密な優しさの集合体だった。

「ああ、何てことなの」わたしは刺すようなブライアンの緑の瞳を見つめて言った。

「こうやって人が死ぬのを助けるんだよ」

厚いカーテンに覆われた窓の外は暑くてまばゆい日だったが、部屋の中は薄暗く、小さな常夜灯が白いベッドと白い制服、白い肉体、暗い壁、黒人の看護師たちを照らしていた。

見たのはほんの一瞬だったが、それでもその光景はわたしの心を捉えて離さなかった。

ビヴァリーヒルズまで車を走らせたこと、薬をもらって、日光と熱波の中を戻ってきたこと――気温三十二度以上の風が強い日だった――ブライアンのところで、マントルピースの上にモーリス・ルイスのステンドグラスが飾ってある涼しくて広大なリビングから険しい階段を登り、廊下を渡って、暗く冷たいホスピスの部屋に行って、ピンクの手のひらのもとで身体から魂が抜けつつある女性の姿を見たこと、その全てが離れなかった。結婚式、朝食、トマトの収穫、そして死。ブライアンは人間が経験するどんな出来事にも向かい合おうとする姿勢で、わたしに腕を回しながら目の前で起こっていることを緑の瞳でじっと見つめていた。

「こうするんだ。もちろん、僕らは正しい手順を守っている」

ブライアンが目撃してきたたくさんの死の中には穏やかなものもそうでないものもあったが、彼のホスピスでは穏やかではない死は許されなかった。

彼のときも穏やかにしてあげられただろうか？　彼の暗い部屋にも、その手と祈りによって身体から魂を解放する術を知っている人たちがいただろうか？　そうとは思えない。彼の友人たちはあまりに無知すぎる。わたしと同じで怖がりで、生半可にしか生きていない。それに一九八八年の時点で、サンフランシスコとロサンゼルスにいたブライアンの知り合いのゲイたちはみんないなくなってしまって、彼のかつての恋人たちを助けてくれた仲のいい医師や男性の看護師たちも当然ブライアンより前にエイズで死んでいた。みんな見目麗しくて、そう、恐れ知らずに生きていた人たちだった。

取り残された人間は――そのうちの二人はこのパーティにいた訳だが――みんなヘテロ過ぎるような連中で、注射器なんか使ったこともなく、致命的な輸血を受けるほど胃潰瘍を悪化させたこともない人間たちは、まだ生きていた。

要するに、堅物たちが。

わたしたちのようにつまらない人間が。

ゲイの友人が、サンフランシスコは幽霊たちが飛び交っている戦場のようになってしまって、あのちょっと前の地震よりもひどい有様だと言っていた。カストロ通りのお祭り騒ぎや、あの頃に恒例だった全てのことがなくなってしまった。大抵の人にとってはこの美しい男たちの喪失はただの副次的な問題で、他人事で、ちょっとした悲劇に過ぎないのかもしれない――ベルリンの壁崩壊のような大事件の方が重要なのだ。中国のかかとに踏みつけられて、近寄るのも困難なチベットは、なくなってもいいと思われて、見過ごされて、灰になってしまう。大抵の人にとって、死とはグロテスクなもので、素敵な口髭を生やした男たちや、サスペンダーをした男たち、踊っている男たちだけを連れ去るようにできている……そうでなければ、銃を乱射するような者を。そういう人間を、誰が気にするというのだろう？ 死が崇高な答えだなんて次元を吹き飛ばすような、恐怖によって作られた死に至るこの病は、傷ついた人間に更に恥辱まで与える。人を貶（おとし）めてしまう。

クリストファーとパーティで一緒になって、わたしは内側から押し潰されそうになりながら彼に訊いた。「何があったの？」

「立派な死に様だったよ」と彼は言った。「亡くなる三日前まで明晰で、自分で葬儀の手配をしたんだ。全部前もって計画されていたんだよ。ブライアンがそこにいるって感じられるくらい、棺は温かかった。みんな教会で合流したんだ、彼の取り巻きや、何百人という友だちが全員来ていたのに、君はどこにいたの？」

「ああ、もう」

「入り口では――何百枚と現像されていた――生前彼が好きだったきれいなブルーのシャツを着たブライアンの写真が配られていた。彼はよくそれを着て踊ってたよね？ あの顔を覚えている？」

彼が笑いながら言うのを見て、わたしはブライアンのダンスを思い出した。ダンスは彼の優れた点だった。

「そして棺には、通路を渡るときにはっきりと見えるように、後ろに〝チベット解放〟って書かれたバンパーステッカーが貼ってあったんだ」

「ああ、〝チベット解放〟なんてすごくブライアンらしい！」

「そうだよね。それを見てみんな笑い出した。ブライアンがウィンクして、楽しんでねって言っているみたいだった。生きていくんだよって。考えるんだよって」

葬儀が終わって、先祖代々が葬られているロサンゼルスの由緒正しい地域の高級なカトリック霊園に埋葬されるときも棺のステッカーはそのままで、永遠に地下へと消えていった。ブライアンの魂は棺を抜け出すと、彼の屋敷で開かれたお通夜のパーティに駆けつけた。出席者は料理を持ち寄って、ブライアンの逸話を交換し合い、その後はもっとプライベートな二次会になって、みんなで夜明けまで踊り明かした。

些細な問題が解決して目覚めた今、わたしは空虚な景色に向かって「ブライアン、愛している」って言うことしかできない。ヴァレンタインにはもう遅過ぎるけど。わたしはブライアンのいない悲しいハリウッドにひとりぼっちで帰ってきた。

遠くて、高くて、手の届かない場所に行ってしまったけれど、少なくともさよならを言うのは自由だ。

それがわたしにできることだから。

本当のところ、わたしたちみんなが今できることといえば、オーハイの父親の母校に送り込まれたエディのために素晴らしい休日と、ジャニスのパーティみたいな忘れられないイベントを用意することだ。

この夏、エディが戻ってきたら、わたしは彼をヴェニスビーチのボードウォークに散歩に連れ出し、一緒にランチを食べて、わたしが一緒にいられなかったブライアンの最後の一年について聞くつもりだ。ブライアンは息子をインドにいる母親のもとに送ろうとしたけれど、エディは彼から離れなかった。

わたしにできることは、何か助けが必要になったときに備えて、いつもエディのそばにいること。彼は前途揚々だ。ブライアンと同じ目をして、楽しいことはないかと地平線を探っている。

自己陶酔の街

百周年を迎えたのがハリウッドであって、このわたしではないのが喜ばしい。百年も居座ったりしていたら、みんながその存在を認識するようになって、人目を避けるのも困難だろう。(そんなに長生きするんだったら、わたしとしてはロジャース&コーワン広告代理店に頼んでマスコミを排除するだけのお金を持っていたいものだ)

ハリウッドはいつだってＰＲというものから逃れられない運命にある。他の世界に見せかけている(実体とは真逆の)ハリウッドとは、まやかしがトルネードになって渦巻いた結果の産物なのだ。ジョージ・オーウェルの言う通り「フィクションとは実際には起こらなかった歴史で、歴史とは起こってしまったフィクション」なのである。

ハリウッドは、とどのつまり、サイレント映画のスターだったメイ・マレイ言うところの「自己陶酔者」たちの住処だ。ハリウッドで育ってきて、わたしはそういう自惚(うぬぼ)れ屋たちを山ほど見てきた。こんなにも大勢の人間が、多くの人々が自分たちをこれほどまでに崇拝しているのは(ＰＲや運命やその他の力ではなく)全て自分のなせる技なのだと思い込んでいるなんて、ファラオが自分たちを神だと信じて以来のことだろう。自己陶酔者たちは楽園に住んでいるのだと観客に信じてもらう必要があるが、実際のハリウッドの景観はそれとはほど遠い。ただ、セルロイドの魔法のおかげで、自己陶酔者たちを崇める幾多ものファンは、セダ・バラが横たわっている豹（ひょう）の毛皮が置かれているのが大理石の宮殿なのか、撮影スタジオなのか分からないままで済んでいる。そんな訳でハリウッドの建築物の多くは、雨露をしのぐことよりも写真での見栄えを第一として作られているようだ。

ハリウッドが楽園ではないとは言わない。胡椒の木とミモザが溢れていて赤や黄色をした芳香の雲が通りに満ち、五セント硬貨を持っていれば誰でも赤い車でビーチに行くことができた、わたしの頭の中にある一九二〇年代の夢のハリウッドは多少なりともそう呼べるかもしれない。

しかし美しいものが上手に年代を重ねるには絶え間ないメンテナンスが必要なはずなのに、ハリウッドは手入れが行き届いていたためしがないのだ。この夢の都は何段も階段を蹴落とされ、放置され、死に絶えたまま、奴隷として売り飛ばされてしまった。それでも、言わせてもらえば、ハリウッドの一部はわたしが夢見たバージョンと同じくらい美しい——もしあなたが荒廃した輝きは必死に守られてきたものよりも美しく「退廃こそが詩」なのだというテネシー・ウィリアムズの説を支持するならば、もっと美しいとさえ言える。

ハリウッドでわたしのお気に入りの場所は自分の住んでいるビーチウッドキャニオンの麓（ふもと）で、見上げると例のハリウッドの看板があるところだ。マンソンの恐怖が支配していた頃、ロー・ビアンコ殺人事件〔マンソン・ファミリーによる一九六九年のラ・ヴィアンカ殺人事件のことか〕の直後で、知り合いの女性がみんな夜の独り歩きを怖がっていた時期、わたしの友人のサンドラがビーチウッドキャニオンの知り合いの家でうっかり長居をしてしまったことがあった。彼女が家に向かう頃にはあたりが暗くなっていた。曲がりくねった小道を恐れるあまり、サンドラは道に迷ってしまった。すると、とりわけ狭いカーヴを曲がった瞬間に、ヘッドバンドをしたヒッピー風の男が彼女の車の前に飛び出してきて、狂ったように両腕を振ってみせた。「すごく恐かった」と後に彼女は語っている。「それで彼を避けてアクセルを踏み込んだの。そしたらもっと髪の長い別の男が現れて、わたしはとにかく、本当に……もう全身からアドレナリンが吹き出していた。それで更にアクセルを踏み込んで、カーヴを曲がると、突然……映画のシーンのど真ん中にいたのよ」

サンドラは探偵映画のロケ撮影の現場に突っ込み、キーッと音を立ててブレーキを踏んだが、車は照明をなぎ倒してケータリング・ビュッフェの近くでやっと止まった。「もう笑うしかなかったよ」この出来事の後、サンドラはすぐにバークレーに引っ越していった。

自己陶酔と混じり合った地震、火事、無差別殺人といった大惨事に対する恐怖はハリウッドで大きな場所を占めていて、まるでプールやオレンジの木や潑剌(はつらつ)として希望に満ちた若者たちと引き換えに悪魔に魂を売ったんじゃないかと疑いたくなるような、現実としてはあまりに美し過ぎる見せかけの下にずっと潜んでいる。ハリウッドがその基盤としている全てのものに暴力的なまでに対抗する言葉に「中年」がある——「老年」の方は神が百年の間禁じているので気にしなくても大丈夫だ！——誰もが知る通り、ハリウッドで常に重視されるのは美貌であり、それはメアリー・ピックフォードみたいに瑞々しく、女性的で、清らかな美しさでなかったら、グレタ・ガルボのような醒めた退廃的な美しさなのである。望まれているのは色褪せたり、たるんだり、皺が寄ったりする気配の見えない顔だが、もちろん、どんなに自惚れが強くても現実の女性たちは年を取る。そして年を取るということは、壊滅を意味するのだ。

　わたしが十歳で、いま住んでいる場所からそう遠くない場所に暮らしていた頃、ハリウッド大通りでそういうかつての美人たちを見かけては、恐怖に慄いたものだ。彼女たちは皺くちゃの顔を白粉で覆い隠していた。スパンコールの黒いドレスに身を包み、ボロボロのカツラか、あるいはカツラみたいに見える髪を頭の上に乗せていた。かつては、そんな旧時代のか細い遺物が、どこか来た場所に彼女を連れて帰るお抱え運転手付きのリムジンで焦れてキャンキャン吠えるペキニーズを待たせたまま、肘まである黒い手袋をして、ハリウッド大通りでウィンドウショッピングをしていた。こういうご婦人たちも一九二〇年代のドラマの中ではミモザに囲まれて花開き、白粉をはたいて、スパンコールを身につけ、鼈甲のシガレットホルダーを持ち歩く姿は彼女たちをより神々しく見せていたに違いない。でもわたしが目撃した彼女たちはガーゴイルのようになってしまって、ノーマ・デズモンドがサンセット大通りで暮らしていた廃墟よりもグロテスクだった。もちろんグロリア・スワンソンは破格で、他の人たちよりも更に自己陶酔具合は強い。他のかつての美人たちがC.C.ブラウンズ・アイスクリームパーラーでアボカドとトマトのサンドイッチだけを求める一方で、彼女の腰ではまだ情欲が燃えていた。わたしは干からびた手で優雅に食事をする老女たちを見て、何があろうとも、決して年だけは取るまいと心に誓った。

その頃のわたしは十歳で、好きな映画スターといえば海賊のような赤い髪と胸の谷間を持つモーリン・オハラか、ダンスが素晴らしいリタ・ヘイワース、そしてもちろん『紳士は金髪がお好き』を観て以来夢中になってしまったマリリン・モンローのような女優だった。（誰が見ても狂おしいほどマリリン・モンローの演じている女に恋をしているのに、ロバート・ミッチャムが自分に何が起こったか分からずに座っているなんてそんな馬鹿なと思いながらも）わたしは『帰らざる河』を三回も見ていた。ある日、塩素がきつくていつも目がピンクになるハリウッド高校のプールで水泳レッスンを受けた帰り、マリリン・モンローとジェーン・ラッセルがグローマンズ・チャイニーズ・シアターの前で、自分たちの手形と足形を永遠のものにしているところを目撃して以来、マリリンはわたしにとって特別な映画スターになって、彼女の行動の全てがわたしに直接的な影響を及ぼすようになった。彼女がアーサー・ミラーと結婚して演技レッスンを受け始めたときも、それを許しただけではなく、きっと正気に戻って離婚するはずだと予見していた。その前に彼女がジョー・ディマジオと結婚してビヴァリーヒルズのパームドライヴにあるわたしの大おばヴェラが住む家の向かいに引っ越してきたときは、わたしがずっと彼女を見張っていられるように天が計らったのだと信じていた。彼女はわたしが南フランスに行っていた一九六二年の八月に亡くなったが、わたしがハリウッドの実家に残っていればあんなことにはならなかったはずなのだ。

その翌年、両親と妹をヨーロッパに残してロサンゼルスに戻ってくると、わたしは知り合いのいないハリウッドに越してきて、屋上を冷たい風が吹き抜ける三月にこんな場所にいて何か意味があるのかとひとりぼっちで途方に暮れている若い娘みたいな気持ちを味わった。

シルバーレイクのおばの家に居候する予定になっていたが、もうハリウッドの看板から遠く離れた場所に暮らしたくないのは分かっていた。

すると幸運にも、年上の女友だちが頭のおかしなロシア人との恋愛に突入して、ハリウッド&バインから二ブロックしか離れていない小さなアパートメントを貸してくれることになった。わたし自身もレイニアビールとわたしの昼食代わりのチョコレートケーキの在庫を切らさない既婚者の男と狂ったような恋をしていて、そこで数ヶ月を過ごし、両親の所有するハリウッドコートの小さなバンガローが借りられる状態になるとそちらに越した。ハリウッドコートの家々は、向かい合った二棟の小さなバンガローの真ん中に通路があるという南カリフォルニア独特の建築物で、つまり我々がコンドミニアムを押しつけられる前は神の考えた最も完璧な住宅だった。

近頃の女性は結婚して落ち着き、子供を産んで幸せに暮らす以外は野心がないという話だが、ハリウッドの女たちは別で、彼女たちは演技を中心にものを考えている。わたしは演技ができないので、アーティストかフランソワーズ・サガンのような小説家になりたかった。でもフランソワーズ・サガンになるためには悲劇的な恋愛をして、しょっちゅう打ちのめされ、アンニュイになっていないとだめだった。

不幸なことに、わたしはいつも絶望なんて想像できないほど高揚感でいっぱいで、どうしたらアンニュイになれるのか分からなかったから、アーティストの方が向いていた。恋愛面ではその資格があると他人からは思われていたけれど。当時は既婚者との恋愛は不幸な出来事でしかなく、家庭持ちの男を愛した少女たちは悲劇に直面して自殺する可能性が高かった。でもわたしの既婚者の恋人は、こちらを打ちのめす代わりにたくさんのお金とパストラミのサンドイッチとレイニアビールとアドバイスをくれた。

わたしはハリウッドの看板の麓にあるスイカズラの花咲くバンガローに住んで、芸術家肌の友人たちや恋人たちに囲まれてきらびやかに楽しく暮らしながら、絶望しようと試みた。でも真っ暗な気持ちでいなくてはいけないのに、忘れてばかりいた。サンタモニカにボディサーフィンに行って、素敵な男たちを虜(とりこ)にするほど日焼けしてしまえば、世を倦み、精神的に疲れた状態なんかでいられない。

ニューヨークから初めてこっちに来た人たちは「この土地は果物とナッツばかりで、四季がない」なんてことを口にする。自分は高潔な東部人だから、安っぽい太陽のくだらない快楽なんかお断りだと言いたいのだ。でも数週間もすると彼らも焦茶のポルシェに乗ってバーニーズ・ビーナリーに現れるようになって、鳥のさえずりと木々のざわめきが絶えず聞こえる、スイカズラと薔薇と花咲くレモンの木に囲まれた白雪姫のドリームハウスみたいなお家に引っ越してくる。そして細胞レベルの変革を遂げている間に、冬に溜め込んだ脂肪を捨て、歯を治して、人生は〝大手の体制〟に取り込まれるアーティストのようなものだという態度を改める。気がつくと大手の側になっているちゃっかりした連中もいる。さもなければ最低でも〝野盗を仮の姿とするマルクス主義者のヒーロー〟を主人公にした映画の脚本を書く羽目になる。

ハリウッド育ちで、気候が人を欺いて気持ちを左右することを知っているわたしと違って、ニューヨークの人間は単に陽光に飢えているんだって、しばらくして気がついた。どうしたっていい気分になるのを抑えられなかった。だからわたしはフランソワーズ・サガンみたいなアンニュイな小説を書こうとしても、ヨーロッパでの体験を基に「果てしなく旅して」という楽しい話しか書けなかったのだ。無垢と退廃の遭遇をデイジー・ミラーの視点から描いたようなストーリーだったが、ヘンリー・ジェイムズがヨーロッパを退廃、アメリカを無垢な犠牲者として描いたのと違って、わたしは実体験から実はその逆であることを知っていた。鬱屈した作家になるのは見かけよりも簡単じゃないと理解するには充分だったんだから、やっぱりアーティストになった方が良かったのかもしれない。

マリリンが亡くなった夏、わたしはヨーロッパにいたが、現地の人たちはただアメリカ人だからって感心してくれないってことに気がついた。でもカンヌの岸辺の素敵なカフェで男性にハリウッドから来たのと言うと、彼は「じゃあ、どうしてこんなところに来たんだよ？　何故ずっといなかったんだ？」と叫ばんばかりだった。そして魅せられたような顔で夢中になって訊いてきた。「あそこはどんな場所なのかな?」

最初のPRがシンシナティからセオドシア・グッドマンという少女を連れてきて、世界に向かって彼女は「東洋の支配者」の娘セダ・バラであると告げたその日からこのセンセーションは始まった。ゴロワーズを吸って砂糖抜きのエスプレッソを飲む人々にとっても、戦争や人間の不正の現実を自分の目で見てきた人たちにとっても、それはあまりに強烈な出来事だった。もしヒトラーが実在すると信じられるなら、ハリウッドだって信じられる。

かつてアメリカの女子たちは洗練やアート、人生のより真摯な意味などを求めてヨーロッパに渡ったものだが、わたしがカンヌのカフェにいた頃はもう目的が違っていた。確かにルーヴル美術館は偉大だけど、『OK牧場の決斗』を観た後で〝楽しいパリ〟にとどまっていられる?『風と共に去りぬ』は言うに及ばす。

ハリウッドはわたしが水泳を習い、決して年は取らないと誓って育った場所のすぐそばで、世界を一変させる夢で自らを魅了した場所だった。すっかり荒れ果てて廃(すた)れ、アルコール依存症患者やジャンキーやハリウッド大通りで体を売るティーンエイジャーを追い払うのに警官が何人いても足りないという、今の姿とは無関係だ。あれはまったく重要なことではない。

何故なら自己陶酔はメンテナンスや伝統や博物館とは無縁の存在だから。ハリウッドは安っぽくてけばけばしい場所で、他人からの崇拝を求める人々はこれ見よがしで下品、売名行為は馬鹿にされて当然——よく言われることだ。まだ楽園だった頃の夢の一九二〇年代においてさえ、それはハリウッドの解決できない問題だった。ハリウッド百周年では、売名について祝うべきかもしれない。だけど常に世界で最も不愉快な職業と見なされてきたせいで、ＰＲ業の人々の多くは顔を知られないようにしているし、このアイデアは誰にも歓迎はされないかもしれない。結局のところＰＲの人々は自分に酔っている連中のためにここにいるのではないし、多くの人々に臆病なコヨーテ呼ばわりされても、その苦境をカルマみたいなものとして受け止めている。

わたしたちは最高にエキサイティングなものに鎮静を覚えて、最も想像力をかき立てる強烈なものが歴史になる世界に生きている。そしてフリオ・イグレシアスは、ＰＲに百万ドルを使うことが、無名の大金持ちのラテン・ヒーローからウィリー・ネルソンの友だちとしてテレビに出ることへの架け橋になると知っていて、自己陶酔する者たちもこれが誰の記念日か少なくとも分かってはいる。

ハリウッドは実現したフィクションで、まやかしのトルネードで、ＰＲの喜劇。今も昔も変わらず、どこか困ったところがあるけれど、まだ本当に廃れてはいない。何だろうと、終わってはいないのだ。今はまだ。

高くついた後悔

七〇年代の初め、そこの住人だったウォルターという男と付き合っていて、シャトー・マーモントに一年余り入り浸っていた時期がある。本当のところ、ウォルターとだめになって、何よりも残念だったのはシャトー・マーモントともお別れしなくちゃいけないことだった。それでも友人にこのホテルを勧めていたら、ロサンゼルスでこんなに何でもありな場所はここしかないと気づかれてしまって、みんなシェリー・ネザーランドやそこを真似しているような他の場所に泊まるなんて考えられないと言い出すようになった。シャトー・マーモントが他と違うのは、一旦部屋に入ってしまったら、出るときには外はタンジールになっているのではないかと思わせてくれるところだ。そしてわたしの友人といえばタンジールを愛するような類の人間ばかりだったので、いつか本当に彼の地を訪ねたら、自分はもう戻って来られなくなるんじゃないかとわたしはいつも不安だった。それで、文通で何年も思わせぶりなやり取りをしていたレンゾというニューヨークの作家は、とうとうロサンゼルスにやって来ると連絡をよこしたのはいいが、わたしがずっと前に書いたエッセイを読んだせいか、どうしてもシャトー・マーモントに宿泊するのだと言ってきた。「ガーデン・オブ・アラー〔ロサンゼルスの高級ホテル。F・スコット・フィッツジェラルドが宿泊していたことでも知られている〕に泊まれなくても、幽霊たちと交流することくらいはできるだろ」

そう、ホテルはアンドレ・ベラジズ〔一九九〇年にシャトー・マーモントを買収して改装した実業家アンドレ・バラスのこと〕によって買収され、五階の部屋に住んでいた当時七十歳のヘルムート・ニュートンのアドバイスと許可を得て、適度に――要するにほんのちょっぴり改装したところだった。

まだ少女だった頃、ワイルド・ターキーを愛飲し、わたしにサタニスト的な〝魔術師〟のアレイスター・クロウリーの本を読ませたがっていた男を訪ねにシャトー・マーモントに行ったことがあって――それがこのホテルの初体験だった。その頃の部屋といえば、自殺したくなるほどダサくて惨めな代物だったが、実のところそれがわたしにとってはシャトー・マーモントの魅力だったし、自殺そのものについても悪いことだとは思っていなかった。それ以降、ホテルは着実に下降線を辿っていったが、それがまたわたしの仲間には熱狂的に喜ばれて、プロデューサーの秘書たちがサンセット・マーキスなら少なくともルームサービスがつくと説得しても、誰も聞く耳を持たなかった。「窓からの眺めなんてどうだっていいからさ、とにかく部屋を押さえてよ」とみんなが声を揃えて言った。

そして現在のホテルといえば、まあ、新しい支配人はシャワーヘッドを全部取り替えて、新型の冷蔵庫を部屋に設置し、おまけにルームサービスという素晴らしき新世界の領域にまで踏み込んでいたが（と言っても、チキンサラダとオレンジジュース、フルーツプレートくらいのものだったが、大事業主だったら何か温かい料理にもありつけるかもしれない）、それでも、かつては真っ白だったものがみんなオフホワイトになって残っている、相変わらずのシャトーでもあった。

　という訳でみんながレンゾにペニンシュラかフォーシーズンズを充てがおうとしたのだが、彼はこう言って却下した。「そこじゃ誰にも会えないんだよ。俺の知っている連中はみんなシャトーに泊まっているんだから」

　レンゾはホテルの部屋から電話してきた。「ここがえらく気に入ったんだ、エレベーターは鈍いけど……」

「ロビーに着いたら呼び出すから」わたしは言った。「迎えに行くね」


　そんな訳でわたしがシャトー・マーモントのロビーにいたとき、今を謳歌している二十代前半の美しい若者たちが五人、ガヤガヤと地下の駐車場から階段を登ってきた。短髪の子はアルマーニの広告で見かけたことがあったし、やはりショートカットの女子たちも同じ広告で目にしていたが、驚いたことに、そのうちの一人がわたしを見てこう言ってきた。「俺たち、知り合いですよね？」

　見覚えのある銀色に輝く瞳と、ケイト・レイクの手でもなければ上手にセットできないような赤みがかったブロンドの髪の毛。ということは、この子は彼女の息子に違いない。そうだ、あの家系のアールデコ的な魅力を引き継いでいる。

「ディラン・レイク・グレッグソンです」彼はそう名乗って、わたしの推理が正しかったと証明してくれた。

「そうなの」拍子抜けしてしまって、言葉を失ったときによく使うフレーズが口をついて出た。

「そりゃいかすね」

「L.A.にあるアール・マクグラスのギャラリーでうちの母さんが個展をやったとき、オープニングで見かけました」彼は言った。「ジム・モリソンの記事であなたがその件についても書いたって聞いたけど。それってすごいことですよね。彼もこのホテルに泊まっていたんでしょう?」

「ここの窓から落っこちたのよ。あいつはただデヴィッド・クロスビーに会いに来ただけだったはずだけど」

「どの窓から?」彼はそれで頭がいっぱいになってしまって、他のことは忘れてしまったようだった。

フロント係がようやく電話を終えてディランにキーを渡すのと同じくして、わたしやあなたの考えが及ぶ以上にニューヨークシティ的な雰囲気で、レンゾがエレベーターから降りてきた。わたしが彼に心奪われてしまったのは、この佇(たたず)まいのせいだ。緑のシャツとブラックジーンズという格好なのに、黒いケープでも羽織ってオペラに行くかのようだ。彼にはどこか優雅なヴァンパイアみたいなところがある。日焼けしていないと、同じくヴァンパイア的なわたしの友人ヴィッキー・レイクを彷彿とさせた。

ディランがレンゾに気づいた。「最新作、最高でした、でもあなたの本はどれも大好きです」

わたしがディランをレンゾに紹介すると、彼はこう言った。「ああ、すると君の母君はあの偉大なアーティストだな。彼女が駆け出しの頃、そんな金もなかったくせに小さな作品を購入したんだよ。それですっからかんになってしまって、その夏はどこにも行かずにあの絵と二人きりでニューヨークで過ごしたんだ」

「母が聞いたら喜びます」ディランは言った。「フロントに預けておいたら、著作にサインをもらえたりしますか？」

「お安いご用だ」レンゾは言った。「君たちはどこで知り合ったのかな？」

「ああ。長い話なの」

「ジム・モリソンが落ちたのはどの窓からなんですかね？」ディランはもう一度訊いてきた。

「バンガローのあるところよ」わたしは答えた。「正確にはどこか知らないけど。私道の上の部屋のはず」

「見てくるよ」ディランはそう言って、友だちがいなくなっているのに気がついた。「みんなもう上階に行ったみたいだ。会えて嬉しかった」彼はレンゾにそう挨拶すると、「本当、長い話だよね」とわたしに言った。彼は笑ってこちらに身を寄せると、わたしにしか聞こえない声で囁いた。「ヴィッキーは立ち直っていないんだよ。でも彼女はずっとあなたを愛しているからね」シャクヤクの花の匂いを漂わせてわたしにキスをしたかと思うと、ディランは美しい友人たちと合流するために階段を駆け上がっていった。

「さあ、まずは俺にその窓を教えてくれ、それから長い話を聞こうじゃないか」レンゾは言った。

「どの窓か知らないんだって。あいつが二階から落ちたって聞いただけで、それがバンガローのあるところだって話」

「ジムとは深い仲だったんだろう？」彼はそう訊いて、口にするのもおぞましいロサンゼルス的なことを聞いたときみたいな目でこちらを見た――危険だ。

「安手のお楽しみの相手だったってだけ」

「彼はもっと値の張るトラブルって感じだ」レンゾは言った。「むしろ高くつく後悔だな」

わたしは笑った。「そうだね、あの頃のわたしたちは、自分たちは永遠に生きるものだと信じていた。後悔は多ければ多いほどいいって。しかも、自分たちに死が適用されるとも思っていなかった」

「ああ。そうだな、俺の方はヴェトナムにいたんだ」

「そうなの？」わたしは訊いた。彼はそういうタイプには見えなかった。従軍体験についてはは本に書いていないし、略歴にも載っていない。

「このことについてまた後で話すかもしれない」彼はわたしの肩に手を置いた。「だから、ディランについて話してくれ。どうやって知り合ったのか。長い話なんだろう」

「ねえ、まだ日が高いよ。わたしの車でドライヴして、お屋敷を見に行こう。過去に関係している場所なの」

わたしは彼の手を取ってシャトー・マーモントの正面口から出ると、地下駐車場の面倒を避けるために、短い訪問の際にはいつも車を停めている裏手に回った。豹柄のシートを張った、小さなホンダ・シビック・ステーションワゴンをそこで見つけて、いつもの置き場になっている助手席から本を後部座席に移し、レンゾをそこに座らせた。「こういうシートカバーは好きだし、すごく君らしいよな？」

誰かの裏庭にあるジャカランダの木がわたしの車のそばに花を落として、ねっとりとしたラヴェンダー色の花びらの水たまりを作っていた。

運転席に乗り込むと、エンジンをかけた。カーラジオがついた。ちょうど三時を過ぎて、判決が下されたところだった。「さあ」アナウンサーの声がする。「陪審員たちが法廷に戻ってきました」

「あの事件か？」彼が訊いてきた。この国の誰もがロドニー・キングと警官たち〔一九九一年三月、ロサンゼルス市内で車を運転中、スピード違反容疑でパトカーに停車させられたアフリカ系アメリカ人のロドニー・キングは複数の警察官から激しい暴行を受けた。仮釈放中の身だったキング氏が逃亡を試みたためであるが、武器を所持せず、抵抗もしなかった彼を警官たちが痛めつけるビデオが出回って社会問題となった〕の裁判については知っている。

「そうだよ」わたしは駐車した場所から抜け出して、ケイトのかつての家に向かっていた――覚えているよりも長いドライヴになった――シミバレーの陪審員たちは、証拠の隠滅や〝不当な暴力の行使〟には当たらないものによってロドニー・キング事件の警官たちを有罪にはできないと世界に向けて宣言した。

十票の評決が虚無の空中に落下し、無惨にも全てが「時間の止まった国からこんにちは！」と記されたポストカードに変身してしまったみたいで、わたしは蜃気楼をオアシスに見間違えた人間の気分を味わった。

「何なんだ」レンゾが漏らした。「何だ、何だ、何だ！　こいつらは目が見えないとでも？　唖然とするよ。じゃあ他の何が〝不当な暴力の行使〟だって言うんだ」

「まったく、ありえないよね、だって、七〇年代初めの頃はわたしたちの勝利なんだって本気で信じていたんだから。本当に、こっちが正しいと証明されて、もう二度と敗北することはないんだって」

「でも俺たちはまだヴェトナムにいたんだ、君が言っていることが本当だったとしてもな」

こっちの勝利だと思い込んだ理由のひとつに、ウォーターゲート事件があった。うちの父親がずっと盗人だと主張してきた男が、本当にそうだったと判明したのだ。

わたしたちはニクソンを追い出し、ヴェトナムからも抜け出したし、女性は中絶の権利を勝ち取り、ＣＩＡが三十万人の市民の記録を違法に保管していたことまで明るみに出た。もうこっちの勝ちは決まったも同然だった。颯爽としたリーダーが現れてくれれば、本当にそうなっていたかもしれない。だけどわたしたちを鼓舞してくれると思った唯一の人材は、恋人のマリー・ジョー・コペクニ〔ジョン・F・ケネディ大統領の末弟エドワード・ケネディ上院議員の愛人だった女性。一九六九年、マサチューセッツ州チャパキディック島で二人を乗せた車が橋から転落した際、先に脱出したエドワードに見殺しにされて水没する車の中で死亡〕

を湖に沈めるような男だった。この国の活気を取り戻して、良い方に舵取りをしていくのは自分たちの仕事なんだと当時は信じていた。本当にそうだったのかって？　答えはノーだ。カリスマが悪い方向に作用した。こっちの側にいる人間はボールから目を離すべきじゃなかったのに、他のことに気を取られてしまったのだ。それで白人の人種差別主義者たちの巻き返しが始まった。

ロサンゼルス市警の男たちの声には被害者意識に満ちた何かがあって、まるでどこに行ってもサインを求められてしまうとインタビューで嘆く映画スターみたいだった。

「聞いていられないよ」わたしはラジオを消すと、遠い記憶の中だけに存在していたオールド・キャニオン・ロードに乗り入れた。「一回行ったことがなかったら、絶対にたどり着けない場所だよ」

ハリウッドのはるか上を昇っていく舗装されていないでこぼこした旧道を走って、わたしはヴィッキーがザックの車を追って運転しながら、「あの人たちがどうやってあそこを見つけたのか、本当に謎なんだよね」と言っていたのを思い出した。

七〇年代の初め、ウォルターと別れて、自分の書いた記事が初めて雑誌に売れた頃、わたしはヴィッキー・レイクと、彼女の妹で、元サーファーの映画プロデューサーであるザック・グレッグソンと結婚したばかりのケイトと知り合った。ヴィッキーの説明によるとザックはとある映画スタジオから主任プロデューサーにならないかとオファーがかかっているところで、わたしにはそれもまたこっちの側が勝利したことを示す明白な証のように思われた。それまでの映画会社のエグゼクティブといえば、いつもネクタイをして〝愛国的〟であろうとしているひどく年寄りじみた連中で、ハリウッドのスタジオ種族でなければありえないほど頭がおかしい上に、万事手遅れになってから物事を把握するので――ロックンロールみたいな――流行や潮流が映画に登場する頃には、それはもう絶望的なまでにきれいごとにされた、まったく説得力のない偽物に成り下がってしまっていた。でもザックがプロデューサーになった暁には、そんなとんでもない偽物は淘汰されるはずだ。もうあんな代物に耐えなくても済む。

少なくともその契機はあるはず。

何よりザックはリアルじゃないものは決して認めなかったし、今まで演技経験がないような俳優を起用して、信じがたいことにそこからスターを生み出し、えらく芸術的な映画を制作して大ヒットさせていた。彼はまた、ザックが指揮してくだらないハッピーエンドから脚本を守り、現実に根差したロケーション撮影をして、チューイングガムを嚙んでいそうな本物の人間に見えるリスクを冒して演技する女優を雇うと保証してくれないなら、仕事はしたくないと主張するスターだけを起用した。昔からのハリウッド人種は何が流行っているのか分からないままだったので、ザックの勢いは止まらなかった。そう、もしあの人たちがビートルズの映画を撮ったら、ヘアスプレーを使って髪をセットしていたはずだ。

ヴィッキーとわたしがサンセット・ストリップに出かけた夜、世界は確かに変化のただなかにあって、わたしたちは勝利者の側だったが、堅物のヴィッキーはそれを認めようとしなかった。彼女は目の周りに濃いメイクをするのが嫌いだったし、いつも足元はソックスとローファー、カーキ色のパンツかネイビーブルーのスカートに、首元までボタンを留めた飾りのない白いシャツか、やはり首元までボタンを留めたカーディガンというスタイルで、周囲ではわたしを含む誰も彼もがただセックス、セックス、セックス、更なるセックスのために着飾っていた中で、ヴィッキーだけは純然たるプレッピーファッションを貫いていた。あの頃のわたしは、バイアスカットで、着るときに少し閉じなくてはならないほど胸元が大きく開いている一九四〇年代の古着ドレスを持っていた。赤の地に黄色い花模様のドレスで、それにアンクル・ストラップがついた赤いハイヒールサンダルを合わせた。更におめかししたいときは、黒い造花の飾ってある赤い帽子を被って、濃いアイメイクを施し、くちびるには何もつけず（わたしなりのナチュラルメイクだ）、羽飾りを巻いた。

「もうやめて」ヴィッキーはケチをつけた。「またそれを着るなんて！」

「じゃあ、羽飾りは家に置いておく」

（羽飾りは暑苦しくて、本当のところ無用だった）

「まったく、トレド気取りなんだから」彼女はそう言って、首を振った。

ヴィッキーは素晴らしい短編小説の書き手で、わたしは彼女に夢中だったが、ヴィッキーはあまりにシャイでそれを出版社に送ろうとせず、こちらがいくら言っても未発表のままにしていた。わたしたちはとある女性詩人のお茶会で知り合った。わたしはその詩人の友だちで、ヴィッキーはUCLAで彼女の詩の授業を受講していた。

男性に囲まれて酒を飲んでいると舌峰が鋭くなるのが玉に瑕(きず)で、そのせいで男たちはみんなヴィッキーから逃げ出していった。男というものの悪口が蛙のように口から飛び出すので、この人は全然セックスが好きじゃないんだなと思ったものだが、彼女は面白い人だったので気にするのはやめにした。特にあの夜のことがあってからは。二人でわたしの部屋（この小さなハリウッドのバンガロー）に帰ってくると、ヴィッキーはわたしをベッドに押し倒して服を脱ぎ捨て、次の瞬間にはもう、好奇心はあれよあれよと欲望へと転じて、わたしは官能的で神聖な禁断の絵画の中にいた。彼女の白い身体は月明かりに照らされて、不純なことをしている純粋な百合の花みたいだった。香水はつけていないはずなのに、彼女からはシャクヤクの花の香りがした。それが生まれつきの体臭なのだ。わたしが眠りに落ちる前に彼女は家に帰っていったが、翌朝電話してきて自分のアドレス帳がこちらにないかと尋ねる様子を聞いて、この人は全然覚えていないんだと気がついた。それからの三年間というもの、ヴィッキーは頻繁にブラックアウトを起こして、自分が何をしたかを忘れた。教えてあげた方がよかったのかもしれないが、わたしが踏み込むべき問題じゃないような気がしていた。あの頃はブラックアウトが深刻なアルコール依存の症状だなんて知らなかったし、わたしはただ彼女が大好きで、一緒に夜を過ごしたかったのだ。わたしは男としか寝なかったし、女性との経験はヴィッキーだけだったので、自分はレズビアンじゃないと考えていたが、ヴィッキーはあまりに美しかったし、あの頃のわたしは自分をベッドに押し倒してきた美しい人みんなに夢中にならずにいられなかった。それに、男が嫌いなのにセックスが好きだったら他に手はないじゃない？　ヴィッキーは勇敢なんだなって感心していた。

同じ頃、妹のケイト・レイク・グレッグソンはハリウッド社交界の高速レーンに乗っていて、あの頃のハリウッドといえばわたしたちが勝利したと思い込んでいた時代だったから、誰もが退屈を感じないようにするのに精一杯で、傲慢にならずにはいられなかった。

「ザックが新しい家にケイトを連れていくんだって」二人の結婚から約一年が経って、ケイトの赤ちゃんのディランが二ヶ月だったときに、ヴィッキーがそう言った。「今日、家を見学しに行くんだけど。一緒に来てよ」

わたしはヴィッキーの淡褐色のコンバーチブル・フォルクスワーゲン・ビートルに同乗して、人々が詰めかけるような夜会をケイトがいつも催していた、サンセット・ストリップにある二人の借家まで行った。それからザックとケイトが乗っている古いサーフ・ウッディの車を追いかけて、今、レンゾとそうしているように、一回行ったことがなかったら、絶対にたどり着けない場所へと向かっていった。そしてとうとう、長過ぎるドライヴの果てに、今、こうしてレンゾとわたしがそうしているみたいに、ロサンゼルスを見渡せる台地にたどり着いて、広大な庭園と、ゼラニウムが植えられた鉢に囲まれた巨大なプール、テニスコート、駐車場、晴れていればどこまでも目が届くような眺望と、わたしのバンガローよりもはるかに広いゲストハウスがある素晴らしい屋敷にたどり着いた。

「これは持て余しものだな」ザックが漏らした。「すごい安値で手に入るんだが、どうしたものかな?」

すらっとした体型にボーイッシュな魅力、豊かでセクシーな長い髪をしていて、きょうだいは全員そうだという、映画スターの母親ゆずりのきれいな歯がのぞく完璧な笑顔、履き古したジーンズにあの頃誰もが着ていた青いワークシャツというスタイルで、年齢は三十歳。そんな男が、ケイトに全世界を差し出していた。八〇年代のニューヨークのアッパーサイドにあるタウンハウスの方が価値はあるのかもしれないが、ロサンゼルス的にはこれが最高峰だった。正直、やり過ぎなくらいだ。

「そうだね、ここならアトリエをどこかに作れるかな」ケイトはニューヨークのプラット・インスティテュートの卒業生で、ザックと出会う前は画家だった。「絵を描くための」

「おあつらえ向きの部屋がある」ザックは言った。「それに、とても全部の棟なんて使えない。でか過ぎるんだよ、それが難点で、安く売られているんだ」

安かろうが何だろうが、わたしからするとこの家は過剰だった。この家の元の持ち主はサイレント映画時代のスターで、今はハリウッド墓所にある欲望がむき出しの巨大な裸の天使像が彫られた墓石の下で眠っていた。

　すると、ケイトの親友で、彼女以外は到底耐えられないような女のヘイリーが到着した。ヘイリーは人目を盗んで誰かの恋人を横取りしておいて、自分には友だちがいないからと同情を買おうとするようなタイプの女だった。そしてケイト以外には友だちがいなかった。ヘイリーは他の誰よりもケイトに入れ上げていて、彼女に似せようと、皿をすすいだ後の汚水みたいな茶色の地毛をケイトの自然な髪色であるダークレッドに染めていたが、ケイトの方は自分の美しい髪には無頓着で、この日も髪を長い三つ編みに束ねて華奢な背中に垂らしていた。努力の結果とはいえ、ケイトの美貌はまるで別次元で、もし彼女が何もしていなかったら姉のヴィッキーにそっくりだとはにわかに信じられないほどだった。姉の方は容姿について気を配ることすら拒否していた。ケイトの方は自分の瞳の銀色の輝きを際立たせるためにシルバーのアイシャドーを使っていた。彼女は暗赤色の雲みたいな髪をおろして背中に広げていることが多かったが、ヴィッキーは髪をあごの長さに切り揃えて、バンダナでまとめて顔にかからないようにしていた。ケイトは月色の身体と月のように丸い乳房が引き立つ襟ぐりの深い服を着たが、ヴィッキーはプレッピーらしく自分と身体を離婚させて、他人の目が肉体に行かないようにしていた。そしていつもローファーかテニスシューズで、追いつめられてどうしてもディナーパーティに出席しなければいけないときはすり減ったローヒールの目も当てられないような黒いパンプスを履いていた。ケイトの靴はみんな銀色で、この日モロッコパンツに合わせて履いていたブーツもそうだった。

「シルバーの靴を履くと、気持ちが軽やかになるの」ケイトはわたしにそう教えてくれた。

ヴィッキーとケイトは同じ身長だったが、ケイトがパーティを主催する天使みたいに人々の間で浮かんでいるのに対し、ヴィッキーは照明の当たらない椅子の横でうつむいていた。ケイトがどんちゃん騒ぎの中心人物だったのが、ヴィッキーの方は、わたしと出会ったときは図書館学を専攻していた。

「わたしはケイトみたいにはなれないの」とヴィッキーは言っていた。「あの娘は本当にすごいのよ。そばにいると自分が嫁き遅れみたいに感じちゃうんだけど、わたしの方はおばさんたちみたいに図書館司書になるのが夢だったんだよね」

全世界がまともで合理的な方向に傾いていた時期に、ヒップな人々がこの世を支配して、ただただ快楽を求めていたことに対して、ヴィッキーはウィリアム・ブレイクの言葉を引用していた。「楽しみ過ぎるのはあらゆるものの中で最も忌むべきものだ」

わたしが彼女を熱烈に愛していたのも無理はない。だって、他の誰がこんなことを言う？

「俺たちと同居して欲しいんだ」ザックはヴィッキーに言った。「好きなときに好きなように出入りしていいから、ゲストハウスを使いなよ」

「だめ、だめ、だめ」ヴィッキーは言った。「自分のアパートが好きなの。ペチュニアも育てているし」

「もう」ケイトはみんなに向かって首を振った。「もう絶対に、そう言うって分かってた！いつだって姉さんは楽しいことが嫌いなんだから」

「ペチュニアは、楽しいわよ」ヴィッキーは言った。

「でもこの家は確かに広過ぎるかもね」たとえ安くてもこんな屋敷を手に入れてしまったら、悪魔に魂を売り渡したみたいに、ここの維持のために本来ならしないようなことをしてしまうのではないかと懸念して、わたしは釘を刺した。

別れ際、ケイトはわたしをハグしてくれたが、彼女もヴィッキーのようにシャクヤクの花の香りがした。（後で気がついたが、ディランも同じような匂いがしたので、これは遺伝性のものに違いない）

そしてまた、何もかもが素晴らしい状態で進行していった。ケイトとザックとディランはあの屋敷に引っ越し、ひとつの壁も壊さずに、荒れ果てた悲しい場所を、はみ出し者たちを引き寄せる磁場へと変身させた。もしシャトー・マーモントが彼らの物理的な住処だとしたら、ケイトのパーティは精神的な居場所だった。彼女のパーティで民主主義は緩み、快楽が原動力となって、みんなしゃべりまくって自分たちがいるのがニューヨークではないことを忘れた。

誰もが安全で守られていると感じていた。警察はここまで探しに来ないし、どんなに長居しても飽きることはなかった。もしかして、ケイトの中には人々を退屈させるのを許さない鋼（はがね）のような意志があったのかもしれない。彼女はただそこにいるだけで、みんなに卓越した人間でいたいと思わせてくれるような女性だった。

その頃、ザックは映画会社から『マイティ・モー』という映画をプロデュースするなら社長にしてやるというオファーを受けたが、それは正気の人間なら誰も彼が作るとは思えないような安っぽいスリラーだった。ケイトは脚本を読んで、読み終わると寝室の壁に投げつけた。

「クズじゃないの！　あなた向きじゃないよ、ザック。こんなのどうかしている」

「でもこれを受けさえすれば、やりたかった企画が五本も通るんだよ」彼は言った。

「だけどこの映画が完成する頃には、自分が何者かも分からなくなっているはずだよ」彼女は言った。

スタジオのお偉方は、ただこの企画を通すだけではなく、ザックにプロデュースも任せて、全てに対応してもらいたがっていた。既にいにしえのスター俳優が何人か契約していて、小規模のアート作品の予算をオーバーしないように舵を取れる、信頼できる人材が必要だったが、ザックはそんなことをした経験はなかった。

わたしは当初、ザックはこれをヒットさせたら自分の地位固めになると考えているのだと思っていたし、彼の方も「これをやれば『ファウスト』を撮影させてもらえるんだ」と言い張っていた。

（『ファウスト』の脚本は俳優以外の誰もやりたがらないような代物だった。あれはどうにも雲行きの怪しいところがある企画だ）

「そうだね」ヴィッキーが口を挟んだ。「わたしはこの脚本、結構いいと思うけど、自分の見る目のなさは分かっているし、駄作映画が好みのところもあるから」

「俺も悪趣味な意味で気に入っているんだ」ザックが言った。「陳腐なんだよな。でも俺はポップコーンを食べながら、何もかもがお膳立てされたこういう陳腐な作品を見ていた頃が懐かしく思えることがある」

「もおおお！」ケイトは叫んだ。「あなたたちみんな気が狂っているの！」

「でも問題は他にもある」ザックは言った。「フィリピンで撮影するから、長い間家を留守にしなくちゃならない。そうすると、ここで起こる全てを見逃すことになる」

「ここでは何も起こらないわよ」自分の素晴らしいパーティが街を離れない決め手になる人間がいるなんて信じられないかのように、ケイトはぴしゃりと言った。

「そうだな」ザックはそう言って、とうとう核心に触れた。「その、フィリピンにはサーフィンにもってこいのスポットがあるって話なんだ」

「なんだ！　あんたはただサーフィンがしたいだけなんじゃない！」わたしは言った。

「そうだな」彼はため息をついた。「今度買ったボードが本当に最高なんだよ」

つまり、真の理由はサーフィンだったのだ。男というのは大人になってもサーフィンがやめられず、六十歳になろうがずっとそのままなんて、その頃はまだ知られていなかった。彼は海から陸に戻ってきた世代だったが、男をずっと陸地に留めておくのは不可能だった。大人になろうとしてボールから目を離さずにいたはずなのに、やっぱり他のことに気を取られてしまったのだ。

「彼はサーフィンばかりしたがるの。わたしたちがヴァカンスで行ける場所は限られていて、ハワイの、それも退屈なノースショアだけなんだから」ケイトは愚痴った。「ヨーロッパにも行けないし、ニューヨークもだめ、ただもうひたすら、海、それだけ！」

「帰ってきたらヨーロッパに連れていくよ」ザックは言った。

「わたしがニューヨークに行きたかったら、一人で行かなくちゃならないの！」彼女は言い募った。「あなたはサーフィンのことしか頭にないから！」

「あいつは日焼けできない体質だから、怒ってるんだよ」ケイトが不機嫌な顔で部屋から出ていくと、ザックはそう言った。

陸地に留まっていられないのなら、ザックは日焼けできない体質の人間と夫婦になるべきではなかったし、そもそもサーフボードに取り憑かれたままで結婚してはいけなかった。

「日焼けできないから怒っているんじゃないのよ」彼女は隣室でわめいていた。「映画がクソだから怒ってるんじゃない！」

そんな訳で、大して芸術的でもない理由でザックは『マイティ・モー』のプロデュースを引き受け、スタジオの社長になると、一週間後に「ロケ地候補」を探すためにフィリピンに旅立っていったが、わたしはサーファーがどんなものか知っているので、カールしたいい波の立つ人気のないビーチのそばで撮影場所を探しているのだと踏んでいた。

同じ頃、ニュージャーナリズムの波が大々的に押し寄せてきた。トム・ウルフみたいな才人が雑誌の記事を通して人々を自分の考えに染めようとするのは合点がいくが、同じことをローナ・デイビスみたいな別の人間がやると、彼女の妄想を信じるように他人を無理やり洗脳しようとしているみたいだった。彼女は取材対象について意地悪く、冷酷で、まるでタブロイドの見出しみたいな内容の記事を書いていた。でもローナが〝新しいハリウッド〟について書く仕事を依頼されたというので、ケイトはあの退屈な女が一週間も自分に同行するのを許可し、大規模なパーティのひとつにも招いてあげた。

「あの人はわたしのニューヨークの友だちの友だちなの」ケイトはそう説明した。「だから、そんなに悪い人じゃないはずだよ、恥知らずな記事を書いているとしてもね」

わたしたちはパーティの夜に初めてローナに会ったが、彼女はカクテルパーティだと聞きつけて、一面にマティーニや、マンハッタンや、シャンパンカクテルといったカクテル類のアップリケがついた赤いフランネルのムームーを着用してきた。ジャガイモみたいなスタイルで、ほつれた髪の毛のまま、「そっちは骨の髄までロサンゼルス人で理解できないかもしれないけれど、わたしはニューヨークの人間で頭脳派だから、あなたたちみたいに見た目なんか気にしないの」という空気を始終漂わせていた。

それから数ヶ月後に、ケイトそっくりな女がシルバーのブーツを履いてメルセデスベンツから降りてくるところを描いたイラストの上に、「怠惰なハリウッドの妻たち」という赤い文字の見出しが斜めに走っている特集記事が発表された。

「もう、最低だよ」ヴィッキーは電話口でわたしに泣き喚いた。「信じられる？　ランチ前に五十七人の人間が記事を見たかってケイトに連絡してきたんだよ。学校のときの友だちや、フィラデルフィア時代の知り合いまで！　（ヴィッキーとケイトはフィラデルフィア出身だ）」

ケイトがメルセデスを持っていないという事実は大したことじゃないし、記事が嫉妬で緑に染まっていて読むに耐えない代物だというのも、どうでも良かった。でも考えなしに一日中買い物しているケイトの姿は、ローナが思いつきで作り上げた恐ろしい虚像だった。

表紙のケイトのイラストは彼女に似てはいたが、醜く描かれていた。こんなだったら、中身まで全部間違っている必要はなかっただろうに。

「こんなのみんなすぐに忘れちゃうよって彼女に伝えて」当てずっぽうでそう言ったが、後にあの手の記事は本当にそういうものだと知った。

「あの娘は怒り狂っている」ヴィッキーは言った。「ザックがあの映画の仕事を受けなければ、自分はこんな目に遭わなかったんだって考えている。彼とは連絡が取れないの。電話が全然つながらなくて。フィリピンでハリケーンか何かがあったみたい。ニコデルズでわたしと会ってくれるでしょう？」

「もちろん」

ニコデルズは何も面白いことが起きないレストランで、普段のわたしが行くところではなかったし、ヴィッキーも落ち込んでいて、フィラデルフィアを思い出させる白くてつまらない料理を出す場所を必要としているときにしか行こうとしなかった。彼女はそこで（わたしに言わせれば最低の飲み物だが、プレッピーが好んで飲む）ジントニックを注文し、セロリとラディッシュとオリーブが山盛りになった冷たいガラスのプレートを頼み、ホワイトソースのかかったターキークロケットを食べるのだ。わたしの方は驚きを持ってただそれを眺めて、感心しつつも、味見は遠慮しておいた。

ニコデルズの建物は一九三〇年代のフレッド・アステアの映画セットみたいな形をしていた。ボートかバナナの葉っぱの背景幕みたいだ。外装はダークグリーンで、やたらと広くて煙草の匂いがする古いボックス席はほの暗く、ヴィッキーの好みを完璧に把握している愛想のいいウェイトレスがいた。

「お客様」彼女を見るとウェイトレスは言った。「何をお持ちしましょうか？　おいしいスープはいかがです？」

「いりませーん」ヴィッキーは首を振ってため息をついた。「ジントニックとターキークロケットをお願い、ソースはたっぷりかけてね」

「多めにするように言っておきます」ウェイトレスはそう言うと、わたしがヴィッキーの悩みの種であるかのように冷淡な態度でこっちに訊いてきた。「そちらはまだ注文が決まらないんですか？」（わたしが彼女たちの一員ではなく、ここにはそぐわないと店員たちは知っていた）

ジントニックがやって来て、ヴィッキーはそれをすすった。「ああもう、完璧」

わたしは他に注文するものがないので、ビヴァリーヒルズホテルのポロラウンジのものより大分味が落ちるアイリッシュコーヒーを頼んだ。

「それでケイトはどうするの？」わたしは訊いた。「訴訟を起こせばいいよ！」

「でもシルバーの靴を履いている人間なんてざらにいる」ヴィッキーは言った。「あの娘は人を訴えたりしない。どのみち、ずっとやりたくて我慢してきたことをやるんだって言っていた」

「それって何？」彼女が手にしている以上のものを欲しがる人間なんて、いるのだろうか？

「あの娘はニューヨークに移住して、絵が描きたいんだって」ヴィッキーは言った。

「あらま」

「どうせ悪い評判を書かれるなら、少なくとも自分自身がやったことについての方がいいって言っているの」

「でもザックはどうするの？」女性が自分を証明したいと夫の元を去るのが大流行していた時期だった。わたしは冗談ではなく、女と男は尼僧院と修道院に分かれて暮らして、したくなったときだけ互いのところに忍びこむという取り決めをしておけば、みんなもっといい人生が送れるはずだと考えている。でもザックみたいに何でも好き放題やらせてくれる男を捨てていくなんて、さすがにやりすぎではないだろうか。

それに、これで大金が手に入って永遠に幸せになれると期待して離婚した鼻っ柱の強い女たちは、ハリウッドのベテラン妻たちから後でこう言われるのがオチだった。「彼女みたいに家を出るのは間違いなの。家は離れちゃだめ。居座って鍵を変えるのよ！」

「あの娘はもう行っちゃうの」ヴィッキーは言った。「ニューヨークの友だちがアトリエを探してくれている。ディランを連れて、明日にはここを出ていくの」

後から振り返ると、わたしはこの出来事を、ようやくニクソンを追い出して、自分たちがボールを持って走っていた、素晴らしい時代の表面に亀裂が走って崩壊する前兆として見ていたような気がする。わたしたちはほんの一瞬、私生活にかまけていただけで、全てを台なしにしてしまったのだ。

ザックは肝心なところを押さえておけば、全てを手にできたはずだった。でも「全て」の意味はいつも変えられてしまうし、「成功」の概念というものも、ある段階まで到達すると変わり続けて手が届かなくなっていくものなのかもしれない。どうなんだろう、わたしが育ったところでは、セルアウト〔売れ線狙いで作風を変えること〕っていうのはアートに関わっている人間がしちゃいけないことだと言われていたけれど。

レンゾとわたしは草木が好き勝手に生い茂っている庭をさまよい、二〇年代の石造りのベンチにたどり着くと、並んで座ってスモッグに覆われたロサンゼルス盆地を見渡した。今日もまた、わたしたちみんなの過ぎ去った人生が匂ってくるような、焦げつくほど暑い日だった。屋敷は空き家になっていて閉鎖されていたが、もう永遠にこのままかもしれない。プールは干上がっていて悲しげだった。ハンク・ウィリアムズの歌う『泣きたいほどの淋しさだ』のように淋しい場所だった。

「俺にはそんな勇気があるかな」レンゾが言った。「ここは楽園になりえた場所なのに」

「楽園だったんだよ」わたしは言った。

少なくとも、わたしにとっては。でもそれから、わたしはここに通わなくなった。それに彼女がここを立ち去ったときはまだ二十七歳で、またこの場所と同じように何でも手に入ると思っていたのかもしれない。それとも、ここが手に余ったのかも。

ケイト・レイクが美貌と、仲間と、たまらなくセクシーな夫と、美しい息子を持っていて、マルコ・ポーロの出立みたいに果てしない未来があった時期に起きた出来事について、どうしてわたしが悲劇だと考えるのか明確にしようとしてあまりに長居したために、もう日が暮れかかっていた。大体、ニューヨークからやって来た意地悪女がケイトを「ハリウッドの妻」と勘違いした奇妙な事実を別にして、誰も彼女をそんな目で見たことはなかったし、そもそもハリウッドを嘲笑されるようなものとして捉えてもいなかった。少なくともザックがくだらない言い訳を色々と持ち出して、『マイティ・モー』みたいな映画を制作するために身を持ち崩すまでは、ハリウッドはわたしたちで上手にまわしていけるものだと信じていた。

そしてケイトは、どんな妥協も許さないほど六〇年代的だった夫からも、映画スタジオの社長の単なる奥さんという立場からも離れていった。

「一度ああいうことをしてしまったら、彼は繰り返すはず」彼女はヴィッキーに言った。

もちろん、ヴィッキーの方はザックをそんな風には思っていなかった。チャーミングな義理の弟である彼が大好きだった。ヴィッキーにとっては家族だ。ケイトは「赤ん坊をお風呂に放り投げたも同然！」だった。

ハリウッドがお風呂の水だとしたら、かわいそうなザックは赤ん坊だった。

「それで、どうなったんだ？」

スモッグにもかかわらず、あるいはそのせいなのか、彼の背後で空は美しく輝いていた。夕暮れがきらびやかだった。

「それからね」わたしは話し始めた。「ヴィッキーは打ちひしがれた。街全体が損害を受けたの。でもヴィッキーは落ち着いた様子ではあった」

「君の方はどうだったんだ？」彼は訊いた。

「そうだね、わたしはこの件については本当に傍観者でしかなかったから」わたしはそう答えた。

「昔からの友だちのアイリーン・キャンプが、フランスの男の言葉を引用して言ってたよ、〝何もかも落ち着く、ただし最悪の形で〟って。わたしは全てが一瞬にして崩れ去るものだと分かっていたの、ウォルターと――シャトーに住んでいた昔の恋人と別れたときから。わたしはいつも、現実が見えなくなるから、この持ち前の楽観主義っていうどうしようもない欠点を克服するために、幻滅して世を憂う姿勢を身につけようしてきた。でも全然上手くいかなくて」

上手くいかないことについて考えると、いつも笑いたくなる。

こんな話をしている内に、火照ってきてしまった。わたしはずっとレンゾに熱を上げていたから、ただ彼の細胞に自分を沈めて快楽をかき立てたいと考えていた。だけど昨今は不愉快なことに物事は複雑になってきていて、セックスのために死ぬ価値があるかどうかも見極めなくちゃならない。それなのにわたしの目は磁力に導かれるように彼に吸い寄せられて、気がつくと無言でその目を覗き込んでいた。

「あのな」彼が口を開いた。「自分の血を輸血に提供するたびに、俺がエイズ検査を受けていると言ったら、気にするかな？　珍しい血液型なんだ」

「そうだね」わたしは認めた。

「O型なんだけど」彼は顔を赤くした。「万能献血者で、数週間前にも献血したばかりだ。それに俺はゲイセックスにもはまってないし、ジャンキーでもない……」

ヴァンパイアみたいな外見の彼が、違う形で血の供給に関わっているとはにわかに信じがたかったが、彼はわたしの手を取るとそこにキスをした。「俺と一緒にいてくれるだろう？　このまま帰すなんてできない」

「ああ」わたしは息を呑んだ。「そういうつもりだったのね」

彼がこちらに身を寄せてきて、頰を優しく嚙んだものだからわたしはとろけてしまった。美しいからという理由で好きになった人に急に主導権を奪われると、いつもそうなってしまう。夜がふけて、ケイトがずっと昔に植えたジャスミンの花が周囲で香る中、わたしの身体は本当に深い歓喜に包まれていた。

彼の身体も違う次元に突入していた。わたしが好きでたまらない、あの切なげな表情をしている。

「シャトー・マーモントに戻って、もうそこから出ないっていうのが俺の計画だ。そう、この街には知り合いが大勢いるけれど、その誰にも、俺をここに送り込んだプロデューサーにも会いたくないし、来週までは会わなくていいことになっている。さあ、俺の部屋に行こう、きっと気に入るはずだ、眺めはよくないけど。他に予定はないんだろう？」

「そこまで素敵なやつはね」わたしは言った。

立ち上がると、彼はわたしの肩に腕を回した。そのままふらりと歩いて車に戻ると、ラジオもつけずに車を飛ばし、ただ沈黙の中、一度入ったら二度と出たくなくなる、タンジールみたいなシャトー・マーモントへと戻っていった。昔と違って新しいカーペットを敷いて、塗装し直し、電話もひどくつながりやすくなってはいたけど。

ホテルの地下の駐車場に車を入れると、わたしは白黒テレビを見ていた駐車係に車のキーを渡し、レンゾの部屋番号を言ってチケットをもらった。シャトーの利点のひとつは、地下に駐車したら、そのままロビーを通らずにエレベーターで自分の泊まっているフロアに直行できるところなので、わたしたちもそうした。

サンセット・ストリップ裏の丘に面しているレンゾの部屋に入ると、彼は「邪魔をしないでください」のサインをドアにかけて、わたしは隣人のナンシーに帰るまで猫の面倒を見てと頼むために電話をかけた。

「きっと部屋から出たくなると思ったから、ルームサービスのメニューを全部注文しておいたよ、念のため」

（シャトーのもうひとつの利点は、全ての部屋にキッチンと冷蔵庫と、銀メッキのはげかかったカトラリーと、不揃いな皿が常備してあるところだ）

レンゾの素晴らしい肉体と驚異的なスタミナ以外で後から思い出せることと言ったら焦げつくような匂いで、それはわたしたちから来ていると思っていたし、それからしばらく、聴覚を失ったのかと疑うほどの静寂が続いたのも、自分たちのせいだと思い込んでいた。でもよく考えるとわたしたちはしゃべりっぱなしだったので、耳はちゃんと機能していたはずだ。彼の瞳がわたしの心に入り込んでは消えていった。部屋が真っ暗なせいで姿を見失うときもあったが、明かりをつけると、彩色されたドラキュラが出てくる、ずっと昔に見た古いヴァンパイア映画のポスターみたいな色褪せた薄いオリーブグリーンの名画がそこにあった。空気はヴェルベットのようになったかと思うと触感を変えたが、彼の歯はずっと鋭いままだった。彼の白い肌と濡れたように輝く黒い髪のせいで、全ては燃え盛る炎のような無限となって大理石のごとく固まり、わたしはまるで煙の中に横たわっているかのようだった。

何日もずっと話し込んでいたかと思うと、途端にキスが始まり、わたしたちは家から離れていった。時折、手のひらいっぱいのチェリーやマンゴーをお互いの口に押し込んでは眠りに落ち、夢を見たままで目覚めると、ヴェルベットみたいな煙が部屋に充満していた。

「何かが燃えているような匂いがするな」彼はそう言って、確かめようとして窓の外を見たが、わたしたちの背後にある丘は奇妙な明かりが灯っているだけでしんとして静かだった。あまりにしんとしていて、静か過ぎた。

「何かあったら火災報知器が鳴るでしょう？　そうだよね？」

レンゾはわたしが読んだ（彼のものではない）本に出てくる恋人みたいに、ずっとペニスを硬くしたまま、「他にやってみたい体位はあるか？」と言いながらわたしの上に乗ったり、かたわらに寄り添ったりしていた。

「これ以上まだ何かあるの？」

「うーん、キッチンはまだ試してないかな」

四歳のときのハロウィンで海賊に恋して以来、目に関する好みは決まっていて、彼みたいにこんな風にどこまでもつきまとう、タンゴみたいな視線がわたしの心からの望みだった。彼は猫のように動き、体を伸ばすと背中の筋肉が歌った。

たまにわたしが巨大なお風呂で熱い湯に浸かると、レンゾはバスタブの中で、彼がわたしを好きな唯一の理由であるはずのこのブロンドの髪を洗ってくれた。でも彼はわたしの爪先にも夢中だって気がついたし、わたしの髪と爪先の間にある全てが好きだった。

彼が何度かルームサービスでオレンジジュースを頼むと、輪ゴムでまとめたニューヨーク・タイムズの要約版もついてきたが、わたしたちには読む暇なんてなかった。

が、とうとうそのときがやって来た。わたしが昼寝から目覚めると、レンゾはまたオレンジジュースを頼んだところだった。彼は何の気もなしにトレーに乗っていたニューヨーク・タイムズを広げて、一瞬食い入るように見たかと思うと、口を開いた。「俺たちは水曜日からここにいるよな、今日は土曜日だ――本当に土曜日なのか？　いや日曜日かもしれない。何てことだ、見ろよ！」

それでわたしたちは自分たちが留守にしている間、街がどのようにして煙に包まれたのか、ようやく知った。煙のような匂いは本当の煙だったのだ。静寂は戒厳令のせいだった。

彼がテレビをつけると、どのチャンネルもヘリコプターを使ってハリウッド大通りに並ぶ店の様子を中継していたが、フレデリックス〔ハリウッド大通りにあったランジェリー・ショップ、フレデリックス・オブ・ハリウッドのこと。当時は店にランジェリー・ミュージアムがあり、ハリウッドスターが映画で着用した下着などを展示していた。ロサンゼルス暴動の際、マドンナが〈オープン・ユア・ハート〉のミュージックビデオで着たビスチェなど、多数の展示品が盗まれた〕でさえも破壊された後だった。あれだけ素晴らしい時間を過ごせば、何らかの代償を払わなければならないと思い知らされた瞬間だったが、いくら何でもこれはないんじゃないだろうか、フレデリックスは大好きな店なのに！

「それで、今日は何日だって？」わたしは言った。「何日にここに来たんだったっけ。ああ、もう、クレンショー大通りがどうなっているか見てよ、めちゃめちゃにされているじゃないの！」

「ここは本当に静かなんだな」レンゾは感心していた。「ここはまるでタンジールみたいなのに、外ではヴェトナム戦争が起こっていたなんて信じられるか」

「外に行こうよ、下に降りなきゃ。服を着て」

わたしと彼がTシャツとジーンズを着てエレベーターでロビーに降りて行くと、この機会に一致団結したスタッフたちが総出で、残業を厭わず、このホテルに逃げ込む人々や恐くて外出できない客の世話に当たっていた。「厨房は大変ですよ、働き詰めです」フロント係は言った。

彼の背後のテレビから「判決以来ずっと」という言葉がマントラのように繰り返されるのが聞こえてきた。オフィスビルの正面はまだ無事だったが、その後ろにある建物は完全に崩壊していた。通りも家々も消えて、ジャカランダの花だけが庭先で何もなかったかのように花を咲かせていた。

州兵が到着したか、既に市内にいるらしい。五千もの海軍兵もこちらに向かっているという。韓国食材の小さな食品店は跡形もなかった。インテリアショップは略奪の憂き目に遭った。ロサンゼルス市警の警察署長のダリル・ゲイツは、警察組織を一変させてしまうはずの修正案に反対する資金集めのイベントのためにブレントウッドへ向かう途上で当初は現場にいなかったが、指揮権を握っていた。

テレビを見ていたら、急にこれは自分の責任かもしれないと思えてきた。「わたしが家にいれば、こんなことは起こらなかったんだ！」

レンゾはあきれた顔をした。「何でも自分のせいにするなよ」

レンゾはニューヨークの友人からの伝言を受け取ると、わたしの肩を抱いた。「ここにいて、全部見逃したなんて言っても、誰も信じないだろうな。普段は最新の動向に敏感なタイプなのに」

「それで今は何曜日なんだっけ？」

「土曜日で、戒厳令はまだ解かれていません。もうすぐ七時ですから部屋に戻った方がいいですよ」フロント係が言った。

「午後と午前のどっち？」

「午後です」

わたしたちは新聞を手にベッドに座ってテレビをつけ、ニュースのあの映像から広がった無秩序の電撃について読んだ。シアトルやサンフランシスコのように同時に暴動が起こった都市はもちろん、様々な噂が乱れ飛んだニューヨークでも、人々は金曜日に早めに帰宅していた。全ては時間を忘れた国からの評決のせいだったが、生まれてからずっとロサンゼルスで育ってきたわたしはいつも陪審員になるような人々を警戒していなくてはならなかった。でもわたしたちが冷静さを失っていなければ、七〇年代のうちにこういう人たちに理性とは何かを教えることができたはずだ。

「これじゃどこにも行けないな」彼は言った。「まだ暴動は続いているみたいだし。でも間もなく鎮圧されるだろう、それがどんな形であっても、すぐのはずだ」

美しい髪が目にかかっていて、彼はいつもよりも若く、わたしが片想いしていた時代にきっとこうだろうと想像していたどんな姿よりも魅力的だった。そう、もしロサンゼルスかわたしたち、どちらかが滅びるならば、今がそのときだった。

彼は身を寄せてくるとハニデューメロンを手渡し、もうそこがわたしの弱点だと知っている首の後ろにキスをした。でもロサンゼルスの街そのものと同じく、どうやらわたしは全身弱点だらけのようだ。

「ようやく君に会えて、こうして一緒にいるなんて信じられないよ。そう、君は俺の人生を変えたんだ」

「そうなの？」

彼はマイアミビーチで買ったという赤いキモノを羽織っていたが、白い肌が映えて見ているだけで背中が疼いた。わたしの方は自分の服を脱いで、最近のシャトーの改善点である、まるで毛皮のコートみたいに分厚くてふんわりしたパイル生地のバスローブに着替えていた。（後

から知ったことだが、これは全室備え付けではないらしい）

「そうだ、君が俺に手紙を寄越し始めた頃、俺はボロボロだったんだ。ヴェトナム戦争で左腕に怪我をしたんだが、ラケットボールのせいでそれが悪化して、鎮静剤と筋肉弛緩剤を医者から渡され、もう完治はしないと宣告された。すると君が、あのひどいアシュタンガヨガのビデオテープを送ってきたんだよ、覚えているかい？　それで俺はパリにあるアシュタンガのセンターまで行って、あの手のヨガを習ってみたんだ。まあそれで、結局はインドにしばらく、というか半年も滞在することになった。それから毎日のようにヨガをやっている。君に惑わされていなかったら、今もやっているところだ」

「でも誰がこんな空気で深呼吸できるの？」まだ煙があたりを漂っていたし、今では焦げつくようなこの匂いが自分たちのせいだけではないと知っている。

「それでもやってみるよ、誰かがこの状況で正気じゃなくちゃならない」

「そうだね、ファイヤーヨガにはぴったりの街みたいだし」

「インドでは実際にファイヤーヨガって呼ぶらしい。俺たちはゴリラヨガって言ってたことがあるんだ、やっているとみんな猿になったような気分になるから」

レンゾはわたしよりも少し年上だったが、アシュタンガを四六時中やっていたおかげか、バレエダンサーのエドワード・ビレラのコピーみたいにしなやかに動けた（彼の方が少し背も高くて、もっと鼻の形が良かったが、ビレラ本人にもよく似ていた）。彼の姿勢はいつもまっすぐだったし、もちろん腕もたくましかった。腕立て伏せや逆立ちがあんなにできるのも納得だった。全然スタミナが衰えないのも不思議ではない。彼がこの五年間、床の上でやっていたことに比べれば、わたしたちがベッドの中でしたことなんてものの数にも入らなかった。

(もしロサンゼルスの住人たちが車で通りすがりに人を撃つ代わりに太陽礼拝をしていたら、炎は人の内にとどまり、外には出なかったはずだ)

「わたしはアシュタンガはやめちゃったの、あなたにあのテープを送った後。いつも精神統一しているよりも、もっとワイルドなものが欲しくなって。あなたもわたしの人生を変えたんだよ、『タンゴ・アルヘンティーノ』のポストカードを送ってきたでしょ、それでロサンゼルスにタンゴダンサーたちが来るっていうんで見に行ったら、虜(とりこ)になってしまって。今はもっぱらタンゴの方をやっているの」

「俺は君のダンスを見るまでこの街を離れないぞ」

「そうだね、ロサンゼルスが燃えている間もずっと踊っていられるよ」

「俺たちは踊っていたじゃないか」

　彼がそう言って笑うと、テニスシューズ大の灰が後ろのバルコニーに落ちてきた。もしザックがサーフィンをしたいあまりにくだらない映画を撮るのをケイトが許せないのなら、ダリル・ゲイツの部下たちみたいな連中があの判決の後でスターになるなんて、どうすれば耐えられるというのだろう？　あるいは、あれだけのことがあった後で、許し、忘れるなんてできるだろうか？　有名になって、かつ許しを得るなんていうのは聖人だけの仕事だ。今の世の中、お金ももらわずに聖人君子になろうなんてしない方がいいけれど、それにしてもだ。

　ケイトがここを去る前はわたしたちには希望というものがあったので、今になって思うと、彼女がいなくなった時点から真の崩壊は始まったのかもしれない。物事は上手く行ってなかったが、ヴェトナム戦争は終わったし、ニクソンは辞任したことになっていたが、事実上はわたしたちが追いつめて弾劾（だんがい）したのだ。でも、もしザックのように理想を持った人間がサーフィンをするためにいなくなってしまうのであれば、結局、誰が砦（とりで）を守るのだろうか？　ザックが堕落したときは、そこまでの失態だとは考えていなかったが、でも後になって、人生における悲劇というものがあるとしたら、それは偉大になれたのにそうなれなかったときのことなのかもしれないと思うようになった。

　ヴィッキーが心配した通り、彼女の知っていた文明は、ケイトがディランとニューヨークに引っ越して、ザックがフィリピンから帰ってきた後、わたしたちがまたニコデルズで会った日に崩壊を迎えた。

「聞いてよ」ヴィッキーは二杯目のジントニックを手にしていた。「ヘイリーが引っ越してきたの、ザックのところに」

「ザックと住んでいるの？」わたしは言った。「そんなこと、あいつが許可したの？」

でも驚くほどのことでもない、シーツにまだ温もりが残っていようが、ヘイリーは友だちの男を自分のものにしてしまうので有名な女だ。

「あの娘はケイトのベッドで寝てるんだよ、ケイトの夫と」ヴィッキーは不満たらたらだった。

「それだけじゃない、ケイトのクローゼットに自分の服を詰め込んで、それでもスペースが足りないと考えたんだろうね。建設業者を呼んで、寝室の壁を壊させたの。あれはケイトの壁なのに！」

「何てこと。かわいそうなザック！」（知っての通り、わたしはキュートな男に弱いので、相変わらずザックの味方だった）

「今朝、カート＆クレイトから返却されたケイトの絵を引き取りにあの家に行ったら、建設業者たちがいて、壁を壊していた。かわいそうにザックは今夜帰ってきても、寝る場所がないよ！」

「それでヘイリーの言い分は？」

「ケイトのヒッピーみたいなライフスタイルなんかどうでもいい、自分がここに来たからには色々と改善していくって」

　確かにケイトはヒッピーだったかもしれない。彼女はシルバーのブーツと、美しい外見と、グラマラスな生活の信奉者だったけど、それは別に過ち（あやま）ではない。あの頃のヘイリーは八〇年代を先取りしたみたいに、クローゼットは大きいに越したことはないと信じるその他の女性たちと同じく、たくさんのものを持つことに固執していたが、それでも全然素敵じゃなかった。

というか、彼女はケイトのように優しくてきれいな人間にはなれないのだ。ヘイリーはスタイリッシュだけど意地悪く、自分は美しいと言い張って、他の人にもそう思い込ませようとしているみたいだった。彼女は近くよりも遠くから見ていた方がきれいなタイプだ。まるでアメリカのように。あるいは、ロサンゼルスの街のように。ケイトは真に自己陶酔の賜物だったが、ヘイリーはそのアマチュア版にしか過ぎない。ＣＩＡが「民意によって選出された」と見せかけている独裁者と同じだ。

「わたしはもう自分の車にトレーラーをつないで荷物を詰めたの」ヴィッキーは言った。「ニューヨークに引っ越すのよ」

「たった一人で？　自分だけ？　行っちゃうの？　ケイトはいなくなっちゃうし。もうここに残っているのはザックとわたし、そしてヘイリーだけになっちゃうよ」

「ヘイリーには理念ってものがないんだよね」彼女はため息をついた。「でもあなたと会えなくなるのは寂しい。それだけが心残り。残念ながらザックにも理念がなかったしね」

「そうだね」と答えたけど、わたしにだって、アーティストはセルアウトしちゃいけないっていう決まり文句以上の理念はあの頃なかった。

「もし『マイティ・モー』がコケたら、ザックはどうするのか見当もつかない」彼女は言った。

「もうコケてるんだよ、どうやら識者の間での評判は最悪みたいだし」

「ザックとここで待ち合わせしてるんだけど。遅刻しているみたい」ヴィッキーは言った。

ちょうどそのとき、詰め物で柔らかくふくらんだ巨大なニコデルズの扉が開いて光が差し、悲しげで、リッチで、悲劇的な西海岸のディック・ダイバー〔F・スコット・フィッツジェラルド作『夜はやさし』の主人公の名前〕みたいなザックが現れた。わたしだったら、こんな素晴らしい男性を置き去りにして家を出たりはしない。必死にプロデューサーになろうとして脚本を売り込んでいた頃からザックのことは知っているが、彼は決して冷淡な皮肉屋ではなかった。

ハリウッドでは「一緒に仕事しやすい」っていうのは、金儲けの能力と並んで偉大な男の条件として期待される資質である。でも今の彼は風をはらんでいない帆のようだった。日焼けした肌も褪せていた。本当にひどい状態で、これじゃヘイリーにあの素晴らしい寝室の壁を壊されるのも無理はなかった。

「あんたの屋敷みたいに素敵なところはそのまま保存するべきなのに。壁を壊すなんてとんでもない話だよ」

「壁がどうしたって？」

わたしたちは彼に説明した。

「ヘイリーがそんなことをしたのか？」彼は嘆いた。「シャトー・マーモントに移住しなくちゃならなくなった」

どうして自分は生まれてきたのか、生きているのか、それも分からないという途方に暮れた顔で彼が座ると、ウェイトレスがターキークロケットを持ってきたので、ヴィッキーはため息をついた。「これを食べるのも最後だね」

「どうして？」ザックが訊いた。

「だって引っ越すんだもの。それも今日。外に停めているビートルにトレーラーをつないでいて、お昼が済んだらニューヨークに出発するの」

「引っ越すだって？」彼は叫んだ。「それも今日？　やめてくれよ！」

（帝国が衰退していくのを目撃しているイギリス人はこういう気持ちなのかもしれない）

最後にわたしたちは通りをはさんだ埃っぽい駐車場まで歩いていって、ヴィッキーを見送った。わたしたちは彼女も、ロサンゼルスもとどめておけなかった。ヴィッキーはスモッグの中を自分の故郷である東海岸に向かって車を走らせ、ザックとわたしはそこに立ち尽くして、最後の希望が灰色に霞んでいくのを見ていた。サーフィンみたいな安手のスリルが、こんなにも高くつく後悔を招いてしまった。


あの頃のわたしは、人々がロサンゼルスを離れていくのを嫌った。それを自分の責任のように感じていたが、わたしがどんなに努力したところで、ヴィッキーの決心を変えることはできなかった。彼女を足止めするものは何もなかったのだ。でもL.A.出身者の場合は話が違う。大失態を犯したところで、帰っていく故郷はない。ヴィッキーにとってのふるさとは、春になるとシャクヤクの花が咲くペンシルベニアの祖母の家だった。

わたしやザックみたいな臆病者だけが取り残された。

わたしがまだ子供だった頃、回復不能なヨーロッパやロシアからロサンゼルスに渡ってきた人々は、落ち着く平和な場所を見つけたと喜んでいたものだった。もちろん映画業界は陳腐で、ハッピーエンドを探して血眼だったけど、そんなものは願望に過ぎないとみんな分かっていた。だけど今なら、ハッピーエンドはいい変化をもたらすはずだ。少なくとも、現実の人生においては。

でも人生の厄介なところはハッピーエンドを迎えたと思ったら事態が変化するところで、本当の結末は死以外にありえない。

若い頃は「お金が全てじゃない」というような格言を書物で読んでも、退屈なきれいごとだとしか思えないものだ。ハリウッド高校のモットーは「栄誉を勝ち取れ」というものだったが、学校のマスコットがシーク〔アラブの首長のこと〕であったせいで、みんな意味をはき違えていた。いずれにしても、あの頃はもう、どんなに努力しても足元をすくわれるのが人生なんだと割り切っていられた。まさかロサンゼルスの街そのものに足元をすくわれそうになるなんて、思ってもみなかったけれど。わたしはロサンゼルスの街は変わらないと当たり前のように信じていたから、ヴィッキーのような人が去っていってもまだ動揺はしていなかった。

「ケイトはきっと戻ってきてくれると思っていた」ザックはため息をついた。「でももうおしまいなんだな。可能性があったら、ヴィッキーは引っ越したりしないだろうから」

レンゾの部屋からナンシーに電話をかけて、猫たちは無事なのか、わたしに対して怒っていないか聞きたかった。

「あの子たちは大丈夫よ」ナンシーは言った。「クレンショー地区の鳥たちがみんなこっちの木々に渡ってきたものだから、それに夢中になっている。あなたこそどうしているの？　大丈夫なの？」

「わたしなら平気。レンゾと一緒なの。まだシャトーの方にいるのよ」

「まあうらやましい！」（彼女もレンゾの愛読者なのだ）「そうだね、スーパーは荒らされている。開いていても入らないで。メイフェアの店はひどい有様だよ」

「何か恐いことはある？」

「最悪なのはテレビで、醜い照明器具を持った連中が通りを駆けずり回っていることだね」要するに、彼女が最も恐れているのは趣味の悪さなのだ。

「明日には帰るね」

そう言って切った途端に、電話が鳴り出した。ずっとシャトーに足止めされているケイトの息子、ディラン・グレッグソンからだった。「きっとレンゾさんと一緒だろうと思ってかけてみました。俺のおばさんがあなたと連絡を取りたがっていて」

「おばさんって誰？」

「ヴィッキーだよ、ヴィッキーおばさんが心配している。俺たちは大丈夫だって言ったんだけど、あなたの声が聞きたいんだって」

彼女はまだフィラデルフィアに住んでいて、そこの電話番号をディランが教えてくれた。

「その人は君の昔の恋人の、ケイトの姉さんかな？」

「そうだよ、あの頃のわたしたちは心が若くて陽気（ゲイ）だったから」

「彼女は君が寝た唯一の女性？」

「そうじゃないけど、ドラッグと飲酒をやめてからはわたしの性生活はずっとつまらないものになったの」

今も女性は愛せないと考えている訳じゃない。でもレンゾがしたみたいに、わたしをベッドに引き入れて主導権を握れるほど大胆な女性になかなか巡り会えないってだけの話だ。それに、信じて欲しい。付き合える男性の数が底をつき、エイズ騒ぎがあってから、わたしはもっと慎重に行動するようになった。だけど、心がけようとしていることの全てを実行したら、もうベッドからも起き上がれなくなってしまうだろう。

たとえば、今みたいに。


シャトーから出て車に乗り込み、どうにか見るに耐え、呼吸できるようになった街をドライヴする頃には、もう日曜日になっていた。

幸運なことに、わたしは未来の街であるマイアミに住むハンサムなケニー・ザリーリからT・D・オールマンの『未来の街：マイアミ』を送ってもらって読んだばかりだった。暴動後も、不当な扱いをされるべきじゃない人の処遇という点については、何も改善されていなかった。だけども、それ以外では街は大きく変わった。たとえいい意味ではなかったとしても、この出来事に大きな影響を受けた場所は、少なくとも、もう昔と同じではいられなかったのである。その奇想天外な歴史の様々な局面においてマイアミに降りかかった不測の事態と、L.A.に起こったことはまったく同じと言える。あの日のハリウッド大通りは病的な様相を呈していたが、焼き尽くされた店舗はわずかだった。ハリウッド大通りを流しながら、わたしは自分の家を目指して東に車を走らせたが、州兵の恐ろしさを除いては、思ったよりは平和だった。

「もっとひどい状態だと予測していたよ」レンゾは言った。「君もそうだろう？」

わたしに言わせれば、直接的な関与なしに平穏な状態を作り出す方法は二つしかない。正義を貫くことと、多様性を尊重してその仲間の一員となり、法を執行する機関の仲間の、「不当な暴力の行使」についてレンゾよりもはるかにゆるい考えを持つ連中しか見ていない状況でも、自分とは違う人間を殺したり、レイプしたり、人の頭を殴ったりしないことだ。でもレンゾはニューヨーク出身だからショックを受けやすかった。

そんな訳でロサンゼルスを真に破壊したのは地震ではなくわたしたちで、自ら手を下したのも同然だった。

一九八四年、オリンピックの開会式がある日に、わたしはカリフォルニアの由緒正しきワスプの家庭（四世代目だから、ここら辺で一番古い家柄の）出身である知り合いの女性から、サンタモニカにあるビーチクラブに招かれた。日差しのもとで寝そべった後、わたしたちは屋内に移動してテレビで開会式を見た。何もかも順調なように見えたが、イスラエルの選手団が入場してきた途端にそこにいる人々が一斉にブーイングを始めた。他者の目がないと、ワスプの人々はみんなの予想通りひどい行動を取る。それを知るのは初めてではなかったが、ユダヤ人に対してさえこうなのだから、他の人種について彼らが抱いている感情は推して知るべしだろう。でも、衆人の目がないと知ったときに警察が自分たちの気に入らない人間に浴びせるのがブーイングだったら、L.A.はこんな恐ろしいことにはならなかったはずだ。

州兵だか、海軍だかがサンタモニカでシアーズの警備に当たっているせいで、メルローズまで行くいつものルートが使えず、濡れた灰みたいな匂いもしていたので、わたしは右折して、いつになく瑞々しくつややかなバナナの葉を前面にニコデルズが健在ぶりを示している通りへと出た。

ただ、近隣の他の店と同じく、普段は日曜日にも営業しているはずのニコデルズも閉店していた。彼らは怖気（おじけ）づいたのだ。

わたしたちはメルローズを目指して西に向かい、割られた窓に板張りがしてあるGAPの店舗を通り過ぎた。有名人に飾りのないTシャツを着せて、「これはゴージャスなファッションじゃないけど、ゴージャスなんて流行らないよね」とはっきり宣言する彼らの広告は良心的だと考えていたので、これはあんまりだと思った。

つまり、スタイルはもうスタイルではないのだ。GAPのTシャツを着た有名人の写真広告は、「伝説になりうる最たるもの」だと訴えるミンクのコートの宣伝と同等に見えたし、何が何でもミンクのコートを着たいという有名人も、もうそんなにはいないはずだ。

「俺のTシャツは全部あそこで買っているんだ。グリーンがお気に入りでね」

自分の瞳を際立たせるような褪せたオリーブグリーンのTシャツを着ている彼を見ているだけで、わたしの心はこの街の家電量販店みたいに焼け落ちてしまいそうだった。ただし、暴力行為は一切なしで。

暖かく、晴れていて、ビーチに行くのにはおあつらえ向きの日だったが、それは無理だったし、砂浜を歩くのさえ許されなかった——わたしの記憶が正しければ、L．A．でビーチが閉鎖された最初の日曜だった。

「街をドライヴしてどうなっているか取材しようじゃないか」

「いや、わたしには無理。今はまだ」

「じゃあシャトーに戻ろう」

「いいの？」

「君を俺の頭の中から完璧に締め出すには、あれだけじゃとても足りないんだ」

ホテルに戻って、駐車場から階段を登っていくと、またディランをリーダーとする五人の若者たちと遭遇した。「どの窓か知っている人に会いましたよ。あなたの言っていた通り、バンガローのある部屋のところだった」

「それで、ここ数日はどうしていたの？」

「ああ、そうか、ロサンゼルスを離れたと思っていたんですね？　でもジ・エンドが肝心だってジムも言っていませんでしたっけ？　歌の中でだけど。父さんがあの人は終末論的な思想を持っていたって言っていました」

「みんなジムが何を考えていたか深読みし過ぎなんだよ。それで、あなたのお父さんはどうしているの？」

「あの人はスキーにばかり行ってます。本を持ってきたんで、レンゾさんにサインをしてもらえますか？」

「どの窓だったのか、俺にも教えてくれ」

彼は若者たちと窓を見に行った後、ディランの部屋でサインをした。

わたしはレンゾの部屋に戻るとルームサービスで温かい料理を注文し、それが届くのを待って、窓際の椅子に座ると、現在の街の裏山を見下ろしながら街の過去の住人に電話をかけた。

「あなたの馬鹿げた街は危ういところだと思っていたのよ」ヴィッキーは言った。「でもわたしに何ができたの、あなたはしょっちゅう羽飾りで着飾っていたっていうのに」

「あの頃はみんなそうだったの、あなた以外の人間はね」

「ヘイリーは今、ニューヨークにいるんだよ」彼女は言った。「驚くよね？　あの娘はケイトの親友なの。ありえないでしょう。でもケイトは、まあそういう性分なんだろうね。クローゼットや壁のことも全部許したの」

「まさか、でも彼女はそういうことを全て超越しているのかも」

「でも、どうすればそんなことが可能なのかな？」

わたしはニコデルズがまだ無事だと彼女に伝えて、続報があったらまた連絡すると言った。

「やあ」電話を終えたわたしにレンゾが微笑みかけた。「丘の上のケイトの屋敷に連れていってもらって以来、こんなに長く離れたことはなかったな。あれが水曜日で、今はもう日曜日だ。十五分離れていただけだったのに、もう君が恋しかったよ。まったく、阿片よりもタチが悪い。匂いまで似ている。ジャスミンと煙が混じったみたいだ」

「それがL.A.の匂いなんだよ。もう、あなたたちイタリア系ときたらロマンティックなんだから」

「それは幸運だったたな。そうじゃなきゃ、後になって知る代わりに、一部始終をテレビで見ていたはずだ」

相手がいなくなってしまった後でいつもよりも後悔するのを恐れて、わたしが言いたくてたまらないのに言えないような、くだらないことを言ってくれる人間がここにいるんだから、確かに幸運なのかもしれない。頭の中がめちゃめちゃになってしまったら元も子もないというのは、タンゴを踊って覚えたことのひとつだ。

「君の顔を見られなくて寂しかったんだ」彼はまたそう言って、悲しげに微笑んだ。

「もう、分かったよ。そういうこともあるんでしょうよ。もしも電話をしていなかったら、わたしもあなたなしで寂しかったと思う」

　二人の目がまた合って、わたしたちは強烈な忘我の世界へと滑り落ちていき、街はまた全部煙の中に消えてしまった。いや、そうではなかった。わたしたちの周囲はジャカランダの花やラヴェンダー、水気を含んだ雲に覆われて、愛だけが希望に転じることのできる未来都市が広がっていたのだ。

タンゴランド

建築について言うと、近頃のロサンゼルスはてんかんの発作を起こしているかの如く、大型モールが建てられたと思ったら小さいのがオープンするという具合で、ずっと家にいるか、どれかがオープンする前の時間帯を狙って外出するしかないところまで来ている。朝の九時五十分、駐車場が混み合う前の人気のない(巨大モールの代名詞である)ビヴァリーヒルズ・センターの外で、わたしが上階行きのエスカレーターに乗ったのは、そんな理由だった。最近はアンチョビの味みたいにモールにも慣れてきて、そんなに悪いものでもないと思い始めているが、それはこの場所が過去のものになりつつあるからだ。でもこれは八〇年代半ばで、まだモールがクレジットカードと同じように目覚ましい進歩だと信じられていた頃の話だ。証券取引のマージンで暮らす一九二〇年代の人々のように、わたしの知り合いにはクレジットカードで生活している人が大勢いた。

だけどわたしはクレジットカードを持っていなかったし、モールを素晴らしい進歩と見なしたこともなく、ただタンゴを踊るための靴につける小さなリボンが欲しかったのだ。

ジム帰りでわたしの髪は濡れていた。ヴェルコの間抜けなアームウェイトまで足首に装着していたが、誰にも見つからないはずだから別にいいじゃない？　この格好で法廷には出られないし、誰かと顔を合わせるのも嫌だったが、少なくとも健康そうには見えたし、ジムのおかげで血色は良かった。

　でもそういうときに限って都合の悪い相手と出くわすものだ。

　このときはブラッドリーだった――かつて、こういう人も悪くない、慣れてくるかもしれないと思ってうっかり付き合ってしまった男。

　開店前のモールで彼が何をしていて、わたしとエスカレーターで乗り合わせることになってしまったのかは謎だ。でもブラッドリーはしょっちゅうモールに出入りしていると聞いていた。彼はロデオ・ドライヴが好きなタイプで、それもわたしたちが上手くいかなかった理由のひとつだった。わたしは古着屋（スリフトショップ）でこそ完璧なものが見つかると信じていたが、彼は倹約（スリフト）なんて言葉が明示されている場所や、仄（ほの）めかされているところには足を踏み入れようともしなかった。高級志向なのだ。

　ブラッドリーは例外として、わたしはちょっとばかりくたびれていて、壊れそうなところがある物や男性が好みだったが、彼は見た目も中身も新品のダイアモンドが好きなモデル／俳優タイプの男性そのものだった。もしかしたら八〇年代の呪いのせいで意識が混濁していて、彼と最初に会ったときに、こんな人と付き合うのも悪くないと勘違いしてしまったのかもしれない。身長が一九五センチで、映画スターみたいな髪で、どこまでも青い瞳をしているからって、こっちが飽きる前に捨てられると決まった訳じゃない。

しかし男性にふられるのはつらいし、相手が自分の本来のタイプじゃない場合は尚更だ。彼と再会して、そのパリッとした真新しい風情や、ジャン・パトゥのコロンの香り、六千ドルの時計、芸能人じゃない人間が履くには高級過ぎる靴を目にして、その頃のことがみんなよみがえってきた——この呪われた非芸能人め。わたしは一般人みたいに逃げ出して、もう思い出したくもなかった……が、手遅れで、誰もいないビルのエスカレーターでは顔を背けることはできなかった。この現代のピラネージの絵画から抜け出せず、西洋文明のように廃墟と化した過去を背にして、音楽と直面する他に道はない。

わたしは（ハリウッド式に）彼に素早くキスをした。「ブラッドリー、お久しぶりね」

（この名前すらわたしの好みではなかった）

「ここで君は何をしているのかな？」

「リボンを探しにきたの、タンゴの靴のための」

「こんな場所で君に会うとは思わなかった」彼は言った。「タンゴか？　僕も昔はやっていたよ、情熱的なダンスだよな」

「あら、情熱的とはね」

わたしたちの目が合った。わたしがその中で迷子になりそうな瞳の持ち主は彼だけだ。おかしな服装でモールに来てしまう呪いがつくづく嫌になった。

わたしを捨てる前、彼は誠実な顔をしてその瞳でこちらをじっと見つめたものだ。

やり手の女たらしのペテン師だった。

いや、今もそうだ。

恋人だった頃、わたしたちは情熱や情欲の夢以上の存在としてお互いを認めていた。自分たち以上の大きなものが何か作用していた。メスカリンが彼を取り巻いているかのように、色彩はよりまばゆく、全てが愉快だった。人生はマリアッチのハープでアルペジオを奏でた。世界は干し草の上で温められた野生の花の香りがした。彼のいない人生なんてありえなかったが、そもそも彼の存在自体、その名前も、古いダイアモンド嫌いなところも、ありえなかった。古いダイアモンドでも、並外れてサイズが大きい場合は話が別だったが。かつて彼は崇拝の対象を見るような眼差しをわたしに向けていた。まるで、わたしが新品のダイアモンドであるかのように。

彼はファッション雑誌をそれこそ穴が開くほど見つめて、家や、旅行や、レストラン、鞄、そこに載っている全てを欲しがった。時は一九八二年。L.A.全体が彼みたいな感じではあった。アメリカ全土がレーガン一色で、トランプみたいなみっともない男が作り上げた街に染まっていたが、ロサンゼルスは特にひどかった。繁華街は必要ないという前提のもとに築かれたはずの都市に、突如として繁華街が出現し、みんなが渋滞に巻き込まれ、古き良き小さな町は「改革」の名のもとに没落して、搾取された中南米の人々は恐怖と貧困のせいで国を捨てて、楽園への道、つまりわたしたちのロサンゼルスに至る道を切り開くために戦っていた。

ロサンゼルスはそこに住む子供たちが未来を恐れる街になった。貧しい価値観がストリートにまで波及した。

その全てが八〇年代の服を身にまとってやって来た呪いだった。

建築と同じく、ダンスも騒がしくてこれ見よがしのものになった。それに、あんなダンスを踊れるのはＭＴＶに出ている九歳の子供か、マイケル・ジャクソンのクローンみたいな七歳児だけだ。

建築と同じく、そういうダンスは人々をただ孤独に追い込んだ。公営テレビで放映している、ジュリエット・プラウズが司会を務める社交ダンスの大会だけが、音楽に合わせて夢を見るのがかつてどのようなものであったかを思い出させてくれる場所だった。

そう、大昔にタンゴを見たことはあった。

パートナーを必要とするダンスの偉大な踊り手がみんなそうであるように、ルドルフ・ヴァレンティノは女性を床に放り出すことなく相手を見つめ、触れることができた。音楽とロマンスと戯(たわむ)れが支配する時間の止まった空間に、彼は入っていけた。白人奴隷貿易が実在し、ユダヤ人の――大抵はユダヤ人だが中には少数のイタリア人やスペイン人もいる――少女たちが自宅や通りから連れ去られて売春宿に幽閉されるブエノスアイレスでは、港町で大勢の水夫たちが様々な仕事に従事しつつ、非常に複雑なステップを学ぶ時間をたっぷり確保している。

ストラヴィンスキーは『兵士の物語』を一九一八年に作曲した。ニューヨークの上流階級の人々は下層の世界に出入りして、一九一三年から一九一五年にかけてタンゴを踊り始めた庶民と交わった。後にブルースがそうなったように、あの時代、タンゴは人々を結びつけるリボンだった――娼館に閉じ込められて、決して逃れられない白人娘たちのためのブルースだ。彼女たちには複雑なステップを習得する時間がたっぷりあった。

現在のL.A.と同じく、アルゼンチンの人々はみんな亡命中だった。ニューヨークではヴァレンティノが亡命中だったし、ストラヴィンスキーもそうだった。ハリウッドにいる誰もが、ここではない場所からやって来た人たちだった。タンゴを踊る人々は、タンゴランドからの亡命者だ。

もちろん『タンゴ・アルヘンティーノ』を見るまで、わたしはタンゴについては何も知らなかった。他のみんなと同じく、社交ダンス大会をテレビで見て、厚化粧したダンサーたちがジュークボックスの上の機械仕掛けの人形みたいに無意味に首を振って踊る、インターナショナルスタイルのものを本物だと思い込んでいた。あるいは『ラストタンゴ・イン・パリ』でベルトルッチがグロテスクに撮ったおどろおどろしいタンゴダンサーがそうなのだと。他のみんなと同じく、『タンゴ・アルヘンティーノ』を見るまでは、タンゴは何かの冗談だと思っていた。

色んな人たちから『タンゴ・アルヘンティーノ』を見たらきっと気に入るはずだと言われてきたが、フィリピンのフォルクロリコバレエみたいに、口にするのも憚(はばか)られるほど珍妙で馬鹿らしいものだったらどうしようと心配だった。ほら、観客に向かってウィンクしてハンカチを振るような、いかにもイメルダ・マルコス好みのやつだ。

どんなダンスにも魅力を感じなくなってから、もうずいぶんと長い時間が経っていた。かつては踊るのが好きで、首振りがどうしても上手にできなかったヒンドゥー教のダンスを初め、思春期を通してかなり変わったダンスのレッスンもたくさん受けてきた。フラメンコも習ったし、マーサ・グレアムの舞踊団でスターだったおばからモダンダンスの手解きも受けた。バレエも習っていたので、今でも一流ダンサーの公演に行くのは大好きだ。でも、タンゴはどうしたって素晴らしくはなりえないよね？

素敵なお友だちのファミー・デ・ライザーからこんな電話がかかってきてしまった。「タンゴのチケットが二枚あるんだけど、会場もあなたの家の近所でちょうどいいから、一緒に行こうよ、ね？」

「まあ、いいけど」そう答えたものの、昼公演だし、三週間後の話だし、実際には行かないだろうと踏んでいた。ニューヨークの知り合いのレンゾという男が、感想を手紙に書いていたけれど――「絶対に好きになるはずだ、人のうらやむものの全てがある――脚に、狂気に、インスピレーション」

ともかく、当日が来て、わたしはうろたえながらもパンテージズ劇場でファミーと会う約束をした。スパンコールの服を着てマンティーラ〔スペイン、イタリア、中南米の一部の女性が用いるレースのヘッドドレス。髪に大きな櫛を挿した上に被る〕を被り、大きな鼈甲(べっこう)の櫛を挿した観衆が大劇場の客席を埋めるために大勢来ているのを目にして、これはどんなパフォーマンスが見られるのかと期待が高まった。

見たところ、わたしたち以外の観客の誰もが白い肌と黒い髪の持ち主で、はりつめた表情をして粋な雰囲気をまとっていた。

「すごくセクシーなんですって」とファミーは言ったけど、オランダ出身の彼女に何が分かるというのだろう？　この公演はミュージカルとして宣伝されていて、広告やパンフレットでどんなにそう謳（うた）われても、ミュージカルがセクシーだったためしはない。

だけど劇場に入って、わたしはロビーにいる観衆の中に、本当に神々しいくらいセクシーな昔の恋人を見つけてしまった。彼は既婚者だったが、わたしは十八歳でレイニア・ビールを飲んで、この人との狂ったような情事に頭から飛び込んでいったのだ。その恋愛は何年もの長きに及び、ずっと会っていなかったのに、彼がいると気がついた途端にわたしの手が震え出すほどだったが、妻を同伴させているのを見て、気まずい思いを避けるために声はかけないでおいた。それなのに、バルコニーの席に着くと、わたしと同じように震えながら、彼が後ろに現れた。「君を忘れられなかった、今までどこにいたんだ？」

「どこにもいなかったの」わたしの顔が薔薇のように赤く染まった。

「僕は妻と来たんだ。彼女はこのショーが好きで、もう四回目だが、本当に素晴らしいよ。君はもう見たのか？」

「ううん、まだなの……」

「また電話する」彼は言った。

わたしの頬にキスをし、場内が暗くなっていく中、去っていく彼を見てファミーは言った。

「あの人は誰なの、とても素敵だけど……」

「かつてわたしはあの人の奴隷だったの」わたしは言った。「今もそう」

「そうなのね、彼もきっと同じだよ。あの人の手、木の葉みたいに震えていた」

彼はブラッドリーよりもずっとわたしのタイプだった。優しくて、温かくて、大勢の女性の面倒を見て、彼の監督作に出演させて、お金を渡し、家を購入するのを手伝い、車を探してくれた。付き合ってもう何年も経ってから、かつての彼の恋人の一人が、わたしが誰だか知って、彼の映画の試写の夜に話しかけて来たことがある。「あの人は今、どんな女性とキスしているんだろうと思っていたの」

彼は誰も、古いカシミアのセーターを投げ捨てるかのように放り出したりしなかった。病んでいたけど、彼こそがわたしの理想の人だった。

客席の明かりがすっかり落ちて、オーケストラがステージに上った。ヴァイオリニストが五人に、ベースフィドルが一人、チェロ奏者が一人、バンドネオン奏者たち、二台のピアノ――有り余るほどのパーカッションとストリングスだと言えるかもしれない――そして突然、取り返しのつかない喪失感を漂わせながら音楽が空間を満たした。

あるいは、そこにあったのは過ぎ去っていったセックスかもしれない。

タンゴの全ての曲はカルロス・ガルデルの手によるもので、この公演で演奏するのも、歌うのも、踊るのも彼の曲だった。

(ヨーロッパでは近代的なアルゼンチンタンゴの作曲家として名高いアストル・ピアソラが、ブエノスアイレスに帰ってきて、空港から家に戻る途中、彼が何者か知った途端にタクシー運転手に車から放り出されたという話を聞いたことがある。アルゼンチンでは明らかに改変は好まれていなかった――わたしがロサンゼルスの一九二六年の建築を好み、今の建物に暮らすくらいなら死んだ方がましだと考えるのと同じだ)


大抵の文明社会においては、もっと重要なこと――芸術や、偉業や、そういったものを蔑ろにして恋愛に夢中になるのは悲劇だと考えられている。でもタンゴにおいては、恋愛の執心は赤裸々なまでに祝福されている。あるいは、裸を表現している素晴らしい衣装によって祝福されていると言うべきか。

アコーディオンによく似ているが、もっと小ぶりなバンドネオンの楽器の音色が、アルゼンチンのカウボーイが子牛に焼印を入れるように、焼ける皮膚の匂いを漂わせてわたしの心に焼きついた。

そしてダンスが始まって、『タンゴ・アルヘンティーノ』は全然ミュージカルなんかじゃないって分かった。ただ次から次へとペアのダンサーが、ときには三人いっぺんに、官能的な素晴らしいダンスを披露しては立ち去っていったので、わたしの心臓が止まってしまったのも無理はなかった。おかしな首振りもなければ、大げさな感情表現もない、何かまったく別のものだった。バンドネオンがフレンチホルンみたいに鼻にかかったような音を出した。まるで狩猟の開始を告げるように。ただ狐を追う代わりに男たちは女たちとのダンスに身体を捧げ、女たちの方はといえば、中には三〇年代のタンゴチャンピオンというベテランが混じっていたにもかかわらず、みんな目が覚めるほど美しかった。肌にぴったりと吸いつくような黒とシルバーの衣装で、靴は華奢なハイヒール、膝は愛らしく、赤い唇は悲劇的。そして唐突にダンスが終わると、観客は狂ったように喝采を捧げ、わたしの心臓は激しく脈打って、オーケストラは次のダンサーたちが出てくるまで、客を落ち着かせるためにインストナンバーを奏でた。ダンサーたちの魔法のようなシルエットは、様々な情熱的な体験の中で音楽に溶け込んでいった。

ダンスの合間に歌手が出てきて、人生の恐ろしさについて事細かく歌ったガルデルの曲を披露するというのが、この公演におけるミュージカル的な側面だった。

ここにいる人々は互助会など知らず、自殺防止のホットラインや自己啓発についても聞いたことがない――皮肉めいた風情で粋に自己憐憫に浸ることしか考えていない。

わたしはその大胆不敵なまでの堕落ゆえにタンゴを愛した。

『タンゴ・アルヘンティーノ』では誰も〝前向きに生きよう〟なんてしていない。それよりも永遠に地獄で苦しんだ方がいいのだ。初めてポール・バターフィールドがブルース・ハーモニカを演奏するのを目にして、ブルースをやることによってもう一度生きながらえようとする歓喜を感じたのと同じだ。バンドネオンとハーモニカはよく似ていて、どちらも鼻にかかった短調の音が流れる。まるでタンゴランドの淵にいるハメルンの笛吹きだ。

第二幕の途中で、体を突き破るような勢いでタンゴを習得してみせるという決意が湧いてきた。

「でもプログラムによると、ダンサーたちは四十年も踊っているって話じゃない！」終演後、駐車場に向かいながらファミーは釘を刺した。

「たとえ一万年かかってもかまわないの」わたしは言った。

「すごく難しそう」ファミーは首を振った。「どうやってあんなに緩急をつけて踊れるのか、見当もつかない」

「これはもう宿命なんだよ」わたしは通りでタンゴ教室のチラシを配っている少年に目を向けた。

とはいえ『タンゴ・アルヘンティーノ』を見て、すぐさまタンゴレッスンに駆け込んだという訳ではなかった。また舞台を見るために即座にチケットを取っただけ。そしてもう一度見て、ファミーの言う通り、難易度が高過ぎて、プロのダンサーではない一般人がこんな尋常ではないものに手をつけて本当に踊ろうとするなんて、空中ブランコのレッスンに挑戦するようなものかもしれないと考えるに至った。だから、二度目の公演を見た直後は、もう馬鹿げた衝動に突き動かされることもないだろうと思っていた。

でも違った。一年もの間、その残像はわたしの心から消えなかった。ブラッドリーの残像を押しのけるところまで来ていた。

タンゴに夢中になれて、実のところ都合が良かった。少なくともあれは執心を表現するアートで、執心そのものではない。

ちょうどその頃、友人に言われた。「だったら、社交ダンスのレッスンを受けてみれば？」もちろん、ハリウッドYMCAの社交ダンスレッスンの広告には、フォックストロット、ルンバ、スウィング、チャチャチャと一緒にタンゴも入っていた。でも、六週間後の娘の結婚式で踊るのに必要なだけ練習したいと考えている老夫婦に混じって、ジムで踊るのはわたしのしたいことではなかった。女性講師が後退(あとずさ)りしながら「ティー・エー・エヌ・ジー・オー」とタンゴのスペルを繰り返し伸ばしたり短く切ったりしながら拍子を取って教える、この教室のタンゴは断じて違った。

でもわたしはこの教室で、アーサー・マレー〔アメリカのダンサー／ダンスインストラクター。自らの名前を冠した社交ダンス教室のフランチャイズビジネスで成功を収める。一九六〇年代には、全米に四五〇もの教室があった〕の教室でブロンズベルトをもらって、講師のアシスタントを務めている原子物理学者と知り合った。（教室に一年通えばブロンズはもらえる）彼は好みのタイプではなかったが、ロサンゼルス周辺の奇妙で古風な場所へわたしをダンスに連れて行ってくれるようになった。特によく行ったのは、ドイツの楽団が演奏していた〝ブラックフォレスト〟という今はもうなくなってしまったダンスホールで、背の高い南カルフォルニア大学出身のドイツ系ダンサーがそこで古風な美しいワルツを踊っていた。

「でも、どこにいけば本物のタンゴを習えるのかな？」わたしは彼に訊いた。

「ヴァレーに教室があるっていう噂を聞いたよ、ノラズってところでやっているみたいだけど、ついていくのは大変だそうだ」

「そうなの？　じゃあどうして踊れる人がいるの？」

「あの人たちはごく若い頃から始めるんだよ」彼は言った。「そういう風に生まれついているんだ、サーフィンと一緒だよ」

他のすべてのアメリカ人女性と同じく、リードを取られるのはわたしの得意とするところではない。フォックストロットのようなダンスでは、相手の男性がリズムをつかむまでこちらが辛抱しなければならなくて、それだけで気がおかしくなりそうだったが、リードを取らせないと男性とは踊れないのだと悟ると、人生の真実を見つけたような気がして、タンゴを踊るのも楽になった。

わたしの好みじゃなかった原子物理学者はノラズについて教えてくれただけではなく、土曜日の夜にそこまで連れていってくれたが、客が誰もいないにもかかわらず、店は満員だと言われてわたしたちは玄関先で追い払われた。「予約で埋まっているんですよ！」後に彼女こそがノラだと判明する女性が言った。「空きはありません」

「タンゴの教室はどうですか？」わたしは訊いた。

「レッスンなら、日曜日の夜に戻ってきて、午後六時ですよ」彼女は言った。「タンゴの教室をやってます。料金は五ドル」

「行こうよ」わたしは原子物理学者に言った。「レッスンを受けよう」

「あのダンスは限られた人のものなんだよ」

「もおおお」わたしは唸った。「どこでそんな話を聞いたっていうの？」

「アーサー・マレーの教室で」彼は言った。「僕の先生がアルゼンチンタンゴは熟練したラテンダンスの生徒だけのものだって言ってた」

（アーサー・マレーの教室では一年目の終わりに銅メダルがもらえて、二年目に銀メダル、それ以降は金メダルになる。たった五ドルのクラスはなかった。レッスン代は高額だった）

どんなに言っても、わたしの知り合いは誰もノラズまで一緒に行ってくれようとはしなかった。みんな、ヴァレーに足を踏み入れる気はなかったし、タンゴを習おうとする頭のおかしな計画に付き合わされるのもごめんだった。それに社交ダンスが好きな人もいなかった。

わたしはタンゴにおあつらえ向きの靴を持っていると、自分では思っていた。バーハム大通りにあるチャンピオンダンスシューズという店で買った靴だ。おあつらえ向きの服と、赤い口紅と、前のめりの熱意が確かにあって、悔恨の念で張り出した胴を持つ者の一員になれるのなら、エベレストへの登頂も辞さないという構えでいた。完全に頭に血が昇っていた。

でも、思いつく限りの知り合いの中に、ヴァレーまで引っ張って来れそうな人はいなかった。ヴァレーはみんなが引っ越してL.A.にやって来る理由だった。ユニバーサルかワーナー・ブラザーズ・スタジオで日雇いのバイトでもしてなければ、行かないような場所だ。みんなダウンタウンか、マリブに続くビーチ、ビヴァリーヒルズならばどこにでも行くけど、ヴァレーは興醒(きょうざ)めだった。

幸運なことに、サンフランシスコから来ている知り合いで、ロサンゼルスはどこもひどいから、ヴァレーは中でもひどい場所だっていうのに過ぎないんだろうと思っている——要するに何も分かっていない——男が連れて行ってくれることになったので、わたしたちは雨が降っている中を、彼がレンタルしたコブラに乗り込んで、バリオまで車を走らせ、クンビアダンスのナイトクラブを通り過ぎ、そこに、薄暗い街角の片隅にあるノラズ・プレイスにまたたどり着いた。

「アルゼンチンレストランだって聞いてたけど」友人は怪訝(けげん)な顔をした。「どうしてボリビアの店だって教えてくれなかったんだ?」

「基本的には同じことでしょ」

そこはピンクのテーブルクロスの上にクリスタルグラスが置いてある、驚くほど可愛らしい中流のレストランだった。

『タンゴ・アルヘンティーノ』の観客の中にいたような、たっぷりのスパンコールとひだ飾りでドレスアップした豊かな顔立ちのラテン系の人たちが大勢いた。案内されたダンスフロアのボックス席から、小さなステージの近くにバンドネオンが置いてあるのも見えて、自分が望んでいた場所に来たのだとわたしは確信した。

サルサバンドが演奏を終えて退場すると、わたしたちはメニューを見てイタリア料理のようなものを注文した。そういえばアルゼンチンはあまりにヨーロッパ的で南米の一部だという自覚もなく、ホットソースが何かも知らないのだった。使っているスペイン語もポルトガル語的な柔らかいアクセントのある独特のもので、ヨーがショーに聞こえた。

わたしたちが席でマス（わたし）とチキン（彼）の料理を待っていると、二人の新顔のミュージシャンが現れて、一人がピアノに向かい、一人がバンドネオンを床から拾い上げて椅子に腰かけ、それを膝の上に置いた。銀行勤めでもしていそうなお堅い風情の二人だったが、演奏が始まると、彼らの音楽はもうこれ以上ないというほどタンゴだった。

この悲劇的な音楽が会場を悲哀に染めると、二組のカップルが立ち上がって、わたしが夢見た通りのタンゴを踊り始めた。これこそが、わたしを救ってくれると信じているタンゴだ。しかし彼らのスタイル、その驚くべきバランスは――間近で見たせいかもしれないが、あの舞台のもの以上に素晴らしく感じられた。

三曲目のタンゴが始まると、白髪の男性がサイドテーブルから現れて、ルイーズ・ブルックスのような髪型をした、とびきりスタイリッシュで細身のダンサーと踊り始めた——彼はまるで何マイルもの悲しみと喪失感に包まれているかのように踊り、その足さばきは芸術の域に達していた。

「すごい」サンフランシスコから来た友人は歓声を上げた。

「あの人がオーランドです」わたしたちについているウェイターのホセが教えてくれた。「彼はここでタンゴを教えています。日曜日と水曜日の夜の六時に。初心者歓迎ですよ」

「まあぁ」わたしは声を上げた。「パートナーを連れて来なくちゃだめ?」

「お一人で来てください」ホセは言った。「生徒はみんな一緒にレッスンを受けるんです」

「うらやましいな」サンフランシスコの友人は言った。「僕も君と一緒に行きたかったよ」

そう、誰かが軽々とすごいアクションを決めているのを見ると、人はそれをトリックだと思って、自分にもできるはずだと考えてしまうものだが、でもオーランドは——タンゴを具現化したものがあるとすれば、それがオーランドだった。まれに、タンゴを見ていると女性が全てになって、男性の存在を忘れてしまうことがあるが(映画の中でヴァレンティノが売春宿の少女につかみかかり、床を引きずっていってタンゴを始めるシーンをわたしが見たのはずっと後のことだが、どんな男性の中にもこんな圧倒的な激しさが隠れているのではないだろうか)、オーランドが相手だと、たとえパートナーが完璧であっても、魔法は彼の側にあった。

女性が望むものの全てだった。

一九二一年の映画『黙示録の四騎士』で、退屈した特権階級の不良少年を演じたヴァレンティノが、ガウチョパンツ姿で細い葉巻をくわえて鞭を手にし、嘲笑いながら最初のシーンでしたことを、一九八〇年代の半ばに二倍以上の年齢だったオーランドがヴァレーで、普通の服で、煙草を灰皿に置いてからやってみせた。オーランドが踊っているのを見ると必ず時間が静止して、タンゴに一分費やすごとに人生が一時間追加されると信じられるような気がした。

その夜以来、わたしはタンゴについて言及するとき「ザ」という定冠詞を使うのをやめにして、ノラズの人々がそうしているように、ただ「タンゴ」と呼ぶようになった。タンゴが何かを理解したならば、定冠詞で装飾する必要がないと分かるはずだ、それはもう定義されているのだから。長い年月をかけて、アーサー・マレーがどんな誤解を振りまいたにせよ、タンゴはひとつしかなかった。あれは無知なアメリカ人相手の商売としてしたことに過ぎない。

そう、ラテン系の人々があなたに教えてくれるはずだ――エル・マンボではなくて、マンボを踊るのであり、ザ・フランメンコなどなく、ただフラメンコを踊るのだと。ノラズを初めて訪れた夜、オーランドと他のダンサーたちが踊ってみせたものこそ、わたしが求めているタンゴの全てだった。あの人たちは細いラインで隔てられた情熱と芸術をひとつに融合させた――ジャクソン・ポロックの作品よりもずっと素晴らしかった。

ヴァレンティノにあったのは溢れる若さで、深遠さや美とは違った。だけどタンゴは、未熟な若者にも、エレガントな老人にも耐える。それだけ伸縮性のある概念なのだ。

ただし、結婚と同じで、その世界に分け入っていくのに五年はかかる。タンゴを志す者は、タンゴに人生を呑み込まれる危険がある。わたしもあの夜、あっという間に更なる深層へと呑み込まれてしまった。

パンテージズ劇場で踊っていたブエノスアイレスから来たダンサーたちの中には、離婚して別の相手と再婚しているカップルがいたが、二人はまだ一緒に踊っていた。

たとえパートナーを憎んでいても、タンゴには支障がない。

実際に、わたしはダンス前に鞭を振るってパートナーを激怒させる男を一人知っているが、彼に言わせるとそれで「相手の瞳の輝きが増す」のだという。

そう、アルゼンチンでは男たちが獣のように恋人を殴ったことを自慢するが、わたしたちのような意識の高い人間がいる最近のロサンゼルスでは到底許されることではないし、目の周りのアザを面白がるような女性はいない。自己啓発の存在がその証拠だ。タンゴでは女性が自分を守りながら、安っぽいフィクションに転じるまで血を流すことができる。

今日、ベストセラーとなって大量の読者を獲得している九百万冊のハーレクイン・ロマンスやシルエット・エクスタシーといった女性向きロマンス小説に出てくる男性のヒーローは、傲慢な男ばかりだ。明るくて、礼儀正しく、親切そうに見える男が登場したら、その人物は後に悪役だと判明する。最初はどうしようもなく意地悪で無神経に見える男こそが、本当の相手役だ。それがトウモロコシ畑ポルノだ。マーガレット・ミッチェルはタンゴを踊るヴァレンティノを見て、レット・バトラーを思いついた。二〇世紀の退廃趣味である。

　男性向きのポルノでは、女はみんなあばずれだ。同じ刺激を女に与えるトウモロコシ畑ポルノでは、男はみんな冷笑的なモンスターだが、ラストまで三ページという段になって急に、彼は誤解されていただけで、実はお金持ちで、親切で、優しい男なのだと明らかになる。こういう本を読んでいる既婚者女性は、読んでいない既婚者女性よりもはるかにいい性生活が送れるっていうのは理解できるけど、わたしに言わせればそれこそが結婚生活の問題点だ。

　わたしは、一人で家に帰れるタンゴの方がずっといい。

　ともかく、わたしとサンフランシスコの友だちはノラズで長居した。タンゴのダンサーたちがパートナーを変えながら踊るのを見ていたが、どういう訳か女性たちは全員、オリエント急行で救出を待っている迷える伯爵夫人みたいに何だか切なげな表情で相手の男性たちを見つめていた。彼女たちは何処（どこ）へともなく向かうために、素晴らしい服を着ていた。

　タンゴのスタイルと似たような、抜けるように白い肌と、真っ赤な口紅と、黒い髪がトレードマークのパンクルックが猛威をふるっていた頃だったが、パンクの女子がシド・ヴィシャスのベッドで死亡しているところを見つかりそうなのに対し、タンゴの女性たちは相手の隙（すき）をついて男を窓から放り出せそうなほどタフに見えた。

　要するに、タンゴとヘロインは相容れない存在だった。

　タンゴを踊る女性たちはボディビルダーには見えなかったが、動きは素早く、ヒールは高く、オーランドと最初に踊った空気の精みたいなルイーズ・ブルックス似のダンサーでさえ、筋肉質の太ももをして、背中は脈打っていた。

時折、外国語でも習おうか、頭で考えられる訓練になるようなことをしようかと思い立ったりもするが、わたしは夢中になると何もかもが頭から吹き飛んでしまう。身体を通した体験でしか学ぶことができない。

「明日のレッスンに行くつもり」わたしは友人にそう告げた。

実際は勇気を振り絞ってあの場所に戻るのに、一ヶ月かかった。それでもある夜、正気の人間ならば愛する人と家にいたいと考えるような寒さの中、わたしは一人、車でヴァレーに向かった。タンゴの靴で車から降りて（つけていたリボンは最初の晩に取れてしまった）ノラズのドアを開けると、客のいない店内の前方のテーブルにタンゴのレッスンを待つ人たちが集まっていた。

あの夜、テーブルには十五人ほどの人がいて、中には六時に始まるはずのクラスを六時半になっても待っているわたしみたいな初心者も混じっていた。他はもっと遅くに始まる上級者クラスに来た人々だ。オーランドはすぐそばに座って、ゴロワーズをくゆらせ、エスプレッソをすすり、彼よりも英語が上手な補佐役のラモーンにアルゼンチンスパニッシュで話しかけていた。

そしてとうとう初心者向けのレッスンが始まった——メンバーは一組のカップルと、ワルツが好きな男性と、そしてわたし――上級者カップルと一緒に受けるようなものだ。

上級者クラスのニーナという美しいロシア人女性を腕に抱くと、オーランドは言った。「最初のステップを見ていて」

〝ステップ〟と言われたが、実際は、二十六年間バレエの厳しいレッスンで研鑽(けんさん)を積んだダンサーが一週間かけて習得するような、十一のステップからなるコンビネーションだった。わたしは信じられないような気持ちで、ニーナが自分の意志ではなく、何かに操られたようにふわりと動く様にただ見とれていた。これでみんな分かったでしょうと言わんばかりに、彼女はきちんと足をクロスさせてデモンストレーションを終えた。

「もう一度見て」とオーランドが言うと、ニーナはまた魅惑的な不可能を繰り返してみせた。わたしはオーランドの動きに釘付けで、ろくに学習ができなかった。完全に気持ちを持っていかれてしまっていた。

彼は更に二回、どう見ても真似するのは無理な要素を加えて、その美しいダンスステップのコンビネーションをやってみせた。アメリカ人が身体を使って行うどんな動きとも違う。フォックストロットやワルツでは女性は男性に触れないようにするのが基本だが、オーランドのタンゴでは、女性は彼に身を任せるのだ――上半身を彼の上半身に押しつけ、底辺一・五メートルのエッフェル塔のようになって男と女が支え合い、バランスを取る。

「さあやってみるんだ」オーランドはそう言って、わたしを引き寄せた。わたしはショックを受けた。鉄板のような引き締まった腹部を持っているわけでもない、やや太り気味の普通の男にしか見えなかったのに、抱かれてみると、オーランドはダンスのための筋肉の塊だった。

　オーランドはわたしの左手を彼の右の上腕に置くと、女性が右側から相手の男性の脇腹に体を押し付け、全身を預けてホールドする術を教えてくれた。押し倒される先のベッドもなく、こんなに長い間、他人と密着しているというのもショックだった。わたしがいるのはタンゴ教室で、これはただ上手に見せるためのテクニックなのだ。

　それに彼の香水の匂いにも圧倒されていた。（これがタンゴの有害性のひとつであることも覚えた——多くの男性が、あまりにもたっぷりの香水をつけていた）

「さあ、ここに力を入れて……」オーランドは彼の左手で握っているわたしの右手について指示した。普通の社交ダンスのレッスンでも、わたしは手に力を入れて押し返すのを忘れてしまう。タンゴではバランスが全てなので、この手が肝心だ。ようやくわたしが正しいホールドの姿勢を取れるようになると、彼は「よし、始めよう」と言った。

　ほとんど聞こえないような小さなボリュームで、雑音混じりの三〇年代のタンゴがモノラルカセットでかかっていたのにようやく気がついた。わたしにとって社交ダンスの要は、リズムをつかんで相手の男性についていくことだった。タンゴはずっと感情的で個人の解釈の入る余地があり、リズムもなければ、ステップを打ちつける正確なタイミングもない。これが、わたしを含む多くの人々を苛立たせる要因だった。相手の男性がいつ動き出すのか、知るのは不可能だった。

「堪(こら)えて」オーランドは言った。「ゆっくり行くぞ」

それはただ彼のペースに合わせるしかないという意味だった。わたしは全然動けず、最初のポジションに戻った。女性が左足からステップを始める普通の社交ダンスと違って、タンゴは右に足を引くところから始まり、それから左、また右にと行って――更にはわたしが身体で覚えきれないほど動きは複雑になっていく。

ニーナはどうして、難なくこんな動きができるのだろう？（彼女は長年ダンスのインストラクターをしていると後に知った――自分でスタジオを経営していた）

「もう一度トライだ」オーランドは笑った。

タンゴの欠点は一人では踊れず、二人の人間を必要とすることで、二人だということこそがこのダンスだった――でもそのうちの一人が踊れなかったら、どうにもならない……タンゴを習いたかったら、二年か三年は付き合ってくれるパートナーを見つけなくてはいけない――そこまでしないと、とても追いつけないと気がついた。（ああ、あるいは五年かも）幸いなことに、レッスン料はたったの五ドルだ。どれもわたしには馴染みのないことばかりだった――我慢してダンスに誘われるのを待たなくちゃいけないなんていうのも初めてだった。わたしはダンスホールで男性に「今夜、踊っていただけると嬉しいんですけど」と申し出ることを覚えなくちゃならなかった。

誘うような視線で男性を見つめる技を習得する必要があった。そういうのに不慣れだったので、本当に決まりが悪かった。

わたしがノラズに来たのは、ロサンゼルスの二百人ものにわかファンがタンゴレッスンに押しかける時期が過ぎて、まだ取り憑かれたままでいる五十人ほどのマニアが周辺をうろついている頃で、オーランドはまだ教室にいたので、わたしはバーバンクのラストタンゴを見逃さずに済んだ。

(あるいはバーバンクの隣接地域と言うべきか)

オーランドはわたしの窮地——要するにどんな風に足を動かしたらいいのかまるっきり理解していないこと——を察すると、テーブルで夕食のマス料理を食べている最中だったアシスタントを立たせて、交代した。「今回、わたしは見せるだけ」

「お名前は?」香水の匂いでわたしを圧倒しようとしている相手の名前くらいは知りたくて、わたしは訊いた。

「ラモーンだ」彼は言った。「さあ、僕に身を任せて」

彼は六十代にさしかかっていたはずだ。活力みなぎるという感じではなく、マルチェロ・マストロヤンニが大金を積んでも欲しがるような悲しげな茶色の瞳の持ち主だった。

オーランドの腕の中では、ダンサーと組んでいると感じていた。ラモーンには、男性しか感じなかった。

わたしはもたれかかった。

「手に力を入れて！」右手への意識がおろそかになっていた。「僕の手に抵抗するんだ」

だけど、抵抗したくなかった。

わたしは生まれてからずっと、人生には二つの選択肢しかないと信じてきた。だけど今、雨の夜、ヴァレーでラモーンの腕に抱かれ、今まで思いもよらなかった選択肢について知った
――プランCだ――力を抜かず、投げ出さず、押し止まって、かつ抵抗すること。

それがタンゴの秘訣(ひけつ)だった。

タンゴには何か秘密があると、わたしだけが思っていたのも無理はない。

ラモーンの腕の中で、タンゴとは二人の人間が互いの身体を突き破って部屋の反対側に行こうとすることだと、はっきりと悟った気がした。（彼はこの点を誇張するきらいはあったが、まあまあ本当のことでもある）

その夜、もっと遅くなってから、ラモーンの本当のパートナーが現れた――髪を腰まで伸ばしたセレステという若くあでやかな女性で、彼女もわたしと同じように『タンゴ・アルヘンティーノ』を見て、このダンスを習いたいという衝動を抑えられなくなったのだ。彼女はまるでラモーンとのダンスが重大な使命であるかのように踊り、色褪せて倦(う)んだ男と純潔な生命力に満ちた女のコントラストは神々しいほどだった。セレステはシャルル・ジョルダンみたいな黒のハイヒールを履いていて、他の女性の社交ダンス用の靴が整形外科用の健康シューズみた

いに見えた。

彼女はわたしがこうしたいと夢見るスピードの五倍の速さで動けた。

それを見て、わたしはタンゴの真実にまたひとつ気がついた。女性が踊れる場合は、パートナーの男性の要望にどんなタイミングで反応するか、自分で決められる。音楽は何も関係なかった。音楽はただ、聞こえるか、聞こえないかくらいの小さなボリュームでスピーカーから流れていればいいのだ。

ただし、その音楽はタンゴでなければならず、そのタンゴもカルロス・ガルデルのものと決まっていた。

（この店でもアストル・ピアソラは容認されていないとすぐに気がついた。オーランドに言わせると「彼はタンゴではない」）

それから二ヶ月、必死に努力して、週四の勢いでノラズに通い、ロサンゼルスのバーでやっているオーランドのレッスンを受け、ずっと頭で反芻して、抗（あらが）う身体を精神でねじ伏せ、どうにか最初のステップを覚え込ませた。最初の十一のステップを身体に馴染ませるのに、悲痛なまでの固い決意と、わたしに辛抱してくれる上級者クラスの男性を何人か必要とした。（アーサー・マレーの教室の熟練した生徒だった原子物理学者が「ついていくのは大変」と言った理由も分かる）

事実、二月目の半ばにわたしは二つのことに気がついた。ひとつは、このダンスはいかれている人間にとっての聖餐式のようなものだが、実際に手をつけてみると、何に駆り立てられてこんなことを始めてしまったのか、思い出すのがひどく難しいということ。もうひとつは、このままで人生が続くなら、オーランドのプライベートレッスンを受ける必要があるということ。(つまり、またラモーンがわたしと踊ろうと申し出た場合に備えて)

まだ外が明るい午後六時に、ウェイターやビールの配達人が見物する中、三十ドル払ってナイトクラブでタンゴを教えてもらうなんて、人生を楽しむ方法だとは思えない人もいるだろう。でもわたしはオーランドがレッスンを承諾してくれて、本気で嬉しかった。断られたら、恐怖で縮こまってしまったはずだ。でもわたしはいつも恐怖で縮こまっていた——ラモーンと踊ろうとするときはとにかくそうだった。ラモーンのそばだと萎縮して余計に下手になり、どちらの足からステップを始めるのかも忘れてしまう。

オーランドと踊るときだって恐くて固まってしまうことがあった。まるで身体が舞台恐怖症になってしまったみたいだ——しかもダンスは複雑で、頼りになる拍子もなく、背中に置かれたパートナーの手や、ももに挟まれた相手のももから発せられる信号を読み取る必要がある。何よりの問題は、このダンスは傍目からだとまるでセックスみたいに見えるが、拘束服に囚われている状態を努力してアートに見せかけているというのが実情に近いという事実だ。

「幸福な結婚」みたいな状態というか。

オーランドの怪しい英語による約束を信じきれないまま、ある午後、わたしはプライベートレッスンにやって来た。彼は時間通りに来ていた。(「あの人はプライベートレッスンだと時間を守るの」とある女性が教えてくれた。「通常のレッスンはいい加減だけど」)

オーランドはいつも通り隅のテーブルで、アルゼンチンにいる家族に手紙を書いていていた。わたしたちが上達しないともう帰るからなと脅す彼の故郷だ。わたしは座るとエスプレッソを頼んだ。オーランドは手紙を書き終えると、雑音だらけのガルデルのカセットをかけて、いつも火がついている煙草を灰皿に置き「よし、タンゴを踊ろう」と言った。

彼はわたしの右手を取って、今まで分からなかったことの全てを教えてくれた——どうすれば彼やニーナのように足を動かせるのか、相手にどう寄り添うのか——彼はわたしが完璧にこなせるようになるまで最初のステップや次のステップを繰り返し、わたしが習ったことを理解して自分でできるようになると、新しいステップに移っていた。そしてどういう訳か、少なくともそのレッスンのときだけは、教えられた通りに踊れたのだ。そうしたステップはもっと真剣なダンスの前戯に過ぎなかった——もしわたしが彼と人生を歩めたら、もっと美しいタンゴのバリエーションを展開していけるだろう。そしてわたしが、わたしだけが彼にインスピレーションを与える存在となるのだ。

ずっとタンゴに人生を捧げた男性ダンサーたちは大抵、これまでやってきたことを大事にして、新しいステップを作らないものだが、オーランドはいつも創作して、そのステップに生徒たちの名前をつけてくれた。

彼は夢のような人だった。

これでようやく「ああ、オーランドの腕の中ときたら」と語る女性たちの気持ちが理解できた。

それはまるで爆発する万華鏡のような官能だった。

「大分良くなった」レッスンの終わりに、彼は言ってくれた。

その夜、わたしはラモーンとウェイターたちしか残っていない時間までノラズに居座ってい
た。——何ヶ月経ってもろくに上達しないので、ラモーンはもうわたしと踊ろうとはしなかった。
彼は急にわたしのところに来ると「踊ろう」と言った。
「え、無理だよ!」わたしは叫んだ。ちょうど帰ろうとしていたところだった。
「おいで」彼はそう言うと、わたしの手を取って誰もいないフロアに導いた。観客はウェイター
たちしかいない。
雨が降っていて風が強い日で、その少し前の上級者クラスのときは、木が電柱をなぎ倒した
せいでバーバンクは停電状態になった。でも店のみんなは、音楽なしでもキャンドルの明かり
のもとで踊った——神の御業ごときでタンゴは阻止できない。
電力は既に復旧していて、カセットから悲しい昔の曲が流れていた。タンゴのパートナーを
亡くした男が、緑の人魚のように夢の中に出てくるのはやめて、彼の元に戻ってきて欲しいと

彼女に懇願する歌だった。ラモーンはわたしを空っぽのフロアの中央まで連れてきた。「僕に身を任せて」

だから、そうした。「勝手にリードしない、絶対にしちゃだめ。動いてもだめ、少なくとも自分が先に動くのはだめ」とひたすら自分に言い聞かせていた。

彼が力強い腕でわたしの上半身を自分に引き寄せると、わたしは力を抜いた。こういうダンスでは、リラックスしつつ、しっかりと踏みとどまることが大事なのだ――右手で相手を押し返しながら。そして待つ。

彼は動かなかった。

わたしも動かなかった。

すると、彼がゆったりと最初のステップを始めた。魔法のように、わたしは彼が踏み出すまで待つことができた。ちゃんと時間を取ったのだ。

もしタンゴが二人の人間を必要としていて、男性性の強いタイプがわたしと踊りたいのならば、彼はペースを落とせばいい。ただそれだけのことだった。彼はわたしの五倍も熱心についていくセレステに慣れていたはずだが、わたしが相手のときはじっと堪えて、ゆっくりと動いた。

彼がわたしとタンゴを踊りたいときは。

アーリーン・クロースは、タンゴの公演についてニューヨーカー誌にこう書いている。「……ここでイメージされている運命は、心揺さぶられるというよりもむしろ悲劇的であり、わたしたちが死と向き合い、それを超越するのではなく、享受するというのがタンゴというダンスなのだ」自分自身の姿を見ていても、タンゴが人の目にそう映るというのは理解できる。でもラモーンの腕の中でダンスに溶かされ――一方の手で自分を預け、もう一方の手で争いながら、わたしは内在する炎が燃える中で上昇していくのを感じて、身体がどんどん熱くなってきた。そして突如として死に直面し――それを超越したのだ。わたしたちは不滅だった。ラモーンについていけるようになると、死なんて――停電と同じで、問題にもならなかった。

タンゴで世界を飛び回れそうだった。

まるでセックスみたいだったが、それは遠い昔のはるかなる場所での出来事だった。

「いいぞ、いいぞ」音楽とひとつになって踊るとラモーンはそうつぶやき、それでわたしはようやく、拍子ではなく旋律に合わせて踊るのだと理解した。

他の人に身体を完全に支配されて、それが永遠に続くような気がしたが、ああ、でもそこでわたしは堕落の道に逸れて、これがダンスだということを忘れてしまった。わたしが右手に力を入れるのをやめたせいで、わたしたちは声を漏らして果ててしまった。

「押し返すのを忘れちゃだめじゃないか」彼は言った。「バランスが崩れてしまう」

わたしたちはもう一度踊ったが、その後、九千ドルに値するようなレッスンとただまた踊ることだけを考えていた二年を経て、実のところわたしはダンサーではなかったと判明した。そう、時折は超越の小さな欠片になった自分を想像することはできるが、でも本物のダンサーはもっと積極的にステージを楽しむものだ。パフォーマンスこそが彼らの生きる道だが、わたしはその背景のエキストラで満足だった。あるいはオーランドのように真に偉大なダンサーだと、周囲にある他のものはみんな色褪せて、スローモーションで背景になっていってしまうのかもしれない。

　オーランドはとうとうアルゼンチンへの帰国を決めた。わたしの知っている誰かさんたちと違って、彼はみんなに事前に通達してくれたので、捨てられたとショックを受けずに済んだ。オーランドのノラズでの最後の夜は日曜日でほとんど客はいなかったが、彼はチェリー色のシルクの衣装を着た生徒と踊った。彼女のドレスはステップを踏むたびに薔薇の花のように開いた。黒いストッキングに包まれた白い足と銀色のハイヒールが回転し、彼の白髪頭と密やかな足が——もう一度だけ——ダンスを海面下の人魚の時空へと運び、タンゴランドの深い暗闇へと沈んでいった。

エピローグ

「どうしたっていうの」わたしはレンゾに言った。「一週間の滞在のはずじゃなかったっけ」

長いことロサンゼルスにいたせいで、レンゾは日焼けしてきていた。(わたしたち二人はボランティアで特に被害のひどかったクレンショー地区の清掃に当たっていた――わたしも真っ黒になってきて、ダリル・ゲイツがまだ責任者の座に居座っているロサンゼルス市警に人種を間違えられて、殴られるんじゃないかと心配になるほどだった) 日焼けした彼は一層イタリア人らしく魅力的で、女性ならば抗えないほどセクシーだったが、わたしはもちろん、平気なふりをしていた。

「俺が昔から気に入っている決まり文句を聞いたら、君は燃えるタイプのはずだ」彼は言った。

「だから使うよ」

「お気に入りの決まり文句って?」

「俺は明日、飛行機で発つ」

はい、正解。こうやって書いているだけでも、膝から(他のところからも)力が抜けてくる。グルーピーだった時代、わたしはそう言われるのが好きだった。ロックスターたちはいつも翌日、飛行機で旅立っていく。

直接尋ねた訳じゃないけど、彼がプロデューサーに会うために一週間だけやってきていたことは知っていた。他の人と同じように、彼も去っていくのだ。だけど、驚いたことに、彼の滞在は想定以上に長引いたので、わたしたちは街を——というか街の残骸を巡って楽しみ、もう三週間が経とうとしていた。

この日、わたしたちはサンタバーバラまでドライヴして、途中でオーハイに寄り道をした。街は見渡す限り緑で覆われていて、昔の人がよく言うように「手に取れるかのよう」だった。

「こんなに緑が濃いのは洪水があったせいなの。あれはちょっとした黙示録みたいな年だった——地震があって、洪水があって、友だちのジャック・チボーは〝ロサンゼルスの大乱闘だな……〟って言っていた」

「黙示録的なのは好きだな、清々しいよ」

イタリア人は物事を何でも良いように捉える。

日焼けのせいで、彼の瞳の色はより明るく見えた。ニコデルズに行くと、彼は料理ではなく、古くさいバーに飾ってある裸婦像の絵が気に入った。嬉しいことに閉店を免(まぬか)れたレストランのムッソを彼は好きになり、ビヴァリーヒルズのガードナー通りにあるわたしのお気に入りのレストラン、マリオ・クックス・フォー・フレンズに喜んでくれた。ここには有史以来、最も退廃的なキャラメルカスタードと、グラナパダノ産のパルメザンチーズを気前よく振りかけた、昇天しそうに美味しいナスのグリルがある。レンゾは、朝はロウフードを食べ、日が進むにつれて堕落した食べ物に移行していくというわたしと同じタイプのベジタリアンだ——フレンチフライや本物の肉は食べないにしても、やっぱり歓びは必要だから……。

　それに、わたしや互助会を満員にしているロサンゼルスのその他の人々と同じく、彼もどん底を経験して以来、酒や阿片やその他のドラッグを絶っていた。彼は快楽をセックスの方に求めていた。「俺はドラッグよりもセックスだよ」

（人は年を取ると、セックス、ドラッグ＆ロックンロールではなく、ロックンロールと、ドラッグかセックスのどちらかになってくる――セックスとドラッグは両立しない。わたしはというと、近頃はロックも聞いたり聞かなかったりだったが、レンゾの方はビースティーボーイズが好きで、そこが玉に瑕（きず）だった）

（いかにも古風な人間らしく、わたしはもっぱらアーロン・ネヴィルとポール・サイモンを聞いていた）

「君がタンゴに通っていた場所はどこにあるんだっけ？」オーハイでレストランを見つけ、マンゴアイスティーとアボカドサンドイッチにありつき、彼の友だちが戯曲を書いた舞台についてのニューヨーク・タイムズの評をわたしに読み上げてしまうと、彼は言った。

「仲間がまだそこに通っているといいんだけど、わたしは長いこと行っていないの。みんないるとは聞いていているけど」

「そうなのか？　それでも、まあ、行こうじゃないか」

「明日の夜はどう、金曜日だし」

「太もものところにスリットの入った服を着てきてくれ」彼がリクエストした。

「あら、まあ、考えておく」


脚を長く見せるスリットの入ったタンゴっぽい素敵な黒いスカートとハイヒール、黒のストッキング、フロントホックのブラジャーから盛り上がった胸の谷間が透けて見える、バロックレースをフロントにあしらった最新の素敵な黒のトップス、顔の周りで渦巻くホワイトブロンドの髪、黒い瞳に濃いアイメイク、そして筆舌に尽くしがたいほど悲劇的な、暗闇の中で光るルビー色のマットな口紅。そんな自分の姿を鏡で見ると——確かに、わたしはタンゴが本業のようにしか見えなかった。

「うおお、ヒューヒュー」レンゾは歓声を上げた。

彼がわたしの首を嚙むと、背中から足首にかけて鳥肌が立った。「もし今出発できなかったら、ずっとここにいることになるんだからね」

「それも悪くないかもしれないな」このブラウスを見たことがなかった彼は言った。

「でも遅れちゃう……」

わたしたちは彼がレンタルしたネイビーブルーのビュイックに乗り込み、シャトーの駐車場を出ると、サンセット大通りで右に曲がった。「実は、ニューヨークにはラ・ミロンガっていう店があって、タンゴをやっているはずなんだが、店内で踊っている人を見たことがないんだ。一度だけ、バンドが演奏するのは聞いたが」

「そう、ロサンゼルスにはブエノスアイレスの住人たちよりもタンゴにはまっている頭のおかしな先鋭部隊がいるの。ロバート・デュバルなんて、映画のロケにポータブルのダンスフロアを持参するんだから、どうかしているよね」

（一度、ロバート・デュバルのタンゴを見たが、彼は非常に上手だった）

金曜日の十時、ノースハリウッドのノラズに到着した。ボリビアンレストランを名乗っている、表向きは無害そうなこの場所は、中に入ればボリビアとはかけ離れた場所だと分かる。既に多くの車が店の周囲に駐車していたので、仕方なく一ブロック離れたところに車を停めた。ノラズに近づいてくると、気持ちがはやってきた。表のガラスケースには、わたしのタンゴの師匠だったオーランドが最後のパートナーのローレンと踊っている写真が飾ってあった。

オーランドがアルゼンチンに帰国してしまったのも、わたしがノラズに行かなくなってしまった理由のひとつだった。タンゴがどんなものだったか思い出すために、時折、ウエストハリウッドのパフォーミングアーツのスタジオに行ってレッスンを受け、マイケル・ウォーカーと彼の崇高なパートナーのローレンのダンスを見ることはあった。二人はまるでヴィスコンティの映画の悲劇から抜け出してきたように踊った——豊かでバロックに。セクシーで、危険に、鮮やかに。それでもオーランドとは比べものにならなかった。

（わたしはレッスンでマイケル・ウォーカーと踊るたびに、樽に入ってナイアガラの滝を下っていくようなスリルと恐怖を感じる）

でも本当の問題は毎日一緒に練習してくれるパートナーがいないことだった――そしてダンスにおいては、踊れる男性は会話が下手くそで、会話が上手い男性はダンスを憎んでいるというのが常だ。これが大きな足枷になった。

ノラズのドアを開けると、ちょうどサルサバンドが人気曲〈カバージョ・ヴィエーホ〉を演奏しているところだった。（ジプシーキングスが〈バンボレオ〉というタイトルでカバーした曲だ）店は混んでいて、煙草の煙が立ち込め、ワイルドだった。ダンスフロアは目を惹くカップルたちでいっぱいで、わたしが二年かけてようやく習得したラテンダンスのすごいステップを踏んでいた。玄関先の女性が言った。「もう満員なの。席はない。帰って」

「まあ、そんな」

わたしが誰だが気がつくと、彼女は前言をひるがえして「席を探すから」と言った。ブエノスアイレスの男性とチリから来た女性のカップルがいる後方のテーブルに、彼女はわたしたちを連れていった。二人は相席を同意してくれた。運のいい夜だった。見ると、レンゾは全てが気に入ったようだ。店は異国のような活気に満ちていた。

「こいつはマイアミとは全然違うな」彼の知る、ラテンの魔法を感じる唯一の場所を引き合いに出してレンゾは言った。「でも、すごいよ、ワイルドだ」

わたしはタンゴの仲間が集まるいつものテーブルに目を向けたが、そこには誰もいなかった。金曜日はみんなでマイケル・ウォーカーのレッスンを受けて、ここに集まると聞いていたが、まだ来ていないようだ。

サルサバンドがゆったりとしたボレロを演奏し始めて、わたしはレンゾと踊った。彼はどうやってリードを取ればいいのか心得ていたが、イタリア人はそういうので生活しているのだ。レンゾからイタリア人であることを取ったら何も残らない。彼は最後にポーズを決めてわたしをのけぞらせた。

もし、スローにダンスをするのが好きな相手と巡り会えたら、わたしはそれだけで満足だ——混み合ったフロアでのスローなダンスには特別なものがある。公衆の面前でセックスをするような。

わたしたちがフロアを離れると、サルサバンドが小さなステージから降りて、代わりに懐かしのバンドネオン奏者がいるタンゴのデュオが現れ、カルロス・ガルデルが歌う〈ラ・クンパルシータ〉の調べが即座に店内を満たした。

だけどフロアは空っぽだった。誰も踊っていない。それが悲しかった。

ところが、もうみんないなくなってしまって、誰も踊らないのだと思った瞬間に、一緒にレッスンを受けていたヘクターが現れて（彼はいつもの履き慣れたブラックブーツと黒いパンツ、赤いシャツというスタイルで、間抜けなメガネをかけて口髭まで生やしていたけど、ヘクターはマドリード出身で、マドリードの男たちは間抜けに見えることを何ら気にしない）踊りたそうなそぶりを見せた。

でもわたし以外に、誰もいなかった。

それに気がつくと、彼はまっすぐわたしたちのテーブルにやって来てお辞儀をし、「踊っていただけますか？」と訊いてきた。

「あら、でも……」自分たち以外に人がいないのでわたしは躊躇した。

「行けよ」レンゾは言った。「俺はバーのところにいて見ているから」

店は混んでいたが、ヘクターがわたしを連れてきたダンスフロアは空っぽで、みんなの目が集まった。

「最近、タンゴはご無沙汰みたいだけど、どうしてた？」

「ハードなことは何もしていないの」

わたしは左手を彼の腕に置き、右手を彼の左手に預けると、そこに力を込めて押し返すことを思い出した。抵抗はタンゴと人生の要だ。わたしはすぐに完璧な魔法の中に入っていった。幸運なことに、ヘクターはタンゴに面白味を感じている数少ない男性の一人で、いつも緩急をつけるのに充分な間を持たせることができた。それに何と言っても彼はリードが上手いのだ。ある女性が言っていた。「ヘクターだったら、ロバを優雅にエベレストに登らせることだってできる」

しかも最初のところでわたしが力を入れるのを忘れると、「君が頼りなんだよ！」なんて台詞でわたしを非難するのだ。

わたしの身体はダンスの茂みの中でさえずり、ヘクターは更に自信を深めて、わたしをよりワイルドで美しい即興のステップへと導いた。人前でステージに立つことでわたしたちの血は騒ぎ、身も心もこれ以上ないほどタンゴになった——この先もこれほどのことはないかもしれない。

ダンスの終わりに差しかかるとヘクターはわたしを引き寄せ、膝をついて、スカートのスリットから片方の太ももをあらわにしたわたしが目立つように仕向けた。オーランドが見たら本当に喜んだに違いない。

店中が歓声に包まれた。

二度目のタンゴが終わるときには、みんなただ拍手するだけではなく「ブラボー！　ブラバー！」と叫び出した。

そう、これはハッピーエンドなのだ。

するとちょうど、マイケルのレッスンを終えた仲間たちが現れて、踊りたそうにうずうずしていたので、わたしがテーブルに戻ると、ブエノスアイレスの男性がまだ目に涙を浮かべて拍手したまま叫んでいた。「何て優雅で、すごいダンサーなんだ君は——これは芸術だよ！　故郷でもこんなタンゴは見たことがないよ、信じられない！」

彼はわたしの手にキスをした。それほど感激していたのだ。

そしてレンゾは呆然としていた。

「俺はロサンゼルスを離れないぞ」彼はわたしの耳に囁いた。「タンゴが踊れるようになるまで！」

「でもそれには何年もかかるよ」わたしは席についた。タンゴがまだ血を巡っていて、きっぱりとはねのけることができた。「本気じゃないんでしょ、きっと怖気づくはず」

「そう思うか？」彼は言った。「でも俺に他のプランはないんだ。執筆以外は。両立は可能なはずだ」

「つまり、タンゴのためにロサンゼルスに引っ越してくるっていうの？」

「君が俺と踊ってくれるならね」

わたしは信じられなかった。会話が上手で、タンゴをしてくれる、その両方ができる男性がいるのなら、何だって、たとえビースティーボーイズが好きだって許せてしまう。それに彼は怖気づかないかもしれない。タンゴを習うよりもはるかに屈辱的で、ぞっとするようなアシュタンガヨガをやめなかった人だもの。

あれに比べれば、タンゴは天国のように思えるはずだ。

サルサバンドが戻ってきて〈クンビアズ〉を演奏し始めると、わたしたちは店を出て、涼しい夜に向かって歩き出した。すると、ひょっとしたら、どうしようもなく相手が旅立っていくのを見送る代わりに、ロサンゼルスに引き止めておくこともできるような気がしてきた。市民が不安を抱えている大変な時期であっても、レンゾは平気だった。

「今、この街で起こっている全てのことが好きだ。それにあんな偽物くさい口髭のヘクターと君をダンスさせたままでいたくない」

「そう、でもここにいると後悔するかもよ」

「でも俺がいなくなったら、君はヘクターの奴と付き合うかもしれない」

反論する気はなかったので、こう言った。「タンゴを習う必要はないよ。スローなダンスをしてくれるだけでいい」

わたしたちには共通するものがなかったから、ずっと彼の作品の本当の愛読者だったとは言えない。裏表紙の彼の写真の方が素敵だったし、実物はよりチャーミングだった。ネイビーブルーのピーコートを着た、最初の本の写真よりも素敵だった。その白い肌、黒い髪、長いまつげ——あの頃から彼はあらゆる意味でタンゴのヴァンパイアだった。しかし今、わたしを車に乗せようとしている実物の方は、生身の男だった。

「来週から始めよう。トライしてみようじゃないか」

彼がわたしに腕を回してキスをすると、星が見えた。もちろん、本物のハッピーエンドなんてものは存在しないが、これはいい転機にはなる。転機は全てにおいて頼りになるし、いい転機はルビーに勝るご褒美だ。

そう、危険な生活を何年も送ってきた今となっては特に。

「俺と一緒に暮らしてくれないか」

「そんなの無理、無理、無理、あなた猫アレルギーじゃない」

「君の猫なら大丈夫だ」

「どうなるかしらね」

わたしたちがヴァレーを抜け、ヴェンチュラ大通りに入ると、丘の上にハリウッドサインが見えて、その西に、幸せを求める異邦人のためのタンジールみたいなシャトー・マーモントが待っていた。自己陶酔の国はまたもや、残る意志のある者のために存在するという約束を守ってくれた。

その頃にはもう、ジャカランダの花は全て散って、ラヴェンダー色で街を覆うことなく、粘つく残骸となって道端に散乱していたが、来年の五月にはまた咲くだろうし、わたしもまた花開くだろう。わたしが粘つく残骸になるのを自らの手で押し留め、抵抗し続ける限り、レンゾもそこにいるだろう。だけど自己陶酔というのも、見た目ほどは楽じゃないのだ。

おかしな八月

今年はまったくの異常気象だ。

夏なのに全然暑くならないかと思うと、最近はもう不快なほどの気温である。

この炎暑は友だちに言わせると「まるでマイアミみたい。別の言語を話す、どこか別の国みたい――そんな暑さだよね」

わたしたちは友人のポールの裏庭で、ガーデンパラソルの日陰のもと、ニューヨーカーや、エスクァイアや、ニューヨーク・タイムズの日曜版を読んでいた。みんな六〇年代、七〇年代、八〇年代を生き延びて賢い大人になり、九〇年代の今、ヴァレーで――正確にはスタジオシティーで――底の黒く塗られた巨大なプールを目の前にしている。夜になると効果的なデザインだが、日中、黒い水に日差しや雲が映る様子は不気味だし、一緒に映り込んでいるフェンスを覆うグラジオラスの赤い色については、言うまでもない。本当に、不気味という以外に言葉がない。

わたしはこの忌まわしい気候のもとでマンゴーを口にしながら、招待されているバーベキューについて考えていた。行くのには支障がないが、バーベキューには難点がある。「何も食べないで、お腹空っぽで来て、食べものは唸るほどあるから」といつも言われるが、その言葉を真に受けて空腹のまま行くと、着いた頃にはもう手遅れで、発がん性物質が生じているものか、焼き過ぎのものか、生焼けのものしかなくて、ベトベトしていて、脂っぽいものが大量に残っている。行く前に本当に美味しい料理を食べて、バスルームでこっそり口に入れられるように非常食かリンゴでも持って行かないと、バーベキューに来るなんて約束をした自分を憎むことになる。五時に到着すると、九時になる頃には口の中がねばつき、腹がふくれて、侘しさでいっぱいだ。

日曜日に行くのなら、ブランチと呼ばれるものの方がいい。そこに行くと、素敵なサラダや、スクランブルエッグや、わたしの前歯が二本欠けるほど硬いラ・ブレア・ベーカリーの小さくて可愛らしいロールパンが揃っている。でも今年の夏はどんより曇っているか、耐え難いほど暑いかで、それさえもうんざりする。

ブランチをするにはあまりに不快な気候で、どうにか食べられるものといえば、マンゴーくらいだ。

生まれてこの方、そんなことは今までなかったが、外を出歩く気になれないのも、この異様な天気のせいかもしれない。出歩くのはもちろん、セクシーなロマンスを求めての話だ。ありがたいことに、わたしにはこの現象について解説してくれる頭のいい友だちがいる。「だって物事がこんなに悲劇的なときに、セックスのためにしょっちゅう外出しているなんて、本当、趣味が悪いじゃない」でも本当のところは、わたしたちもとうとうそういう年齢になってしまったってだけなんじゃないだろうか。

友人で唯一、そういう年齢になったって認めている男性は実際に年寄りで、彼はニューヨーク出身だから「年寄り」って言葉も使い慣れている。でも彼は､自分は年を取っていない､ずっと若いままだと信じているエリザベス・テイラーよりも年下だ。彼女と違って、ドリス・デイは近年、あの人らしいことに犬の保護活動に熱心だが、わたしに言わせればリズと結婚したラリー・某よりも犬の方がずっと可愛い。

わたしと仲間たちの方はというと、ナルシスト的なファンタジーに目がないタイプで（わたしたちの多くは生まれつきの輝くようなカリスマのせいで、恋愛遊戯的なものを引き寄せてしまうところがあったが、それは恋愛遊戯が悪趣味になる前の話である）、そのうちに孫を愛で、家族のためにディナーを用意して、子供たちを刑務所ではなく大学に送り込んだことを誇りに思う、そんな優雅な老年期に移行していくものだと最初から信じ切っていた――始まりの頃は、そういうのが「人生」ってものなのだとばかり思っていた。つまり、目指さなくても、そうなるようにできていると考えていたのだ。

でもわたしはそういう将来像を描くには怠惰過ぎた。

間違ってもそっちの方向に行くことはなかった。

子持ちの友人たちは、子供たちのおもちゃの名前を覚えるのに休日を費やしているようだ。

子供たちには輝くようなカリスマがあって、胸が痛くなるほど美しいと知ってはいても――自分の子供に追いつめられるくらいならば、他人の子供を愛でる方がましだ。何せわたしには、わたしを非難する遺書を残して自殺した猫が二匹もいるのだ。世間に対して暴露記事を書くことのできる立場にある「人間」に同じことをさせるつもりはない——わたしの子供ならば絶対に書くはずだ、それはもう、遺伝的に避けられない。わたしの祖父は〈ユダヤの声〉というイディッシュ語の新聞をロサンゼルスで発行していた。父は音楽家協会の会報にコラムを持っていて、(事実、そうだったが)いかに今日、バッハを弾く者たちが間違いを犯しているかという辛辣な音楽記事を書いていた。彼のロサンゼルス・タイムズへの投稿はもれなく採用された。わたしはヴァイオリンの奏でるバッハとタイプライターの音を聞いて育ち、画家を志したが、わたしの作品を見てもみんな「執筆をしたらいいよ」と言うだけだった。

今年の八月の気候は奇妙だが、自分は道を誤ったのではないかと思ったりもする。この雨がちなロサンゼルスは水彩画にするのにふさわしい。

話は変わるが、昨日、わたしはランチの時間に二人の男性と会った。一人とは十一時に、もう一人とは二時に。

十一時に会ったのは、サンフランシスコからロサンゼルスに一ヶ月ほど滞在する予定で来ているゲイの知り合いだ。「だってサンフランシスコは退屈もいいところなんだよ。輝きも、活気も、華やかさもないんだから」

「それでこっちに来たっていうの?」わざわざ幻滅するためにロサンゼルスに来る人間がまだ

いるなんて信じられない。この傾向に終わりはないんだろうか？　一九一四年くらいの頃から絶え間なく、ロサンゼルスには人が押し寄せてくる。二十世紀のどんな文学作品を読んでも分かることだが、モノクロ映画の中の幸福など幻想だとみんな気がついているはずなのに——ロサンゼルスでは特にそうだ——人波は引きそうにない。本当はみんなハワイに行けばいいのかもしれない。

昔からの友人であるサンフランシスコのジェドは、ゲイだと自覚する前は、わたしの友だちと同じ学校に通う王子様だった。しかも彼はただのゲイではなく、酷薄そうな顔をした黒人が好みのタイプというゲイだった。ニューヨークに長く暮らしていたが、そこでの彼の評判はオスカー・ワイルドじみたもので——裏口や、路地の暗闇、名もなきクラブでの何か派手な事件について耳にするたびに、ジェドの名前が飛び出した。彼は可愛らしい男の子だったのでこれには驚いた。わたしたちは本当に仲良しで、会うたびに洋服やアートや、様々なものの見た目や、男の子についておしゃべりして、一緒に月まで飛んでいけそうなくらい楽しんだものだ。(わたしはあまりにも白人好みだとジェドは言っていたが、彼の方は決して自分の経験について表沙汰にしないので、彼の好みについてどう考えていいのかこっちには分からなかった)

若い頃の彼にはタイロン・パワーのような剃刀の鋭さがあって、一際神聖で光り輝いていたが、長年ジム通いに精を出したせいで肩や胸や脚の筋肉が肥大して、今や美しく巨大なエロール・フリンみたいになってしまった——わたしの父の友人たちと同じような、四〇年代の男の匂いを漂わせている。彼はイギリス仕立ての美しいスーツにフランス製の素晴らしいシャツを合わせていた。華やか過ぎて、そう、貧相なサンフランシスコには似つかわしくなかった。そこに壮大なペントハウスを所持していて、贅沢な家具で飾りつけてはいたけれど——それは年配の上流階級の女性がジェドにあらゆるものを与えようとしていたおかげで、お返しに彼はその女性をオペラや舞台に連れて行くだけで良かった。

自分とよく似た男の趣味の男から、一ヶ月バカンスを取るのでエコーパークの小さな家を貸すと言われて、ジェドはロサンゼルス行きを決めた。「真っ先にジムを探したよね」彼はわたしに言った。「いい場所だって聞いていたからスポーツコネクションに行ってみたんだけど、見たらアドニス的な俳優タイプしかいなくて。あのねえ、僕の好みはああいうダンディじゃなくて、もっとワイルドなの」

「わたしはハリウッドのYMCAに行っている。お年寄りの会員ばかりだけど。駐車できる場所があるし、一時間二十五セントしかかからないからね」

わたしはドライヴして彼の滞在している家まで来ていた。そこはエコーパークの小さな一軒家で、かつては独身の秘書かボヘミアン向けの物件だったはずだが、輝くようなカリスマを振りまくジェドがそこにいるときらびやかだった——生き生きとしたイオンが周囲に浸透している。

「ダーリン」カウチが狭くて二人で座れなかったので、ベッドに寝転びながらジェドは言った。

「ブロンドのオダリスクみたいで、あんた、素敵じゃない！　本当にセクシーだよ！　でもまあ、僕はしょっちゅうセックスについて考えているんだけど。何にでも当てはめちゃうんだから、もはや物理的な現象と言えるね。誰かが世界の起源について話し始めたら、やっぱりセックスのことだって思っちゃう！」

「ジムにばかり行っているせいだよ」わたしは説明してあげた。「ジムは全てをセックスみたいに見せるの。わたしはノーチラスのマシンだけ使って退散することにしている。それ以上いたら、頭の中がセックスばかりになっちゃいそうだけど、忙しくてそれどころじゃないから。ジムにいてもずっと駐車について考えている」

「駐車だって？」彼はこちらを見つめて、その美しい手をわたしの髪に走らせた。「でもダーリン、あんたはとてもきれいで、すごくいい女で、セクシーなブロンドのオダリスクで、肌は最高だし、いい匂いがしているっていうのに！」

「そうね」わたしはジェドがどうして今まで生きてこられたのか考えていた。ただ健康がみなぎっていてエネルギーが体中を駆け巡っているおかげなのか、それとも何かの魔法だろうか？　疲れ切っているせいで善意を出し惜しみし、好意を見せるのも嫌がって、惨めで誰かに尽くす気にもなれず、常日頃何も言わない、そんな男たちの埋め合わせをして、女性を持ち上げてくれるジェドのような男性の欠乏に世界は喘いでいる。

「その髪！　完璧だよ。いつもそのスタイルにしてるといいよ！」

「そうね、パンクなドリス・デイ風に」

「違うな、パンクなマリリン・モンローだよ」

「あのね、ジェド、ここ最近色々とおかしなせいかもしれないけど、わたしはどういう訳かドリス・デイが贔屓（ひいき）になっちゃったんだよね。マリリンはあまりに悲劇的過ぎるもの！」ジェドが未だにマリリン派なのは嬉しかったけど、わたしの中ではドリス・デイとハリー・ジェームズが美しくセクシーにデュエットする〈言葉にできない素晴らしさ〉が鳴り響いていた。それはドリスが色気たっぷりに歌うスローなバージョンで、悪戯っぽくチャーミングな声の響きはケーキとバニラとチェリーをミックスしたみたいだった。「本当にとても、すごくすごく」と二人は歌う。彼女の声は——どう言ったらいいのだろう。清潔で、澄んでいて、雨のようだ——ヴィタバス〔良い香りのするシャワージェルなどで有名なアメリカの家庭用製品メーカー〕の香りがする、スイスの泉みたいな、それがドリスの声だ。

　でもこの夏は——二日続けて午前に雨が降ったと思ったら、耐えがたいほど暑くなるというこの八月は特に、文化的にシンクロするようなキューバのマンボ、何なら〈エル・カバージョ・ヴィエーホ〉を大音量でかけるしかなかった。これはメキシコの気候だ——暑くて、湿っていて、灰色で、どんどん緑が生い茂ってくる。急に緑に覆われて、とうとうロサンゼルスではなくなってしまうまで。もうハワイのジャングルだ。この夏の八月は八月じゃない。友人たちはみんな、水道局から水の消費量を減らさないともっと料金を上げるという通達を雨あられのように受け取って、ようやくそれに気がついた。

ドリスはカリスマ性を振りまくタイプではない。彼女は子供たちを大学まで進学させる女性、自分の規範を分かっている女性だ――彼女の映画にも厳格なルールがある。女がするべきなのは長い時間をかけて絆を築くことで、一夜限りの情事ではない。子供を持つ既婚女性を演じる作品（わたしのお気に入りは石鹸のＣＭだ）においては――それこそがドリスの主張だった。いつも朗らかで、体型を維持し、夫と恋に落ちたままでいるという理想。彼女の厳格なルールはアップルパイのようにアメリカ的だ。彼女の保護する犬たちのように、犬と彼女の名声のように。

ドリス・デイは慎み深いアメリカ人女性がそうあるべく、干し草を積んだトラックでピクニックに出かけ、野球を楽しみ、ケイリー・グラントから贈られたミンクのコートを送り返す――でも全ての映画がそうな訳ではない。『バターフィールド8』のエリザベス・テイラーみたいに、ノーと言えない女の映画もあって、彼女はそれでオスカーを勝ち取った。一方のドリスは受賞していない――ジェームズ・キャグニーだったか、レックス・ハリソンだったか、誰かが彼女はその世代の偉大な女優の一人だと言っていたが、大衆も、当のドリス本人も、それに気がついていないのだ。

ドリスがスターだった頃、女性たちは結婚して、深夜にその気になるまでは、セックスが好きではいけなかった。その時代の彼女は大忙しだったので、髪型もシンプルなショートヘアだった。エリザベス・テイラーやマリリンや他の女優たちには髪を弄ぶ時間があったが、ドリスには優先しなくてはいけないことがあった。他の女優たちはセックスシンボル的な服装で腰をくねらせて歩いた。ドリスは淑女のような着こなしで、もし彼女がセックスシンボルに見えるとしたら、見ている側がそこから何かを読み取っているからだった。ドリスの場合、男性は彼女に抵抗できるのか、大丈夫かと思案する余裕がある。ドリスの方はきっぱりはねのけることができる。相手が求めているのが「あれ」だけの場合は特に。

わたしのクラクラするほどきらびやかな友人ジェドの場合、彼が黒人の恋人に求めるのは「あれ」だけだ。彼らはジェドの通うクラブ以外では存在しないも同然だった。相手について知らなければ知らないほどよかった。見知らぬ不思議な人物である方がいいのだ。そして彼らにとって、見知らぬ不思議な人物はジェドの方だった。

ジェドは一緒にランチに行くために服を着替えたが、上半身の筋肉を見せつけたくて、わたしが来るまで待っていたのだろう——昼の光で見る彼の筋肉はみっしりとしてまばゆく、夜、無為にこの肉体を捧げる相手が誰であろうと、長続きしないなんて残念な気がした。

「どこでランチする?」彼は訊いた。「友人のレディーに君を紹介したいんだ——彼女は素敵な人なんだよ」

「駐車場のある場所なら知ってるよ」わたしは常連客がみんなテックスと呼ぶ、ロサンゼルスのファミリーレストランを思い浮かべていた。メニューによると店の本当の名前はフランス語風の発音のタイクスだった。レ・フレール・タイクスというのが正式な名称で、サンセット大通りの向こう側のアルヴァラード通りにあり、彼が滞在しているエコーパークのゲイコミュニティの近所だったが——わたしの見る限りゲイは全然いなくて、八十代のアメリカ人しか来ないようだった。来店するのはコース料理を好む、年配のカップルたちだ。スープがあって、メインがあって、最後にデザートが出るタイプのコースである。

タイクスが最初に、ロサンゼルスのダウンタウンの線路沿いの大きなビルに店舗を構えたときは、父がわたしたちをよく連れていってくれた——降っていようが、晴れていようが、美味しくて安い料理を求めて日曜日には必ず行った——見知らぬ人たちと大きなテーブルを共有するのも気にならなかった。あの頃は鋼のような肉体と驚異のバランス感覚と使命感を持つウェイターたちがせわしなく働いていた。彼らはたくさんのコース料理を運んできた——最初は豆のスープ（世界一のスープだ！）、それからフレンチフライ、ローストチキン、サヤインゲンなどの野菜、マカロニや何やら、最後にサラダ。デザートはなし。チョコレートが欲しかったら、会計の際にレジで二セント追加してアフターディナーミントのチョコを買う。あの頃は百人の客を収容できる大きなダイニングルームが三部屋もあって、わたしたち家族が誰も文句を言わない場所のひとつだった。タイクスに行くことは、みんなにとって天国を意味した。

（車は店の近くの駐車場に停められた。ディナーは一人につき七十五セント。その後、一ドル五十に値上がりした——そんなタイプの場所だ。一九二七年にダウンタウンのコマーシャル通

りにオープンしたとき、ディナーは五十セントだった）

食事が終わると、氷水の入っていたコップにウェイターが熱いコーヒーを注いだ。そのせいで粉々に割れないように、先にティースプーンをコップに入れておかなくてはならなかった。それでも度々コップは割れて、わたしはそれを見てはしゃいだ。

現在のタイクスの店は（かつての板張りの床と違い）高級なラグを敷いて、ふかふかの詰め物をした椅子のあるコーナー席をあつらえ、デザートも出す。キャラメルカスタードのようなお洒落なものではない。大抵はチョコレートケーキだ。

もう大きなテーブルはなかったし、豆のスープがメニューにない日に来店するという失態を犯したが、それでもまあまあのミネストローネにはありついた。でも今も昔も豆のスープに勝るものはない。ドリス・デイと同じく、レストランにも節度というものがあって、毎日「あれ」を出す訳にはいかないのだ。

タイクスには今も、長年付き合っている恋人だけに感じる大きな魅力のようなものがあって、もし雨降りが続くようならば、週末にスープのために戻ってこようと決めた。そう、「あれ」のために。

ランチを終えると、ジェドのサンフランシスコの友人レティーとわたしが靴を見にオルヴェラ通りに寄って欲しいと頼んだので、ラテン的な娯楽に縁のないジェドも渋々承諾した。店を出たら大きな雨粒が降ってきたが、まだまばらだった。気温の方はますます上がってきた。

わたしたちは路肩に駐車できる場所を見つけて——一時間で百万もの二十五セント硬貨を必要としたが——タキートス〔小さめのトルティーヤの皮に牛肉やチーズなどの具材を巻いて軽く揚げたメキシコ料理の一品〕、トウモロコシ、革、濡れたセラーペ〔中南米の男性が着用するカラフルなクロス柄のショール〕の匂いや、アロマキャンドルの店に充満しているオレンジの花とジャスミンの香りの中をさまよい歩いた。雨に濡れた路上の玉石から立ち昇る匂いも良かった。レティーは彼女にぴったりな色合いの花模様のレザーミュールを見つけて、それを履くとますます素敵に見えた。

白い衣装で民族舞踊を踊る——闘牛のダンスだ——女の子をみんなで見ながら、わたしはデザート代わりに棒に刺さったマンゴーを食べた。マンゴーは一生にどれだけ食べても足りないが、蒸し暑い雨の中で食べるこの果物は、もはや神による完璧な介在と言える域にまで達していた。マンゴーを食べていると、マンゴー以外のことは全て忘れてしまう。

「一口ちょうだい」とジェドが言ってきたので、あげた。

「これは何？」

「マンゴーだよ！」レティーとわたしは声を揃えた。マンゴーを知らないなんて、彼がセックスについてばかり考えるのも無理はない。

雨粒がどんどん大きくなって密集してきたので、ジェドの車に駆け込んで、わたしとレティー、二人の車が停めてあるエコーパークに戻った。わたしはパサディナの公共放送局であるKPPCを聴きながらハリウッドの自宅まで車を走らせた。パサディナは駐車スペース以外、何もない街で、そこでの「公共」とはお年寄りを意味する言葉なので、この放送局でかかる音楽といえばスウィングだった。歌詞の聞き取れる音楽ばかりで、ドリス・デイやビング・クロスビー、フランク・シナトラ、更には二〇年代の古い曲がかかった。エラ・フィッツジェラルドやルイ・アームストロングやビリー・ホリデイもしょっちゅう。素晴らしい曲を歌うボーカルのバックに、アーティー・ショーやグレン・ミラー、偉大なるビッグバンドの演奏が聞こえていた。ジョニー・カーソンがこの局の大ファンで、定額課金による配信にも気前よくお金を払ったという。以前はパサディナでしか聞けなかったが、今ではどこでも聞けるので、わたしはそうしている。過ぎ去りし街からの過ぎ去りし日の音楽は、今のようになってしまう前、ルールと規範のあったかつてのアメリカとわたしの中で結びついている。

家までドライヴしながら、ナットと彼の娘ナタリーがデュエットする新バージョンの〈アンフォゲッタブル〉を聞いていると、何もかもが前よりも良くなったような気がした。それともそんな気にさせてくれたのはマンゴーか、ジェドがさよならのキスをしてこんなことを言ったせいかもしれない。「あんたとキスすると近親相姦みたいな気分になるんだよね」

でも家に戻ると、ニューヨークからこっちに戻ってきている旧友のアルバートから留守電が入っていた。ランチをする約束を先週したはずなのに、どうやら二人とも目の前の現実にかまけていて、すっかり忘れていたらしい。アルバートとわたしは年に一度の割合で昼食を共にする。時計のように正確に、お互いに思い出したときに。

本人がすぐそばまで来ているようなときでも、わたしはつい彼に思いを馳せてしまう。他の人なら邪険にするか、見下しているようなイベントでも、わたしが招待するとアルバートはドリス・デイの息子のテリー・メルチャーみたいな、ビーチボーイズの曲に出てきそうな、あのあまりにロサンゼルス的な笑顔を浮かべてやって来る。

アルバートはマリブの海辺で育った——でも生まれたのはハリウッドのわたしの家の近所で、わたしたちは一緒に中学に通い、昼の光を浴びながらハリウッドランドの看板の下で遊んだ。そしていつの日か恋人同士に……と夢見たが、そんなことは起こらず、目に見えない境界線の際にいる他の男性と同じく、本や新しいレストランの情報を交換する仲に落ち着いた。（あの素敵なサドル・ピーク・ロッジがマリブキャニオンにオープンすると彼はすぐに電話をかけてきた。「子羊の鞍（サドル）に乗っかって、セクシーな誰かと行きなよ！」「あなたはベジタリアンじゃなかったっけ！」「この店は別腹でね」）そうしている内に彼は結婚し、十五年前には赤ん坊も生まれた。わたしからすると、あんなにサーフィンに夢中だった男にしては稀有なことだった。でも子供を持つというのは、人を水から遠ざけるだけの意味がある出来事なのかもしれない。

彼が迎えに来た。どうやら太り気味の時期にあるらしい。わたしと同じく、彼も太ったり痩せたりしていたが、普段の夏はいかにも「離婚して独り身のパパ」が持っていそうな、しゃれたビーチハウスにある競技プールで泳げたので痩せていた。でもこの夏はあまりに寒くて、自己愛や、水泳や、水着姿のチェックには向かないし、虚栄や日焼けにもそぐわない。今年の夏は、もうただ必死にやっていくしかない。いつもなら日焼けするためにジープの幌を外してくるが、この日の彼の車は大人っぽいシルバーのメルセデスで、新しいカセットプレイヤーからはウィリー・ネルソンのアルバム『スターダスト』がかかっていた。

(アルバートはわたしと同じでいい歌詞のある曲が好きだ——大事なのは詞とメロディだ)

中学の頃から大分経っても保持していたはずのあの笑顔は消えてしまった。今や歯を見せるのも稀で、肌も白くなった。きれいな黒いまつ毛に縁取られた青い瞳だけがビーチに残された。

「何て素敵なんだ」わたしが車に乗り込むと、彼が言った。「その髪型——すごくいいね。ベティ・グレイブルみたいだよ」

「わたしはドリス・デイっぽいって思ってるんだけど」

「いや、君はドリスにはセクシー過ぎるし、彼女はピンナップガールじゃなかった。君はいつもそうだった。小学四年生のときでさえ」

「左に寄せて」とわたしは言った。「あ！　駐車スペースを見つけた！」

彼はヴィクターズ・レストランの小さな駐車スペースに乗り入れた。もう二時半でランチ客のラッシュは過ぎていたので、正面のちょうどいいスペースが空いていて、アルバートの船のようなメルセデスはそこにすっぽりとはまった。

ブロンソン通りとフランクリン通りが交差する場所の北西にかつてはヴィクターズという名の気軽なスーパーがあって、子供時代は毎日通ったものだった。二十歳になって小切手を使えるようになると、ヴィクターズはわたしが小切手を切る唯一の場所となって、よくそこでステーキ肉を買った。ステーキ肉とサラダを。

それから西ハリウッドに引っ越して、世界が大きく広がった。他に小切手を切る場所、ステーキ肉を買う場所、毎日通う場所ができた。でもここに舞い戻ってくる頃には、こっちはもうベジタリアンになっていたし、機械からお金を吐き出すプラスティックのカードを所持していて、ヴィクターズの方はグルメデリに変貌を遂げていた。店員たちの顔ぶれも変わっていたが、ある日、小切手で支払いできるかと訊いてみると、責任者がオーナーに問い合わせてくれた。

彼は電話をかけて番号を告げ、わたしの顔を見て「了解です」と言った。電話を切ると彼はわたしに言った。「あなたならどんな小切手でも受け付けるそうです。ヴィクターが請け合いました」食料品店のオーナーとなったヴィクターは、引退してパームスプリングスに引っ越していたが、わたしを覚えていてくれただけではなく、小切手も使わせてくれた。昔もわたしの小切手はよく不渡りになっていたのに。それも全て過ぎ去った日の出来事だ。

グルメデリは今や、美味しいカプチーノとワインバーと（ベジタリアンのわたしでさえたまに陥落してしまうような）絶品のパストラミサンドがあるレストランを展開していて、ミートローフ、グレーヴィー、（人々がほめそやす）マッシュポテトといったアメリカ料理の定番を出していた。何よりここのツナメルトは世界一だった。キリスト教世界で最も美味だと言われているワーナーブラザーズのツナメルトよりもランクが上だ。

ヴィクターズで人のいないコーナー席を見つけ、わたしはカプチーノ、アルバートは昼食の聖杯であるこのツナメルトを注文した。彼はどうにかして心配そうな表情を顔から拭い去ろうとした。「まったく、さっさとどうにかしないと、爆発しそうだよ」

「一体何が問題なの?」

「そうだな、まず、娘が馬を飼いたいって言うんでサンタバーバラに家を買ったんだ——娘は十五歳で、モールに行かせるよりはそっちの方が安上がりだと思ったんだよ。精神衛生的にも、経済的にも、スピリチュアルな面でも、馬の方がいいってね。でも今や、俺はやたらと家を所持している典型的なサンタバーバラの父親みたいになってしまって、ハリエットは——俺の前妻のハリエットを覚えているだろう? 彼女があそこを気に入っているんだが、地震が起きた後、暖炉が崩れてきたんだよ。それに加えて義理の父が何かの負債を抱えたまま亡くなったんで、サンフランシスコまでひとっ飛びして弁護士に会い、彼が俺の母に遺した生命保険の分は大丈夫か確認しなくちゃならなかった。しかも、義理の父があの土地を好きじゃなかったっていうんで、こっちに散骨するために彼の骨壺を抱えて戻ってきたんだぜ!」

「アルバート、それは気の毒に」彼が不憫だった。「わたしたちも今やそんな年齢になっちゃったんだって思ったりする?」

「いや、もう、本当にその通りだよ」彼は言った。「ずっと正しいことをしてきたと思っていたが、いやもう——分からないけど、今すぐにでも、何か馬鹿げたことでもしないとやっていいけない気がしている」

ちょうどその瞬間、神々しくトーストされたライ麦パンに乗せられて、その「馬鹿げたこと」であるツナメルトがやって来た。（ヴィクターズのライ麦パンは一斤七ドルもすると聞けば、どれだけ贅沢か分かるだろう）大食漢も想像できないようなグリルドオニオンに、ふわふわのツナと、そこにかけられた夢のようなスイスチーズが一体となって、こちらの期待に応えてくれる。

「うーん」かぶりついて、彼は声を上げた。「ああ、イヴ、これってすごいよ……」

その後は黙って歓喜に酔いしれた。彼が陥りそうな他のことに比べたら、これはずいぶんとお手軽な悪事だ。幸運なことに、彼は大企業がCM枠をヤード単位で買うような人気番組を制作していて多額の収入があった。シリーズものが一本くらい配信されているテレビプロデューサーなら、サンタバーバラで馬を飼うくらい何てことないはずだ。

彼は気を取り直したようで、三口目には万事が上手くいくような気がしてきた。人生を取り戻したのだ。かつてアルバートはわたしの飲み友たちだったが、今や二人とも禁酒主義者になってしまったので、昔のように羽目を外したりしなかった。ジェドならば、ミステリアスなゆずりの男性をつかまえて暗がりで〝セーフセックス〟とやらで羽目を外してもいい。彼は毎日鍛えているから、事に及んでいる最中も美しいはずだし、混雑するパブのどんな場所からも人目を惹くほどハンサムだ。でもアルバートは、年老いていく母親と面倒を見なければいけないまうように。

大勢の女性と、もはや趣味とは言えないビジネスを抱えて、日々に押し潰されそうになっている。オーストラリアの巨大な波のカールがサーファーを引きずり込んで、ぺしゃんこにしてし

アルバートはまともな人生を送る男性がやるべきことは何でもやったが、わたしはどんな女性でもできるようなことをひとつも果たせなかった。一度も結婚せず、子供も持たず、離婚もせず、家々に移り住んだこともなく、大学さえペストのように避けて行かなかった。それでも、わたしは子供時代と同じ場所に住んでいて、彼も生まれ故郷に帰ってきて、ここにいる。二人とも生粋のカルフォルニア人で、いつも期待に応えてくれるロサンゼルスに失望したことはない。わたしたちを押し潰すのは人生なのだ。

それともこの気候かもしれない。

「この気温のせいかもな」ヴィクターズを出て、蒸し暑い曇り空の午後に踏み出し、アルバートは言った。

わたしは彼とさよならした。数ポンド体重を落とした方がいいかもしれないし（でも、そうじゃない人がいるだろうか）、眉間には皺があったが、相変わらず食べちゃいたいくらいキュートだ。でもアルバートとはあまりに長い付き合いで、関係を持ったら本当に近親相姦になってしまう。彼はいつもライフガードにいそうなタイプだった――今年は金髪をブリーチしていない――セックスしてしまいそうになるほどエキゾチックに感じる魅惑的なきょうだいみたいだ。

彼が歯をちらりと見せてさよならのハグをすると、心臓が急に炉のように熱くなってきたので、自分にそう言い聞かせた。

少しだけスリルを味わいながら。

「マウイに行きなさいよ」わたしは彼に言った。「行けるよね？　一週間かそこら。みんな百十歳になるまで、我慢している必要なんかないでしょう？」

「気の毒な義理の父はヨットの上から太平洋に散骨してもらいたがっていたんだ。でも俺はスケジュールが詰まっていて、それさえすぐにできそうにない。来週末なら何とかなるかも。それに、マウイに行くなら元嫁を連れて行かなければならないんだけど、あいつも今、忙しいんだ」

「ハリエットを連れて行くっていうの？」わたしは大声で言った。「まったく、あなたはまともに離婚もできないんだから！」

わたしには本当の憎しみを抱いて離婚することもできない、優しい心を秘めたロサンゼルスっ子の友人が大勢いる。ジェドは夜明け前にヴァンパイアのように消える見えない恋人が望みかもしれない。アルバートはまだ前妻を愛していて、彼女が過去数十年に及ぶわたしたちのモラルに欠けた行動について怒り狂っていたとしても、愛は愛なのだ。わたしたちは簡単に浮気を実行できる場所に住んでいて、離婚もたやすいはずだが、心臓を紫に染めてしまうような愛は、消えてなくなったりしない。特に、若い頃に感じて、誰かにまたそんな気持ちを抱きたいと願うような愛は。

わたしはアルバートが車で去るのを見送り、これからポールのプールに行こうと決めた。白い水玉模様のネイビーブルーの水着に着替えながら、昨年、ポールがヴァレーに越してきて、まだプールのタイルが張り替えられていなかった日のことを思い出していた。その日、わたしたちはヴァンナイズ大通りの近くまで行って、地元の救世軍のリサイクルショップを冷やかそうと決めた。車に乗り込んでムーンパークへと向かい、わたしは幸せを感じていた。

車の中で、この熱気の中で、ヴァレーで、ポールと一緒で。ポールといると全てが冒険だったし、どこに行っても、何をしても、家にいて何もしなくてもそれは変わらず、全てがただ愛だった。あれからたくさんの人を愛したし、レンゾにはもっと新しくてミステリアスな形で恋をしているかもしれないけど。

今やプールは完成し、醜悪なグラジオラスがフェンスを覆い、小ぶりな白い雲の数々が黒い水に反射して、奇妙な八月であるにもかかわらず、奇妙な八月として全てが調和していた。彼の友人の何人かが水に何かを感じて引き寄せられ、家を訪ねてきて、わたしではなく彼らが、スクラブルに興じていた。

それから彼らが車でバーベキューに出かけると、ポールとわたしは残って、ライトを点けて黒い水の中で泳げる夜を待った。ポールは日が暮れると最も美しい場所になる、自分でデザインした三角の形のジャグジーを起動させた。三角形の内の二辺はプールサイドに沿っていて、もうひとつの面はガラスブロックでできている。ブロックで区切られた一方では水が渦巻き、もう一方の水面は完全に平らで、底のライトが同じ闇を照らしていた。

昼間はこのプールの魅力が分からなかったが、夜になってジャグジーに入ると、あの不快な暑ささえも忘れてしまいそうだった。

ポールがガラスブロックに前腕をかけ、渦巻く水の中にいると、彼の背中が炎に包まれているかのように、炎が水に溶けているかのように輝いた。未来も過去もない、完璧な幸福。まるでこの八月みたいに奇妙なことに、心が安らいだ。わたしたちは守られている。気がつくと、ドリス・デイがバターのような声で歌っていたあの曲、全てが今のように「言葉にできない素晴らしさ」になってしまう前の曲を口ずさみ始めた。

わたしたちには今しかない、そして今とは「本当にとても、すごくすごく」で、マンゴーなのだ。

ココ

妹が最近読んだＪＡＭＡ〔ジャーナル・オブ・ジ・アメリカン・メディカル・アソシエーション。米国医師会の発行する国際的な査読制の医学雑誌〕の記事に、こんなことが書いてあった。「アフリカで多くの女性がエイズに罹患する原因について調査していたところ、エイズが蔓延している地域で、男性の性欲を促すために女性たちが媚薬として女性器を乾燥させて傷つけるような薬草を使用していると判明した。男性に誘われてセックスする際にその薬草を詰めるせいで、彼女たちの性器は切り刻まれているのも同然なのだ、だって……これってクール、なのかな？」

「そうだね、聞いた話によると、アフリカ大陸ってところは女に生まれたら近寄りたくもない場所らしいよ。女性たちがクリトリス切除手術を自ら志願するところなんて、もう勘弁してって感じ」

だって、（伝聞でしかないが）八百万人もの女性がクリトリス切除手術〔女性器切除、または女性器割礼は通過儀礼としてアフリカを中心に行われている風習。現在でもアフリカ、アジア、中東などの少なくない国々でで行われている〕に同意していて、これまた聞いた話でしかないが、尖った石器によってその処置がなされ、そのせいでハネムーンの際にホルモン異常が生じるような地域で暮らすことを考えてみて欲しい。それだけでも充分なのに、素敵な男性に処女だと信じてもらうためにおかしなハーブを自分に詰めて、その挙句に相手に尽くした証明として命を落とさなくてはならないなんて。

　クリトリス切除手術を生き延びても、エイズが彼女たちを殺してしまう。アフリカではオールドミスでいた方がましだと言いそうになるが、彼女たちの薬草はこっちにおけるビキニワックスみたいなものなのかもしれない——美しさに付きものの苦難である。こっちではハイヒールやその他のことで美がわたしたちを痛めつけ、あっちでは美が女性を殺しにかかる。

　でも去年くらいからのことを振り返ってみると、ここロサンゼルスにもロマンスのために命を落とした知り合いがいないでもない。スモッグ混じりの暑い午後にココの葬式があったのは割と最近の話だが、他の理由は考えられなかった。

　ココと出会う前のわたしは、サックス・フィフス・アベニュー〔ニューヨークを拠点とする高級百貨店チェーン〕あたりで買い物したと誰かに言われただけで戦慄が走り、最新ファッションに通じているココと知り合う前のわたしの友人たちは、何かが流行ると、ミシンを使ってそれを作ろうとしたものだったが、わたしはミシンの針に糸も通せず、ボタン付けと裾上げくらいにしか使わなかった。忘れたいような失敗も色々としている。

　とにかく、ココと出会った頃、わたしは自分がミシン向きではないともう自覚していた。彼女とはロサンゼルス・シティ・カレッジの初級イタリア語講座で知り合った。二人とも十九歳だったが、ココはもう結婚と離婚を経験済みで、わたしの目にはエレガントに映る家のインテリアにうんざりしていて、ニューヨークのオフブロードウェイの舞台で主役を演じて以来、演劇や俳優とはもう二度と関わらないと決めていた。ニューヨークの俳優たちだけではなく、自分たちはハリウッドのような偽物と違ってリアルだと信じているようなロサンゼルスの連中からも、得るものはなかった。

「すごく退屈な人たち」彼女はため息をついて、コーヒーに砂糖を追加した。「もうみんな、みっともないほど子供なの」

そう言って、長めのシガレットホルダーにマルボロを挟んで火をつけると、慣れたような風情で煙を吐き出してみせた。

「結婚していた人も俳優だったの？」

「前の夫のこと？」彼女は聞き返した。「いいえ、会計士だった。わたしはただ母親から逃れたくて彼と結婚したの」

「お母さんと何か問題でも？」

「まあね」ココは眉をひそめた。「ほら、自分の信念を曲げない、面倒なタイプの人っているじゃない。母は、鼻の整形手術よりも政治の方がずっと重要だって考えていた。だから、鼻の整形をさせてくれるならこの家から出ていって、もう絶対に煩わせないからって言ったの。で、そうしたって訳」

「あなた、鼻を整形しているの？」わたしと友人たちがあの頃ずっと、口紅を一本だけ買って退散できないかと思案していた、あの店――サックスで服を買うような人にとっては、形のいい鼻を手に入れるなんて何でもないことなのだろうと分かっていたけど、一応訊いてみた。

「痛かった？」

「もう地獄みたいに」彼女は答えた。

自分の生涯で本気で愛した人が、心底好きになれる別の人と縁をつないでくれるなんて素晴らしい。サンフランシスコに住んでいるわたしのおばには二人の子供を持つヘレンという親友がいて、その子供たちとわたしは今でも連絡を取り合う仲だ。イタリア語初級講座でわたしにココを紹介してくれたのは、そのうちの一人、サンドラだった。「あなたは絶対に彼女を気に入るはずだよ、とんでもない不良だから」

サンドラはわたしが好む友人の傾向をよく知っていたが、それは彼女が正反対の、不良とはかけ離れたタイプだったからだ。車のスピードは控えめで、ワインさえほとんど飲まず、大きなチョコレートケーキも半分以上は食べられなくて、申し訳なさそうな顔をして残してしまう。サンドラはどうしようもなく「いい娘」で、最初に遭遇したまともな男性と結婚して離婚もせず、二十六年間も結婚生活を維持する秘訣について人に訊かれると、釈明するようにこんなことを言ってわたしを笑わせる。「そうね、わたしたちはひょっとしてお上品なタイプなのかもしれない」

（お上品なのは時流に合わないと分かっている彼女は、その埋め合わせをするかのように人を

空港まで迎えに来てくれて、その間もずっと謝り通しだ）

幸運なことにわたしはいつも大柄で背が高く、自分が水玉模様やストライプ、赤のアイテムを着ると見映えすると早い段階から分かっていたし、着心地のいい服しか着なかった。牡牛座的な性質が表れている――このパンツは苦しくないかな、穿いてちゃんと座れるかしら？　わたしの知っている牡牛座の女性たちはみんな、それを第一に考えて服を選んでいた。その次の選択も決まりきったものだった。悪目立ちするのは良くない――やっぱり紺の服を着るべきじゃないかな……。

ココのポリシーはまったく違っていた。彼女はサックスで二百四十ドルのスウェードのミニドレスを買って、百万ドルの価値があるように見せられた。だったら、それを着ない手はない。彼女がその二百四十ドルのドレスを着てサンセット大通りに現れると、セクシーで過激な服の人気が爆発して、シックで上品なファッションは時代遅れになった。ココの近くにいると、他の人たちはみんな粗が目立って安っぽく、だらしなくて、何もかもが間違っているように見えた。彼女はポーズを取るのが得意で、上体を傾けるだけでノスタルジックな哀愁を演出できた。ココは男性たちから下世話な考え以上のものを引き出した。それはヒュー・ヘフナーが人類史上最もヒップな男性だと考えられていた六〇年代初めという時代を考えると、驚異的なことだった。

その頃でさえ、メイクの目的を巡ってわたしたちはよく喧嘩をした。わたしは自分がメイクをし忘れたところで、他の人は気にもしないだろうと考えていた。ココにとってメイクは大問題で、顔を塗って肌の色を変え、目のあるべき位置に黒い色を差して、くちびるを大きく縁取ることなしに——ほぼ完璧なフルメイクなしで外出するなんてありえなかった。それだけではなく、彼女は頬骨を「立たせる」ために（匂いのきつい）マックスファクターのスティック式パンケーキファンデーションの（地獄みたいに）暗い色を重ね塗りして、顔の側面に長方形の影を描いていた。ココの頬骨はそこまでしなくても充分際立っていて、頬骨といえば彼女の名前が思い浮かぶくらいだったけど。そうでなかったらオードリー・ヘプバーンの名前が。

「わたしの頬骨の方が格上だけどね」ココはきっぱりと言った。

「でも男性は厚塗りのメイクを嫌がるよ」わたしは釘を刺した。

「あいつらの意見なんて！」彼女は軽蔑するように鼻で笑った。ココが正しかった、男たちは彼女に限って、そのメイクを大目に見てくれたのだから。

要するに、ココは磨き上げられた芸術品で、彼女が持っていれば一ペニーの価値は一ポンドに跳ね上がるのだ。

ココのメイクはその後にわたしが知り合う女性たちの香水と同じだった。もし男性が彼女たちを愛したとしたらそれは香水故ではなく、その匂いのきつさにもかかわらず、だったのである。

彼女と出会うまでは、本当のところ、わたしは頬骨というものが何なのか理解していなかった。自分の顔にあるのにも気がつかなかった。わたしにあるのは頬だけで、気が向くとそこの真ん中に赤いチークを入れていた。だけどそれでココのようなノスタルジックな哀愁は醸し出されず、それどころか、手当たり次第にドラッグをやっていた人間としてはあるまじきことに、はしたないほど健康そうに見えた。

派手にどんちゃん騒ぎをした翌朝、他の友だちはみんな不倫女を演じるジャンヌ・モローみたいに目の下にクマを浮かべていたが、わたしはいつも罪のない仔猫みたいな顔をして起きてこられた。

たまにあの頃の自分の写真を見ると、ドラッグや、酒や、煙草を散々やっていたくせに、どうしてこんなに美しくいられたのかと不思議に思う。

わたしは神秘的だと思われたくて、けだるくアンニュイな女を演じようとしていたが、ちっとも上手くいかなかった。いつも溌剌としたエネルギーを振りまいていたせいで、臆病なジャンキーたちはわたしを恐れていた。人から嫌がられるほど元気いっぱいだった。

この美しさには秘訣があった。遊び歩いている他の娘たちのように三日連続で徹夜する代わりに、わたしは睡眠を取っていた。大体、夜通し遊ぶなんて間違えている。外が暗くなったら、ベッドで休んだ方がいい。わたしは少なくとも、一晩徹夜で遊んだら次の夜は眠った。

ココは奇妙な形の二重生活を送っていた。表向きの彼女は、流行最先端のファッションに身を包んだスタイリッシュでスマートな女性。でもその裏で、家事情報の載っている雑誌をベッドの下に隠して読んでいた。

籐の家具と夫と子供に囲まれて家庭的な環境に身を置いているときは、ビヴァリーヒルズのお洒落なブティックで店長として働いているのを夢見て、ビヴァリーヒルズのブティックで店長として働いている写真がヴォーグに載ったときは、そこからこっそりゼリー型を使った料理やフライドチキンやキャセロールのレシピを切り抜いていた。

更に彼女の心の底には、それとは別の隠れた願望が潜んでいた。無我夢中の状態に頭からはまり込んで、他のことは全て忘れてしまうような相手を夢見ていたのだ――ココにとってそれはウルフ・タンディーニだった。

わたしたちがウルフ・タンディーニと出会った夜については、完璧に思い出せる。話の通じるアーティストを探しに、バーニーズ・ビーネリーにやって来たいつもの夜だった――ロサンゼルスのクールなアーティストがあのレストランでつるんでいた時代で、中庭でビールを飲んでいる彼らはわたしにとってこの世で一番面白い人たちだった。わたしたちが早くに来てコーナー席に陣取り、二人の好物であるタコスを注文していると、隣の席に一人で座っていた男が、こっちを見て声をかけていた。

「なあに……」わたしは言った。

「君じゃなくて、きれいな子の方だ」

わたしじゃなくて、きれいな子の方？　ココの方が美人だからって、そんなのはわざわざ口に出すものじゃない。

ココはこれを、気が利いていて面白いと思ったらしい。危険そうな男に興味津々だった。人々がまだディラン・トマスはニューヨークで殺された〔詩人ディラン・トマスは一九五三年、ニューヨークのバー「ホワイト・ホース・タバーン」で過度の飲酒の後に倒れ、五日後に死亡〕と信じていたあの頃、ウルフは凄まじいまでのアル中ぶりで悪名を轟かせていた。ニューヨークのあらゆるバーで出禁になったのでロサンゼルスに来て、この日もサンタモニカから三ブロックのところにあるレインチェックというバーを追い出され、バーニーズに初めてやって来たところだった。

ウルフがその夜、彼女を連れ去ってから、ココとわたしはあまり会わなくなった。わたしが彼を嫌っていたからだけではなく、二人が二年間ベッドから出てこようとしなかったからである。彼女は電話してきて、ランチやタコスを食べにいこうとわたしを誘ったが、待ち合わせ場所には現れなかった。わたしが激怒して電話すると、彼女は笑い飛ばした。三回続けて約束をすっぽかした挙句、ある午後、ココは絶対にバーニーズに一時間以内に行くと誓うと電話してきた。「ウルフは留守にしているの、だから……」だからわたしは東海岸から来たキュートなイタリア系の青年とベッドで過ごして、約束をすっぽかした。彼女が怒って電話してきて怒鳴ると、わたしは「ロバートが来ていて、今は都合が悪いの」と言った。そして電話を切った。

付き合っていた頃、ウルフとココはマリファナの売買とアンティークの修繕販売の合わせ技で日銭を稼いでいたはずだ。

「あなたならどんな商売をやっても成功するはずだって娘に言ったの」ココの母親がわたしに話してくれた。「でも、どんな形でもウルフが関わっているのなら、わたしは支援できない。彼は魅力的よね、だけど、はっきり言って犯罪者だもの」

まだ神経症的であることがお洒落だとされていた時代だった——精神科に通う余裕があればの話だが。ビヴァリーヒルズの界隈は精神科のクリニックでいっぱいで、特にロクスベリーからリトルサンタモニカ、ブライトンウェイにかけての一帯は「メンタル地区」と呼ばれていた。ココの母親のルーバー・リックマンは精神科医で、ココはしばしば自分の母親から精神的な支えを得ようとしていたが、それは大きな間違いだった。

「あの娘は才気煥発よ」リックマン博士は自分の娘について、そう言っていた。「彼女ならば何でもできる。あらゆる面に秀でているから。デザインスクールに行きたいのなら手を貸すと言ったけれど、ウルフが一緒だったらだめよ！」

精神科医を母親に持ってしまうと、ウルフ・タンディーニのような男に一目で参ってしまうようになるのかもしれない。

ウルフと付き合っていた時代、ココはわたしだけではなく全ての友だちを失い、母親のアドバイスに従ってデザインスクールに入学した後、ビヴァリーヒルズの派手な高級ブティックのインテリアデザイナーになって、ようやく彼を追い出してニューヨークに送り返した。そのニューヨークでわたしはある日、バスの窓からウルフの姿を目撃して、頭を引っ込めるのが遅れたせいで彼に気がつかれてしまった。彼はバスに飛び乗ってくると、わたしのところまでつかつかと歩いてきて横の空いている席に座り、義憤に駆られたかのように身を震わせた。「どうしてそんなに俺を嫌うんだ？」

「だって、バーニーズでわたしはきれいじゃないって言ったじゃない。〝君じゃなくて、きれいな子の方〟、そう言ったんだよ」

「そうだな、うん、いかにも俺の言いそうなことだ」

それがウルフなりの謝罪だった。

まあ、つまり、彼はひどくハンサムだった訳だ——黒々としたカーリーヘアに、天使のような口元、大きなブラウンの瞳に少年のような魅力があることは否めなかった。もし「君じゃなくて、きれいな子の方」って言った男じゃなかったら、その魅力に屈していたのではないかと今になって思う。

でも彼がロサンゼルスにいるのは嫌だったし、ニューヨークでも耐えられなかった。バスから降りると、わたしはウルフについての全てを頭から追い払った。

ココとわたしは友情を取り戻した。彼女がお堅い広告会社の重役と結婚して、主婦業に没入していた頃はとりわけ親密だった。ココの夫は彼女を世界一美しい女性だと信じていて、籐の家具でも、薔薇の花でも、サーブの自動車でも、彼女の欲しいものは何でも買ってくれた。ココは家庭にどっぷり浸かって、ウエストハリウッドの真ん中で英国風の田園生活をどうにか実現し、四年ほど経った頃には娘も生まれて、代わり映えしない毎日に満足していた。ただし、詩人に憧れている夫への軽蔑は隠そうともしなかった。

その頃、彼女の家の外の世界では、ウーマンリヴの最初の猛攻の真っ只中で、妻たちはあらゆる理由を見つけて夫と別れようとしていた。

ココもある日、娘を連れて家出し、テレビコマーシャルのスタイリストになって、三十歳にならずして精神科医の母親よりもずっと稼ぐようになった。そのスタイリングがあまりに完璧なので、ファッション業界の人間は彼女を一目見ただけで衝撃を受けた。彼女は帽子を被るとモダンガールになれたし、セクシーなブルージーンズベイビーや、退廃的な英国婦人、ありとあらゆる素敵な女性に変身できた。衣服に関する彼女の理解度は深く、手腕は巧みで、その着こなしはただ美しかった。

ココは生成色のレースに縁取られた、体に吸いつくようなシルクのドロワーズ以外、服の下には何もつけなかった。彼女のおっぱいは――ココはブラジャーをつけず、ノーブラが流行する前からノーブラだった――スカーフを巻いたマリリン・モンローの晩年の写真の胸みたいで、彼女は〝わたしのちっちゃなポーランド系のおっぱい〟と呼んでいた。ココが古着屋で買った三〇年代の透けるようなシフォンドレスに身を包み、それにマッチするブレスレットや、靴や、ストッキングを合わせると……まるでイタリアの公爵夫人だった。

わたしの知り合いの女優の中には、服によってまったく違う人格を演じ分けられる人もいるが、ココの才能のレベルは桁違いで、ファッションで彼女は過ぎ去った日々の、あるいはそれぞれの時代の、あるいは今日のファッショナブルな女性になりきることができた。

ファッション業界の異性愛者の男たちは、彼女に声をかける勇気がなくて、車で彼女の後を追い回していた。

彼女はわたしの髪を切って——あの頃は頼むとまだやってくれた——オリエント急行の魅惑的なスパイみたいに仕立てた。「ほら」ココはそう言って、パールボタンと古風なショルダーパットのついたデシン織りのブラウスを手渡してきた。「あなたはいいおっぱいをしているから、これが似合う」

彼女は自分のためだけではなく、知り合いみんなのために古着屋をくまなく探して服を見つけてくると、戦利品を取っておいて、会うと車のトランクから茶色の紙袋を取り出してきた。相手が自分はそんなタイプじゃないと思っていても、ココは自分の知り合いはみんな何らかの形でトレンドセッターだと信じていたのだ。あらゆる新情報に通じていて、どの店に何があるかを正確に把握していなければ、ココのようにはなれない。だったらずっと紺を着ていた方が無難ではないかと思ってしまう。

「お姉ちゃんは紺しか着ないの?」わたしなんて十年間ずっとそれで通してきて、妹にまでそう言われる始末。

「わたしは紺が好きなの」

八〇年代、わたしみたいにちょっとばかりボヘミアンなタイプがただただ黒ばかり着ていた時期があって、わたしもそれなりに流行に追随したものだが、黒は隙がなさすぎて、これが紺だったらいいのにと内心思っていた。黒だと完璧でなければいけないけれど、紺ならば猫と一緒にいられる。

わたしには分かっていた。外見に人生を乗っ取られてしまうと、太っているとか、髪型が決まらないとか、そういうことばかりを気にして日々を費やし、そうしていなければ自分はナメクジにも等しい存在だと思い込んでしまうようになる——将来、二〇世紀のアメリカの中産階級を振り返る人たちはきっと、美しい少女たちが常に自分のヒップや、脚や、腹部や、胸を醜いと思って気に病んでばかりいたと知ったらゾッとすることだろう。何よりショッキングなのは、自分の娘に性的な虐待を行っていた男たちが、彼女たちにこう言い聞かせていたという事実だ。「お前はデブだから、誰からも愛されない」

一九二〇年代はボーイッシュでスリムな体型が流行して、他のボディタイプはお洒落であることが許されなかった。ココは何を食べても太らないというやましいタイプの新陳代謝の持ち主で、ラムのシチューも、パストラミサンドイッチも、ホステスのカップケーキも、コカコーラも、まるで一日中農場で働いたみたいに彼女の体の中で燃焼して消えた。実際には、マルボロの煙草をふかしながら服の入った箱を引きずってまわり、壁にスプレーで絵を描いていただけなのに。

彼女がテレビコマーシャルの監督だった三人目の夫と離婚した頃だった。彼はココの家庭的な理想と芸術的な面の両方を満足させてくれる男だったが、地元のリハビリ施設に入って断酒したのが運の尽きだった。「飲んだくれていた頃はどうにか我慢できたけど、素面(しらふ)だと彼は本当に馬鹿みたいなの！」ココは言った。

自分がマリファナをやめると考えるだけでも嫌だったせいか、夫がコカインに年間十万ドルも費やしていたのは気にしていないようだった。ココにとってマリファナは、言ってみれば彼女のプライバシーだったから。現在はみんなマリファナ常習者の脳萎縮症などについて知っているが、八〇年代に大量にドラッグをやっていた人間たちにとって、あの頃のマリファナは六〇年代のビールか、白ワインのスプリッツァみたいに罪のないもので、ドラッグの範疇(はんちゅう)にさえ入らなかった。

そしてココは結婚生活から抜け出したとき、他の四十代は体験しないような最悪の事態に陥った。どういう訳か、ウルフがまたココの人生に現れたという噂が流れてきた。この年になっても素行を改めない男がいるとしたら、ウルフこそがそうだとも聞いた。

「あの人は最低のアル中女と暮らしているの」ココは電話で悲しげに言った。「いつも癇癪を起こして大騒ぎして。あんな女といたら、彼は頭がおかしくなっちゃう！」

「そんなことができる猛者がいるの？」わたしにはウルフよりもひどい人間を思い浮かべるのが難しかった。

「メアリー・アリス・バックよ」ココは言った。

そう遠くない昔に一度、アーティストである彼女の恋人にまた話しかけたらわたしを殺すというメアリー・アリスの声がわたしの留守電に入っていたことがある。正確に言うと、似たような留守電が二度入っていた。メアリー・アリスは欲望に顔を歪ませたナンシー・キュナードみたいな女で、それでも男たちは彼女の問題児ぶりに夢中になった。

「もしあいつとパーティでファックしたかったら、とりあえず自分は彼女なんかに興味はないんだという顔をすればいい」そう言った男もいた。

男たちが不動産をプレゼントしてくれたおかげで、彼女は至るところに持ち家があった。不動産を持っていないウルフがどうやってメアリー・アリスに取り入ったのか、みんな不思議に思っていたが、メアリー・アリスには車で酒屋に行ってくれる人間が必要だったのかもしれないし、未だにヘロイン漬けのウルフと付き合うのも洒落ていると考えたのかもしれない。少なくとも彼はメアリー・アリスのジンを水で薄めたりはしないだろう。

わたしがあの手の人たちと親しかったのは遠い過去の話だ。愛情をもって、まともに接してくれる人間とだけ付き合うようにとセラピストに言われて、今のような堅実な人生を送るようになってから——温和な人だけを自分の部屋に通すと決めてから、悪い男たちにスリルを感じなくなり、チャーミングで面白いけれど性根が腐っている人たちと距離を置くのがずっと楽になった。

だけどマジック・ジョンソンがＨＩＶに感染する時代になっても、未だにそういう生活を送っている友だちは、何も分かっていない。

「いや、数年経ったら、エイズも『リーファー・マッドネス』〔誤った認識で大麻の恐怖をエクスプロイテーション的に描いた一九三六年の映画〕みたいな大げさに恐怖を煽ったくだらない映画と同じようなものだったって言われるようになるんじゃないかな」

「それってどういう意味なの？」わたしは彼に尋ねた。

「だってジャンキーかバイセクシュアルでもなければ、感染の危険はないんだろう――ストレートの男は誰もエイズに罹っていない」

「本当の事情がどうかなんて、どうしてあなたに分かるの？　ＨＩＶに感染したストレートの女たちは、誰からうつされたかも分からないのに。それにマジック・ジョンソンの件はどうなの？」

「だってあいつは黒人だから」彼は無神経にもそう言い放った。

　今でもそんな認識の人がいるなんて信じられないけれど、本当の話だ。女性たちの方は相変わらず女らしく弱腰で、「コンドームなしでセックスするのは嫌。ほら、つけて」と言う勇気を持てないでいる。

　若者たちは今も闇雲に酒を飲んで、一緒にランチを食べる気もない相手のベッドに転がり込む。ロサンゼルスのサウスセントラルの病院に怪我をした高校生が担ぎ込まれたが、献血を申し出た四十七人の生徒の内十九人がＨＩＶポジティブだったという。本当の話だと、わたしはそう聞いている。

『リーファー・マッドネス』どころかパゾリーニの『デカメロン』だ。

スイスでさえドラッグ依存症の人々が多数ＨＩＶに感染しているというのだから、この病をやり過ごせる場所なんて世界中のどこにもない。

ともかく、わたしはココとサンタモニカのウエストビーチという店で会った。彼女はチーズバーガーとフレンチフライとキャラメルカスタードとバーボンを注文した。わたしは蒸し野菜を頼んだ。

彼女は上から下まで白ずくめで、白い帽子に白い靴、白のスーツにストッキングで、サマースクールの頃と寸分変わらぬ姿だった。でも見慣れぬダークなプラム色の口紅を塗って唇を厚く見せていた。わたしはいつものようにジーンズに紺のタンクトップという服装で、くびれがなくなるか、なくならないかの境目を行ったり来たりしていて常に警戒が必要な体型だったが、少なくとも髪にはブロンドのハイライトが入っていた。

「誰に髪をやってもらっているの？」にらみつけるような眼差しで、ココが訊いてきた。

デザイナーを友だちに持つと、面倒なのがこれだ。急にこっちの見た目が相手よりも良くなると、攻撃されたと思い込む。かわいそうなわたしの美容師ジャネット・アーロンの今までの苦労も知らないで——何年も美容室は歯医者と同じで閉所恐怖症を誘発する場所だと悪意を持っていたわたしを手なずけ、生まれたままの髪に手を加えるのは大変だった。

「ヴァレーの美容師に」

彼女は髪を真っ黒に染めていて、若い頃と同じ明るい茶色、ヘイゼルの瞳を囲むスモーキーなアイメイクによく似合っていた。断酒する前、わたしは人の目をまともに見られなかったが、相手の目の中に自分の姿が映っているのが見えてくるようになってからは、ほんの一瞬誰かと見つめ合っただけで、他の人がギャンブルに感じるのと同じようなスリルを覚える。

「あら」ココはマルボロに火をつけてバーボンを頼んだ。昔の彼女なら、ランチにそんな強い酒は飲まなかった。「そうなんだ、その人、いい腕してるね」

「うん、ありがとう」

これが四十年前だったら、女性がランチでバーボンを――あるいはマンハッタンのようなカクテルを頼んでも、問題があるとは思われなかったかもしれない。十年前なら、自分もそうしていたから、特に不穏だとは感じなかったかも。でも二十代でもなかったら、バーボンは何の解決法にもならない。男性の精子の強さも六〇年代の半分しかないような世の中だ。だから、知らず知らずの内に体に取り込んでいるものと同様に、人は食べたり飲んだりするものにも気をつけなければいけない。

「クロエは今どこにいるの？」わたしは彼女の娘について訊いた。「ウルフのそばにはいないよね」

「クロエはわたしの母と暮らしている。あの娘はUCLAのサンタバーバラ校に入学したの。専攻は美術史」

「でも、あいつがいるところに彼女が訪ねてきたら、厄介でしょ……」

「あの人は友人のために車を運転しているところだった」彼女はバーボンをすすった。「わたしが彼を招待したんじゃない。目的地に行く途中で立ち寄ったの」

「あいつとまた話すようになってから、どれくらい経つの？」

「わたしはいつも彼の居場所を知っていた。連絡を絶やしたことはなかったの」

「そうか、彼は逃げ場だったんだね」

普通は、現実の人生が立ち行かなくなったときのために逃げ場がある。逃げ場を持っていた方がいい場合もある。たとえば、誰かと一緒にパーティに行くのに固執して、それが叶わないと全てが台なしになってしまうという考えにとらわれているのなら、一人で行くか、他の人と行くという別のプランがあった方がいい。

でもウルフは逃げ場としては致命傷だ——致命傷なんてものじゃない。

ウルフは地獄の沼から現れたような逃げ場だった。

わたしが観念して、ココが「ジーザスのお日様」と呼んで馬鹿にしている断酒グループに入るまで苦しんでいたのと同じことで、ココが苦しんでいるのは分かっていた。ココは彼女よりもひどい人間ばかりの環境で、必死に自分を立て直そうとしていた。昔の悪い仲間がみんな亡くなるか、わたしみたいに退屈な真人間になるか、精神科病院送りにでもならないと、その実現は難しかった。

薬物乱用の原因となっているくだらない問題を認めるのを拒否していれば、とりあえず何もかも上手く行くはずだと信じていた女性がいた。彼女は野放図にドラッグに手を出し、その結果、どんな恐ろしい後遺症に苦しんでも、自分が薬物によって痛めつけられているとは決して考えようとしなかった。

人が酒だけを飲んでいた時代ならば、どうして友だちがいなくなってしまったのかという疑問も持たずに、五十代や六十代まで生きていけたのかもしれない。でも現代では麻薬の混合物もたやすく手に入るので――誰かと社交するために車を出す必要があり、人生における最大のイベントといえば断酒期間を祝うパーティで、しかもそこで出されるケーキは何回も使いまわされていて、人々がエイズを恐れ、そのせいでロックスターも判事並みの真人間になってしまう、ここロサンゼルスでは少なくとも――四十代の人間が、自分は他の人たちよりもまともなのだと思える環境を見つけるのは難しい。

初めて断酒したときは、もう二度と二日酔いで起きたり、人に嫌がらせをしたり、どっと落ち込んだりしないのだという意気込みでいっぱいで、酒をやめればきっとあなたも光明が見えるはずだと友人たちを脅しつけたものだが、何年か経って、自分は人を納得させるような存在にはなれなかったのだと気がついた。わたしはただこの日ココにしたように、人々の語る問題に耳を傾けた。ココの問題は人生が退屈なせいではないし、ウルフは問題の解決にはならない。いい手も、ウルフを家に招き入れるような悪い手も、全部分かっていたけれど、わたしが彼女に言えたのはこれだけだった。「子供たちがいるときは、ウルフを家に入れてないよね？」

彼女はその頃、ブレインウッドのモンタナ通りにある小さなスペイン風の邸宅に二人の息子と住んでいた。「何がいけないの、彼は子供たちと仲良くやっているのよ」

性的な虐待を受けた人間が（ウルフは自分も被害者だと言っていた）、虐待する側になるというパターンについてもうみんな知っていた時期だったが、ココは例外で、彼女は『オプラ・ウィンフリー・ショー』を見るにはあまりに洗練されていた。

「とにかく、あの子たちとあいつの三人で留守番をさせないで。あいつの寝煙草のせいで家が火事になるかもしれないし」

ココの方が寝煙草で火災を出す可能性もあったけれど、そんなことを言う訳にはいかなかった。常識というものが役に立つのならば、もう誰もエイズにならないし、銃撃事件も、銀行強盗も起こらず、誰もが幸せで、喜んでお互いを助け合えるはずだ。

ちょうど、母がよく分からない人工膝関節置換手術のために入院していた頃だった。難しい手術ではなく、間違いなく成功するだろうと医師には言われていたが、親族がみんな花や、マンゴーや、ターキーサンドイッチを持ってグレンデール記念病院に押しかけてきたので、わたしはグレンデールの駐車事情について必要以上にくわしくなってしまった。

　ある日、病院から戻ってくると、ココの三番目の夫で、二人の息子の父親であるバートからの伝言が留守電に入っていた。仕事場に電話をかけると、彼はわたしにこう言った。「ココとウルフは二日前の夜にマリブのパシフィック・コースト・ハイウェイで亡くなった。運転していたのは彼女の方だ。事故だったが、明らかにココの過失だ。電信柱に突っ込んだんだよ」

　わたしの口から声が漏れた。

「彼女は火葬される。簡易だけど葬儀も行う予定だ……」

　詳細を書き留めていると、不意に、自分はもっと何かできたのではないかという気持ちがこみ上げてきた――魔法の粉を彼女に振りかけてウルフを門から入れないようにする、もっと洒落た、チャーミングな方法があったはずだ。

　葬儀場のわたしの席の隣には、ココの派手やかなスタイリスト仲間のイネスがいた。「ココにドラッグをやめさせるために努力したんだけど、あなたは彼女のあの性格を知っているでしょう。彼女は決してウルフを手放そうとしなかったの――あの二人ときたら、まったく」

　すると、シューというような、カサカサした音が葬儀場の後ろから聞こえてきた――その向こうのはるか彼方に、スモッグがかった午後の高速道路を走る車の群れが見えた。黒ずくめの服装で、黒いヴェールのついた帽子、黒いケープ、黒いブーツに黒の手袋、黒い杖をついた老女が恐ろしく低い声で唸っていた。「その女があたしのウルフちゃんを殺したんだ！」

　メアリー・アリス・バックだ。葬儀場の外に停めてあるリムジンの色も黒だった。

「ああ、もう、本当に最高だね」イネスが言った。

メアリー・アリスがヴェールを上げると、かつては美しく、男たちから多数の不動産をせしめた青い瞳と、げっそりとやつれた頬骨、モーヴ色に塗りたくられた口が現れ、八十歳の老女と十四歳の少女が混じり合ったようなその姿を見て、ただこんな一瞬を人々の心に留めないためだけにでも、わたしは退屈で平凡な人間として生きると決めて本当に良かったんだとつくづく思った。

かつて彼女が留守電で彼に近づくなとわたしを脅した、あのアーティストの恋人は、グレートサウスの家からメアリー・アリスを追い出すと彼女の私物を倉庫に仕舞い、裁判所に接近禁止命令（リストレイニング）を出してもらった。彼女の抑制（リストレイント）のなさはわたしたちの認めるところだ。通路の両側には、彼女から脅しの留守電を受け取った人間が何人かいた。突然、彼女は自分の邪魔をする者は殴り倒すと言わんばかりに杖を振り上げた。「このチビのメス犬がいつもわたしのかわいそうなウルフちゃんを殺そうとするから、迎えに来て欲しいって連絡があったんだ。こいつは私道で彼を轢き殺そうとしたんだから！」

（ということは、かわいそうなウルフにも逃げ場があったってこと？　しかもそれがよりによってメアリー・アリス・バックだったなんて）

彼女はこの三角関係の唯一の生き残りになってしまって、この先自分はひとりぼっちなのだと急に悟ったのか、ケープをつかんで持ち上げると、狂ったメディア王女のように周囲をにらみつけ、機械仕掛けの神（デウス・エクス・マキナ）が現れて幕を引いてくれるのを待った。

でも、何も起こらなかった。

代わりに彼女は背を向けると、大理石の床の上で足を引きずって、リムジンの待っているスモッグがかった午後へと去っていった。

恐怖で息を殺していた列席者はほっとすると同時に、どっと湧いた。ココとウルフがバーニーズで出会って、さよならも言わずにわたしを置き去りにしたあの夜から、わたしはずっと息を殺してきたような気がした。

いくつかの宗教の中には、結ばれてはいけない二人が出会ったときに起こる現象を表す言葉がある。ヒンドゥー教では、それをはっきりと「極限までの興奮状態」と呼んでいる。

少なくともこの国では、インドのように女児が結婚の契約で縛られて、十一歳で婚礼の儀式に追い込まれ、十六歳で出産のために命を落とすようなことはないし、ビキニワックスに耐えているコスモポリタン読者たちもクリトリス切除は嫌だろうし、意中の相手が来る前に相手のＨＩＶに感染しやすくなるよう、乾燥ハーブを膣に押し込んで傷ついた状態にしておくなんてごめんこうむるだろう。ここのコンドーム店では――少なくとも潤滑剤ビジネス的な面においては――セックスは濡れていれば濡れているほどいいとされている。そして十六歳のココが鼻の一部を切り落としたとしても、その本来の鼻の形は娘のクロエに遺伝的に受け継がれていて、彼女は整形する気もないようだ。今のクロエは自分の見た目には問題ないと考えているが、いつか過食症になるかもしれないし、プレッシャーから逃れるために腕を剃刀で切る自傷癖の少女たちの仲間入りをするかもしれない。それは神のみぞ知ることだ。

アフリカの過酷なハーブ療法は、アメリカの摂食障害や薬物と同じで、早い死を招く――インドの早婚も似たようなものだが、彼女たちは自ら望んでそうしている訳ではない。むしろそれは、魔女として火炙りの刑に処され、生贄の処女になって火山口に投げ込まれるのに近い。集団の利益や、他人のために犠牲になるのに比べたら、自分でハーブを買う列に並ぶのは悲劇とは呼べないかもしれない。

エピローグ

　サンタバーバラに住んでいるミリーという知り合いの女性から、この前、電話をもらった。「あなたはお酒を飲み過ぎる仕事仲間の取り扱いについてくわしいって、人から教えてもらったんだけど――行き過ぎの場合はどうしたらいいのかな。見ていて、問題だと思えるくらいに」

「問題って、たとえばどんな」

「急激に情緒不安定になったり、約束の時間を守らなかったり、自分の子供には近づけたくないと思うような行動を取ったり。わたしたちはもう一年くらい一緒に仕事をしていて、こっちがもううんざりだって思うたびに、彼女は真夜中に電話してきて、この仕事が生き甲斐だって言うの。依存症克服のために、彼女をシダーズ・サイナイ・メディカル・センターの治療室に連れていったんだけど、翌朝、勝手に退院してきちゃったのよ。それで電話してきて、あそこは自分がいる場所じゃないって言うの。きっとあなたもその人を知っている。メアリー・アリス・バックって名前なんだけど」

「あら、やだ！」そんな人を仕事のパートナーに持つのは、膣にハーブを押し込むのと同じで自己破壊的なことだと思ったので、メアリー・アリスのためにではなく、彼女自身のためにわたしは自分のセラピストの電話番号を教えた。それとは話が違うなんて言わないで欲しい、わたしにはちゃんと分かっている。

生きているココを最後に見たのはウエストビーチで、彼女はパリッとした白い服を着て、ランチにバーボンを注文し、にじむようなアイメイクで囲んだヘイゼルの瞳と大きなプラム色の唇で、彼女の問題はドラッグではなく、彼女の母親や元夫たちの過失によるものだと訴えた。口には出さなかったけれど、わたしが退屈で平凡で生彩を欠く人間になったのも悪いと思っているようだった。

主婦業に没頭していた頃、自分の夢は、ヴェニスビーチのボードウォークでたむろしてトランプに興じながらピクルスを食べている、ダサいサンダルとソックスを履いたユダヤ系の老女たちの一員になることだとココは語っていた。最初にこの計画を打ち明けてもらったときはわくわくしたけれど、自分が二十五歳以上まで生きられるとは考えてもいなかった。五十歳までたどり着けた幸運に、自分でも驚いている。わたしの心の底にも、いつも逃げ場はある。それはわたしの人生の基盤となっているもので、もし状況が悪くなってきたら、悪循環から抜け出せばいいという哲学だ。

ボードウォークで一緒につるんで鳩に餌をやる未来が欲しかったら、狼(ウルフ)たちを門から遠ざけておくのが一番だ。そうすれば、途中でつまずくこともない。

ブラック・スワンズ

もしかしたらわたしは、黒鳥はマイナスだから二羽を掛け合わせればプラスに転じると考えたのかもしれない――あるいはわたしとウォルターだったら、引き裂かれる確率も打ち破れるはずだと。でも結局、二人の物語は打ち捨てられた絆と、混沌と、砕けたグラスと砕けた夢になってしまった。そして「砕けた」というのは決して比喩ではなかった。

でも夢とグラスだけは、どんなに砕け散っても新しいものがいつも手に入る。

わたしたちは72マーケットストリートのレストランで、ベジタリアンプレートを注文した。わたしの右隣の女性は、ウォルターのあまりに青い瞳に動揺している様子だった――彼の言うところの文芸界で、ウォルターはちょっとした有名人だったから、彼が何者なのか気がついたのかもしれない。

「君と別れた後」ウォルターは切り出した。「どうして俺がロッキー山脈より西に行かないのか、また人から訊かれたら、こう答えるんだ……」

「何故って、わたしの原稿が雑誌に売れたから」わたしは大声になった。「それであなたは怒り狂っていた！」

「なるほど、君はあれを陳腐（ちんぷ）な文学のパターンに当てはめようとしているんだな」

「ああ、何を言っているのよ、ウォルター。わたしたちにまつわる何もかもがいつだってそうだったんだよ」

「でもそうじゃなかった」ウォルターは反論した。「あの夏の、あの熱気のせいで、ベル・エール・ホテルで君が俺に内緒でアシッドをやっていたせいだった」

「まあ、ウォルターったら」わたしは鼻で笑ったが、もし彼が何か書きたいのなら、これだけ時間が経ってからあの物語を振り返ってみるのも悪くないのかもしれないと思った。

それをどちらが書くかは、もうどうでもいいことだった。

「あの黒鳥たちを覚えているか？」彼は遠い目をした。「一体、どうなったんだろうな」

「わたしも同じことを考えていた。魔女が鳥たちを連れて行ったたっていう噂だよ。ひどい目に遭ったから、あれからあのホテルには行ってないけれど。まだあそこにいるのかもね」


つい最近、わたしが真剣な交際をして結婚してもいいと最後に思ったのはいつかと人に訊かれた。「ああ、一九七一年かな。原稿が売れる前で、この人とならきっとうまくいくと確信していたの」

わたしがウォルターに出会ったのは一九七一年だった。このままフリーランスのデザイナーとしてアルバムジャケットの仕事をしていたら、生活に困って結婚する以外の道がなくなると気がついた年だ（就職するという選択肢は頭に浮かばなかった）。わたしはこの仕事が好きだったが、知り合いのみんなからは「文章を書けばいいのに」と言われていた。

わたしはこれを自分の作品への侮辱と見なし、合理的なアドバイスだとは考えなかった。物書きにはなりたくなかった。男は物書きの女を恐れるから。わたしは男性を崇拝して尊敬していたかったし、ジョーン・ディディオンみたいに何かを書いて、少数の例外を除く知り合いの男たちみんなを震え上がらせるなんて嫌だった。それに、ライターにでもならなければ、ただの壁の花で終わりそうなニューヨークから来た女たちみたいにもなりたくなかった。彼女たちは腹が立つほどダサくて、マスカラをたっぷりつけた超ミニスカートの女たちの中にいると悪目立ちした。ジョーン・ディディオンは服の着こなしを知っていて、あまりに聡明で偉大だったので誰も彼女のような文章は書けなかったし、とても痩せっぽちなのになまめかしくて、見かけも真似できなかった。もしジョーンみたいになれないのなら、わたしはヴァージニア・ウルフみたいな野暮ったい女か、クレイジーな女になりたいと思っていた。あるいは、その両方に。もちろん、いつだってコレットという選択肢はあったけれど、あの人はフランス人で——ロサンゼルスには住んでいない——男たちは彼女のことも恐れていた。わたしの唯一の希望は南カリフォルニア出身で、夢みたいな文章を書いて素晴らしい人生を過ごした美人のM・F・K・フィッシャー〔一九三〇年代から八〇年代の長きにかけて活躍した食文学作家。アメリカ版の女性ブリア＝サラヴァンと謳われた。著書に『オイスター・ブック』『食の美学』など〕という作家だったが、彼女が何でも知っていそうなのに対して、わたしの知識は全部ハリウッド高校とサンセット・ストリップから来ていたので、フィッシャーのようになれるはずもなかった。ああ、もうこれは結婚するしかないと思って、わたしは友だちのラリー・マッデンにそのつもりだと打ち明けた。

「やめておけよ」と彼は言った。「もうすぐ俺が雑誌を立ち上げるから、そこに原稿を書いてくれ」

でもわたしは文芸誌に原稿なんて書きたくなかった。

それでも書いてラリーに見せたら、没にされた。

「いくら何でもこれはロサンゼルス的過ぎるよ」ラリーはシカゴ出身なので、何もかも陰鬱でなければ気に入らないのだ。彼は本当のところ、わたしの原稿が欲しかったのではなく、他人の（彼の）短編小説の原稿をタイプしてもらいたかったようだ。女にタイプしてもらいたがる男——バーバラ・ピム〔イギリスの作家。一九五〇年代にデビュー。一九七七年に『秋の四重奏』がブッカー賞の候補に上がり脚光を浴びる。「二十世紀のオースティン」とも呼ばれている〕的な状況だ。ただ、彼女の本の中の女性はタイプが上手だったけれど、わたしは何かをタイプするたびに人を怒らせていた。タッチが速いだけではだめだった。正しいスペルをタイプする必要があったのだ。結果的にラリーには迷惑をかけた。

知り合いの女性が連絡をくれた。「わたしの友だちの作家がニューヨークから来ているんだけど——この人の書くものはすっごく面白いの、彼がきっとあなたの原稿に手を貸してくれるはず」

「その人、名前は何ていうの？」

わたしはシャトー・マーモントに泊まっていたウォルターに電話して、近くのレストランのフラスカティのバーで会う約束をした。「青い目でカールしたブラウンの髪の男が俺だ」

当時のわたしは、昼日中から薬物（特にスピードとリタリン）を乱用して、夜通し酒を飲むという日々を繰り返していたので、バーで彼に会えるのが楽しみだった。わたしは二十七歳で、六〇年代を奔放に過ごしてきた。ドラッグはどれだけあっても足りないといつも思っていたが、それも友だちでロックスターのグラム・パーソンズが、巨大なメイソンジャーに半ガロンの鎮静剤を入れているのを見るまでの話で、それからは限度っていうものも多少は心がけるようになった。レコードアルバムのカバーを手掛けていて、ロックスターたちと一緒にいたあの頃、自分は間違った場所に間違った人たちといるような気がしてならなかった――ビートルズが全てを変えてから、わたしはアートの世界を離れてグルーピーになったが、それで本当の自分でいられる場所を失った。バーにいる青い瞳とブラウンのカーリーヘアのウォルターを見た頃は、一緒に夜を過ごして退屈しなかった相手は、おしゃべりが上手なテレビ番組のコメディ作家くらいで、長い間、わたしを本当に笑わせてくれる人はいなかった。

あの時代の自分の写真を見ると、今よりも老けて見える。わたしはジャンヌ・モローみたいなアンニュイな女になりたいと思っていた――世の中に幻滅して、気だるい雰囲気を身につけて。だから苦痛を深めようとしていた。

だからって、わたしは哀れなウォルターの期待を下回るような女じゃなかった。何せ、すごいミニスカートだったから。

「素敵じゃないか」ウォルターはわたしを見て甘く微笑んだ。「リナに会うのを勧められたんだが、君は……その、彼女みたいなタイプなんだと思っていた」

リナはわたしが考える物書きタイプの女性そのものだった。彼女はそれこそ攻撃的なまでに、救いようもなく、野暮ったかった。髪型は冴えなかった。日焼けもしていなかった。みっともないサンダルに鼠色(ねずみいろ)の素敵じゃない長めのスカートを合わせていた。それを取りつくろうかのようにナバホ族のジュエリーを着けていた。でもわたしに言わせれば、ターコイズはマスカラをつけない理由にはならない。

ずっとバーにいたはずなのに、いつの間にか、彼はわたしのアパートで、わたしの原稿を読んでいた。そして終み終わると、こちらを見た。「変えるとしたら、冒頭だな。二つ目の段落と入れ替えて、こっちの文章を後にするんだ」

わたしは自分の原稿をまじまじと見た。

それは自分が冒頭に置きたいと考えていた文章よりも、少しこれ見よがしな感じの一節ではあったが、彼は助言でアーティストとしてのわたしの理念を傷つけたりしなかった。急に気持ちがほどけて、たとえリナの友だちだとしても、ウォルターはいい人間なんじゃないかと思えてきた。だから彼女とどのように知り合ったのかと彼に聞いた。

「ああ、ニューヨークの俺の友人で、バークレーにいた頃から彼女を知っている奴がいて、会ってみるように勧められたんだ。それで知り合ったんだけど、俺と彼女には……共通点というものが見つけられなくて」

彼の言っていることは優しかった。「共通点が見つからない」という言葉は、「とんでもない間抜けだ」と言うよりもずっと親切だ。わたしも悪口を控えたかったら「共通点が見つからない」を使うかもしれない。

間近で見ると、彼のブラウンの髪はくるくると渦巻いていて、素敵な笑顔で、無垢を取り戻したかのような青い瞳をしていた――こちらを見つめるときの瞳はとりわけそうで、その無垢は見せかけではなかった。

彼はすらりとしたカウボーイ体型でブーツがよく似合った。急にわたしは彼が欲しくなり、彼になりたくなった。(通常、この二つが同じだということはない)

低いソファにもたれかかって体を伸ばすと、より長く見せようとしてわたしは脚を組んだ。

「教えてくれる?……」

「教えるって、何を?」彼の目はわたしに釘づけだ。

「何もかもを」

彼は本を書いていて死にかけた話をしてくれた。二番目の妻が別れも告げずに中途半端に彼を捨てたせいで、病院に担ぎ込まれたのだ。入院させたのは彼の友人たちだった。それから本を書き上げると、それが急にカルト人気を呼んで、十五万ドルで映画化権が売れたので、彼は他の作品を書く余裕ができて、三十五歳にして初めて戸口にいる狼に脅かされずに生きていけるようになった。

「ロックスターじゃなくて、カウボーイみたいな人と会えて嬉しいわ」彼に言った。

「この家にある酒はワインだけかな？」わたしの唯一のボトルはもう空だった。

「そうだよ」

「じゃあシャトーに戻ろう。俺の部屋にブランデーがある」

わたしたちは古いステーションワゴンに乗ってシャトー・マーモントに戻った。あの頃はもうウエストハリウッドのバンガローに住んでいたので、ホテルは近所だった。彼はそこで（東海岸の真面目な出版社の）雑誌のために書いた真面目な政治記事について解説すると、気が触れているとしか思えない作家友だちやいかれた仲間たちについて、面白おかしく話してくれた。わたしは笑い転げた。

彼からはブランデーとシガーとメンネン社のアフターシェーブの香りがして、（ロックスターと違って手練手管のある）セックスをした後は眠ってしまった。わたしは一晩中起きて、彼の本を夜明けまで読んでいた。中西部の青春物語なのに、信じられないほど面白くて、ページをめくる手が止まらなかった。

読めば読むほど、ベッドで彼の隣にいられる幸せが、わたしの中でふくらんできた。

夜が明けて彼の本を読み終わる頃、わたしは彼に恋をした。まるで自分が書いたように思える、彼の小説に恋をした。これが読書の厄介なところだ。誰かの文章を好きになると、その誰かが自分だと思い込んでしまう。自分が原稿を書いたら、大好きな著者の本とまったく同じものになるはず。わたしもウォルターの本にそんな気持ちを抱いていた。

哀れなウォルターが起きてくると、もう彼とわたしは同一人物となったのだから、当たり前のようにわたしに恋をするはずだと確信していたので、恋愛が上手くいかない理由についていつものように思い悩む暇もなかった——わたしたちは同じ枝の上に居合わせた見知らぬ者同士で、もう永遠にお互いしかないという関係なのだ。水平線に浮かぶ二匹の白鳥のように。

恋の罠はいつも、全てを忘れさせてしまう——サンフランシスコでの休日、わたしは都ホテルのバスタブで転んで、今も傷跡が残るような大怪我をして周囲を血だらけにしたが、ウォルターは気にもせず、ずっとテレビでサッカーの試合を見ていた。その前なら許せなかったかもしれない。でもわたしはもはや彼の本の登場人物だったので、奇妙なことには慣れてしまっていた。それまでこんなに恋愛の冒険が長続きした経験はなかったので、一月も経つと、これこそが運命の恋で、彼がその相手なのだと信じるようになった。

一九七一年五月のわたしの誕生日に、彼は悲劇的な夭折のスター、わたしの大好きなルドルフ・ヴァレンティノの写真でボール紙のページを埋め尽くした、一九二〇年代の熱烈なファンの手による巨大なスクラップブックを見つけてきた。（七月に押し花にしたウォルターの黄色い薔薇と一緒に、このスクラップブックも取っておいてある）七月になってジム・モリソンが亡くなったときも、彼がいてくれたので寂しさはかなり和らいだ。酒屋でジムと遭遇してお互いを紹介した帰り、ウォルターは笑いっぱなしだった。「あいつ、まるでトカゲの王様みたいだったな」

「そうね。ひどい有様だったよね？　あなたの方がずっと素敵だよ」

「そうか？」

「ロックンロールの世界から抜け出して良かった」わたしは意地悪く笑ったが、もし彼があそこにいなかったら、昔みたいにまたジムにちょっかいを出していたかもしれないとは、ウォルターに言えなかった。でもそれも恋に落ちるまでの話だ。そして七月、まだ涼しくて曇っていた時期にジムが亡くなって、わたしは自分が不良少女だった時代はもう終わったのだとはっきり悟った。愛する人を大勢ドラッグで失っていたのに、あの頃はまだみんな、どうして彼らが過剰摂取をしたのか分からないと言い合っていたものだ。わたしたちは彼らの最後の日々を振り返り、ドラッグが死ぬほどあって、ただやめられなかったという現実以上の〝深い理由〟を探していた。わたしはヘロインに手を出すほど落ちぶれていなかったし、医者から少しばかりもらっている自分の処方薬と、過剰摂取によってパリで亡くなった男を結びつけようとはしなかった。でも本当は、ヘロインはもっと年を取ってからにしようとこっそり考えていた。

　わたしが当時やっていたドラッグはスピードと、オピオイド鎮痛薬のペルコダン、いい気分になるためのデメロール、それにコデインといった鎮痛薬と、腹痛のためのフィラノル。メタカロンかモガドンを持っている人に会わない限り、鎮静剤には手を出さなかった。ああ、それと、気持ちいいお天気の日にはＬＳＤかマジックマッシュルームかメスカリンをやった。でもわたしは煙草を吸わなかったので、それだけで自分を健康な人間と見なしていた。二十六歳で禁煙して以降、酒の酔いがすぐ回るようになったが、それでもやめた価値はあったはずだ。本当はゆっくり飲む方が大量に飲めるし、一晩中スピードをやらなくても済むんだけど。わたしの人格がどんなものかなんて、知ったことではなかったが、最低でもリタリンをやっていないと、誰かに誘われても出かける気になれないのは分かっていた。わたしの人格はリタリン次第だった。

スピードとアルコールを混ぜても、安定剤にはならない。わたしの気分は「もう最高、みんな愛している」から二分で「あんたたちはみんな最低」に急転直下した。

自分も酔っ払っているのでウォルターは気にしなかったが、彼は彼で午後にクルボアジェのコニャックのボトルを五本も飲み干していて、わたしから見ても少々やり過ぎのような気がした。でも彼は作家で、作家というものは〝飲んだくれ〟だというのが一般常識だ。だって作家になって一日ずっと執筆しなくてはならないとしたら、他に何ができるというのだろう。ガーデニングとか？　当時はガーデニングなんかする作家はいなかった。みんなアパートに住んで、庭は大家に任せていた。

「でも何でクルボアジェじゃなきゃならないの？　度数が強くて、飲むとあなたは顔が真っ赤になっておかしくなるっていうのに」

「じゃあテキーラにしてもいいかもな」彼が賛同したので、わたしたちは普通のテキーラのように透明な瓶ではなく、茶色いボトルに入っているロックンロールな新しいテキーラのサンザ・コメラティヴァ〔ママ。恐らくメキシコのテキーラ会社サウザのサウザ・コンメモラティヴォのこと〕を買いに行った。わたしは彼ほど飲めなかったが、これで少なくともレモンは摂取できた——ビタミンCだ——それが当時の理屈だった。

一九七一年の八月、史上最悪の猛暑がやって来た。ロサンゼルスは気の狂うような熱波で爛れた。気温が上昇するに従って、湿度もひどくなってきた。ウォルターはこんなことを言い出すようになった。「ニューヨークに避難した方がいいかもな。最初は地震で、次がこれじゃ！」

（大地震の年でもあった）

「ニューヨークですって！」わたしは彼の書くニューヨークが好きで、わたしと彼は同一人物だったたから、ニューヨークを愛する自分も想像はできたけど、たかが熱波による疲労と地震の死者くらいでは、ロサンゼルスを離れる気にはなれなかった。

「そうだな」ウォルターはわたしのベッドで汗をかき、このままの状況が続いたら、溶けてしまうのではないかと不安がっているようだった。とても暑い日だったが、ジンを飲む気分ではなかったので、彼はトム・コリンズを飲んでいた。「でもどこかよそに行かなくちゃ。またサンフランシスコはどうだ？」

「都ホテルはいやよ」わたしの傷跡はまだ新しかった。「それにサンフランシスコに行くためには空港に行かなくちゃならないけど、そんなの無理だよ。バーバンクを抜けていくなんて！ありえないから！」

バーバンクはここより十度は暑かった。

まだ十時だったが、外は四十度で、ビルディングがそびえていた。わたしの愛する、天使の羽で浮いているような熱々の気候ではなく、不快な湿気を帯びたカルカッタみたいだ。しかもスモッグがひどかった。一週目の終わりになると、午後の外の気温は四十五度まで上がった。麻痺状態と呼ぶにふさわしいほどだった。脳みそを、魂を、そして性欲を麻痺させる暑さだ。

「モーテルに行こう。エアコンがあるから」彼は言った。

「モーテルね、エアコン付きの。そこでシャンパンを飲もう。モーテルならすぐ角にある。サンセット・パルムって名前の」

「あそこは売春婦でいっぱいじゃないか」彼は不満げだった。「きっと一晩中喘ぎ声を聞かされる。もっといいところじゃなくちゃ。ビヴァリーヒルズ・ホテルはどうだ」

(彼はまだシャトー・マーモントに部屋を確保していたが、当時あのホテルにはエアコンがなかった)

「そうだね、ビヴァリーヒルズに行こう。ロビーでジョイス・ブラザーズ博士〔心理学者でテレビタレント。一九五五年にクイズ番組で優勝して一躍有名になった〕や有名人を眺めていられるし」

ウォルターにロサンゼルスよりもいい場所があると思って欲しくなくて必死だったせいで、

それが実現可能かどうかもきちんと考えていなかった。あの頃、今のような〝改革〟の数々がなされる前は、わたしにとってロサンゼルスは（今のマイアミのように）世界一の都市で、今も昔も、この街に対する忠誠心は欠かしたことがない。この街にそれは値しないと言われていた時期さえも――それに、エアコンがあるのは悪くないけれど、わたしは人々が危険なレベルだと噂している熱波については心配していなかった。ウォルターにロサンゼルスを好きになってもらう方が、大問題だった。

「ああ、ビヴァリーヒルズ・ホテルはいいよな」ウォルターは安堵のため息をついた。彼は中西部というひどいところの出身だったかもしれないけれど、バナナの葉の壁紙の魅力は一目で理解できた。

ビヴァリーヒルズ・ホテルは満員で、ビヴァリー・ウィルシャーもだめだったが、わたしはそこでベル・エール・ホテルを思い出した。ウォルターがロサンゼルスに幻滅しないように、わたしは常日頃戦っていた。彼を愛していて、ずっと一緒にいたかったが、それでも死ぬほど退屈な東海岸には行きたくなかったのだ。ウォルターもベル・エール・ホテルを見てくれたら、美しいロサンゼルスだけが住むに値する場所だと信じるようになるかもしれない。ベル・エールに電話すると、一室だけ空きがあったが、庭もプールも見えない部屋なのでお勧めできないと言われた。わたしたちはエアコンがあるだけで大喜びだったので、夕方までチェックインできなくても、待つ楽しみがある分、気にならなかった。待つ楽しみはいつも、楽しみに待っていた何かよりも勝るものだ。生きる希望をくれる。シャトーに戻る前に、ウォルターは言った。「彼女の持っているものは全部いただこう」映画の脚本を書きにシャトーに戻る前に、ウォルターは言った。「彼女に電話してくれ」

ダリアはわたしたちのドラッグのためでなかったら会いたくないような人物だったが、あの頃、わたしの欲しいコカインを入手できるディーラーは貴重だった。「コークはあるよ、それとハシシ、上物のLSDもあるけど、一回分しかないかな」

「一回分なら、わたしにちょうだい」

手に入るものイコール自分の好きなドラッグという知り合いがいたが、わたしも多少、そんなところがあった。ウォルターはLSDの信者ではなかった。彼はきれいで安全で牧歌的なトリップ以外のものは好まなかったが、わたしの方は、何でも他人にやるくらいなら自分がやらなきゃ損というポリシーの持ち主だった。ウォルターと出会う前、わたしと友人はサンセット・ストリップで夜遊びする前によくLSDをやった。より高い精神性を求めていたからではなく、ただナイトクラブで楽しく過ごしたかったからだ。自分が愚かだったら、いくらでも喜んで愚かな人間をいたぶることができる。

電話で計画を話している内に、ウォルターがプロデューサーでわたしが新人女優を演じるシナリオができあがった。わたしはグラマラスな体にグラマラスなドレスをまとい、彼はこの前サンセット・ストリップの店で買ったリネンジャケットと粋なパンツで、グラマラスなプロデューサーに変身する。そしてベル・エール・ホテルのダイニングルームでディナーを食べて、彼がわたしを、あるいはわたしが彼を、どちらが先でもいいから誘惑するのだ。

バスケットにキャビアやスタッフドエッグ、シャンパンやその他の素敵なものを詰めて、財布にドラッグを全部入れると、ウォルターがタクシーで迎えに来てくれるのを待った。自分の車もあったが、タクシーはシナリオの一部だった。ウォルターにＬＳＤについて話そうか迷ったけれど、黙っていることにした。

タクシーに乗ってサンセット大通りに出ると、期待で胸がふくらんだ。ビヴァリーヒルズさえ断末魔の叫びをあげているような、このどろどろの街から一刻も早く離れたい。ベル・エールの麓に到着すると、当時地球上で最も高価だった不動産へと続く壮麗な門が開いていた。でも、緑に覆われたベル・エールは打ち捨てられた場所のようでもあった。

わたしたちはタクシーから降りて、荷物をフロントに運んだ。ロビーを見て驚いた。当時のベル・エール・ホテルはクーポンを使ってアーリー・アメリカン調のカエデ材の家具を揃えたような内装で、木製の椅子に古風なプリントのクッションが置かれていた。これでは国際パンケーキハウスではないか。ここには前に来ていたはずだが、庭園内の結婚式だったので、ロビーは見なかったか、見ても忘れていたに違いない。

「思っていたのと違うな」ウォルターはニューヨークに帰りたそうな顔をしていた。ベル・エールは映画スターや孔雀がいて、段々畑のようなイタリア風庭園に私設の警察署まであるとても豪華なホテルのはずだったから、そう見えて然（しか）るべき――少なくともグラマラスには見えて然るべきだった。でもそうじゃなかった。

何だか堅苦しくて地味だった。

客室棟に至る小道は極楽鳥花が咲き乱れ、トロピカルな雰囲気でハワイみたいではあった。でもエリザベス・テイラーや、キャビアが山盛りされた銀のトレイが現れるのではないかと期待させるような、ビヴァリーヒルズ・ホテルの持っている魔法の雰囲気はここにはなかった。それよりもザ・上流階級って感じだった。当時は上流階級がどんなものだかよく分かっていなかったが、ニューヨーカー誌の裏表紙の広告から想像するだに、彼らはきらびやかに見せるのは好きじゃなさそうだった。わたしと違って。

客室が蒸し暑かったので早速エアコンをつけたが、部屋はもっと蒸し暑くなり、寒くなり、うるさい音までした。このじめっとした空気は数多くのトロピカルなプールと、ホテルの植物類を青々と保つために調整された湿度から来ているらしい。わたしたちの部屋は階段の下で壁に面していたので、窓から緑の景色は見えない。そんな訳で、このホテルに利点があるとしても、それはわたしたちには届かなかった。

それでもルームサービスはあったので、ウォルターは即座にジン・フィズをダブルで注文した――しかも六杯――ダブルで！　二時間後のディナーまでそれで保たせるつもりだ。彼は湿気がひどくなって腹を立てているときはジンしか飲まない。酒がやって来る前に、わたしたちはコカインを全部吸ってしまった。(湿気のせいで凝固していたので、一回キメる分しかなかった)ルームサービスが来るのを待ちながら、わたしたちはテレビをつけた——この部屋ではお互いの顔しか見るものがなかったが、慎ましくもそれは夕食後に取っておいた。

ウォルターがジンを注文したのに腹を立てていたので、わたしはバスルームでLSDをやった。これもお付き合いだ。でもウォルターには内緒にしておいた——そこまで大っぴらにする気にはなれなかったから。これで飲み代は節約できたはずだ。だけどジンフィズが到着する頃には、血流の中で激しい感覚が次々と押し寄せてくる気配がして、ジンは毒の味しかしなかった。一口飲んだだけで、わたしの方は何もかもが面白おかしい並行世界に突入していったが、ウォルターはこの前の離婚の惨状を思い出して後悔に浸っていた——ジンを飲むといつもそうだ。そして自分の精神科医がどんなに不気味だったか語り出した。

「不気味って、どうして?」わたしはヒステリックに笑った。

「いつか教えてやるよ、君が今のように馬鹿みたいにご機嫌でないときに」

どうして精神科医が〝不気味〟だったのか死ぬほど知りたかったが、ちょうどテレビでパット・オブライエンの出演する古い映画がやっていて、知り合いが「あいつはフランスのネズミみたいにゲイなんだ」と言っていたのを思い出して、馬鹿みたいにご機嫌な状態に拍車がかかった。彼は映画でJ・エドガー・フーヴァーみたいに真面目な法執行官を演じていた。もう笑いが止まらなかった。ＬＳＤをやると、ただの紙切れや透明なビニールみたいなものが現実から大きく乖離して見えるようになるのを、すっかり忘れていた――それがドラッグの素晴らしい点のひとつだった。やっても何も感じない、大したことは起こらないと思っていると、急にガツンと効いてきて、すぐに口の中に血の味がして、原始の世界のリズムに打ちのめされて気が遠くなる。でもわたしと友だちはサンセット・ストリップに行くために、そこまでの量をやっていた訳じゃない。ただ、オレンジの粉が入っている真っ黒なカプセルを飲んで、ゲラゲラ笑っていただけだった。それがトリップと呼ばれるもので得られたことだった。友人が持っていたサイケデリックの師匠のテープによると、ドラッグには二種類――いいものと悪いものが――あって、それを見極める方法があるという。アルコールやコカインのように社会的な倫理に人を縛りつけるのが悪いドラッグで、社会的な枠組みの外まで導いてくれて、それが無意味だと悟らせてくれるのがいいドラッグだ。七時を回る頃にはもうディナーに何の意味も見出せなくなっていたので、これは断然いいドラッグだった。

社会的な倫理も気にならなかった。

わたしはどうにかして、自分のふわふわしている大柄でグラマラスな体を小さな黒いドレスに押し込んだ。（背中が大きく開いていたので、珍しくノーブラで着た）ゲイでなかったらそれを履いて部屋を横切るのも一苦労という、スウェードの赤いハイヒールにどうにか素足を入れて、何とか髪を整えて、目元をメイクした。幸いなことに、今時、救いようのない堅物でもなかったら口紅は塗らなかったので、わたしもそうした。しかし堅物ではなかったが、救いようはなかったかもしれない。

ウォルターは六杯のジンフィズを全部飲んでしまった。コカインにスピードが含まれていたせいで、飲むスピードが速くなったのだ。

ウォルターが何とかレストランに連れていったが、どういう訳かわたしの姿勢はずっと傾いでいたし、ウォルターの方もまっすぐ立っていられなかった。しかし、ようやくダイニングまでたどり着くと、自分たちが場違いな人間だと気がついた。どこもかしこもクリーム色とピンクだった。

「ルームサービスで注文するんじゃだめかな?」給仕長が全部お見通しだと言わんばかりの冷たい目でわたしを見つめ返していた。

「プロデューサーと新人女優ごっこをするんじゃないのか」

楽しみが台なしになった。

コネチカットから来たと思しき客たちと完璧なピンクのテーブルセットでいっぱいのダイニングの中をよろけながら、わたしたちはとにかく、ピンクのテーブルセットのひとつにたどり着いた。(わたし以外の)女性の客は全員、紺に白い水玉模様のワンピースを着てパールを着けていて、六〇年代などなかったかのようだった。発見されるのを待っている新人女優はいなかった。男性はみんな青いブレザーにネクタイという姿で、ハリウッドさえも存在しないかのように古臭く上品だった。ハリウッドは外に出て通りを歩いていけばあるはずなのに。ガラス張りのフレンチドア越しに、一年前の結婚パーティで客を追いかけ回していた黒鳥がいる池へと続いている芝生が見えた。黒鳥たちはまだそこにいた。

自分は魔女だと言い張っている女性の一団がいつも自分たちを盗みに来るから、黒鳥は彼らが六〇年代のハリウッドに生きていたのを知っていたはずだ。黒鳥の方が容赦なく反撃してきたので、魔女たちは救護室に駆け込む羽目になった。

幸運なことに、ウォルターの席からは向かい合っているわたしとその背後の壁しか見えなかったので、彼は他のものを見ずに済んだ。でもわたしの方は、ジンと後悔のせいで溶けかかった、人を狂わす絶望的な彼の青い瞳と、美しくカールしたブラウンの髪を見るたびに、その向こうの紺のドレスとジャケットを着たカップルでいっぱいのダイニングルームが目に入り、更には窓から緑の丘とその彼方の黒鳥までも見えた。

最近になってようやく、このディナーは彼が〝過去〟について——少なくとも彼自身の過去について語るために全て計画したものだったと気がついた。今まで誰にも打ち明けなかった、心の奥底に隠した恐ろしい秘密について。哀れなウェイターが注文を聞きに来た——ラムチョップとクルボアジェのコニャックだ（ボトルを注文したなんて信じられる？ ディナーの席だよ？）他の客はみんなアイスティーを飲んでいた。すると彼が話を始めた。「離婚の後、俺が精神科医に通ったって話を覚えているか？」

「ええ」ラムチョップがテーブルにやって来た。わたしたちの哀れなラムチョップが。彼が脅(おど)かすように、精神科医に何年も一日も欠かさずに通った話をしていると、給仕長が新しいカップルを連れてきて、わたしたちの向かいのテーブルへと案内した——席は一メートルちょっとしか離れていない。女性は（他の客とは違うがコネチカットっぽい）全身白のコーディネート——白いタートルネックと見事な仕立ての白いパンツと白い靴で、ジュリー・アンドリュースみたいな可愛らしいボブヘアだった。男性の方は全身黒で——黒いタートルネックと黒いパンツと黒い靴——まるで映画監督のブレイク・エドワーズだ。というか、本物のジュリー・アンドリュースとブレイク・エドワーズだった。ウォルターは会話が聞き取れるような至近距離にメアリー・ポピンズがいるのを知らなかっただろう。気づいていたら「精神科医に俺は救いようのない鬱状態だと宣告された」なんて話はしなかったはずだから。

「嘘でしょ！」彼らに聞こえていないことを祈りながら、わたしは声をひそめた。

「奴が言うのには、このままだと……」彼は思わせぶりに話を止めた。

「このままだと？」向こうのテーブルが聞き耳を立てているのは、一目瞭然だった。

「このままだと入院してショック療法を受けることになるだろう！」彼は大声を出した。ジュリー・アンドリュースは笑いをこらえようとして顔を真っ赤にしていた。ブレイク・エドワーズは後にかかりつけの医師を映画に出演させて、自分の経験をあけすけに語っているが、この頃はまだ、精神科医は言ってみれば影の存在だった。

彼らがいるのに気づかなかったら、わたしもあんなに皮肉めいた態度は取らなかったかもしれない。椅子にもたれかかると、わたしは穏やかな表情を作ってウォルターを見つめた。「でも、やった方が良かったんじゃないの。もしその治療を受けていたら、今頃もっとまともだったかもしれない」ジュリー・アンドリュースは拳が白くなるほどナプキンを硬く握りしめて口を押さえたが、ブレイクの方は我慢できずに笑い出した。

でもウォルターはそれにも気がつかないほど激怒していた。男性に言ってはならない禁句というものがある。（ペニスのサイズが普通だとか、付き合って最初の一月半はいったふりをしていたとか）ショック療法について——彼の経験について、こんな風に皮肉を返されることは、どうやら彼にとって我慢のならないことだったようだ。

一瞬、彼が立ち上がって、ジュリーの白い膝の上にテーブルを投げつけ、ラムチョップとカトラリーをレストラン中にぶちまけるかと思ったが、ウォルターは自分を抑えて静かに席を立ち、去り際にクルボアジェのボトルをさっとつかむと、急いでやって来た給仕長に「勘定は部屋につけてくれ」と言った。

ジュリー・アンドリュースが気を利かせてメニューを持ち上げて顔を隠したので、わたしも食べられなかったかわいそうなラムチョップとの別れを惜しみつつ、よろけながら椅子から立ち上がった。これは何もかも、あそこの黒鳥たちが、アイビー・リーグ出身のエリートとメアリー・ポピンズ専用の場所で成金や部外者が楽しむのを許さなかったせいだ。黒鳥は侵入者からこの場所を守る存在として知られていた。わたしでさえ、この一年前、黒鳥がその奇妙な美しさに興味を抱いて近寄ってきた結婚式の招待客に襲いかかったのを目撃している。男性に言ってはならない禁句というものがあるし、飾りとして取り扱ってはならない鳥もいる……この夜はそんな黒鳥の呪いの夜だった。ジュリー・アンドリュースさえ、もう面白がってはいないだろう。

わたしはウォルターの後を追って、生い茂った緑のジャングルを抜けていった。ハイヒールのせいでうまく歩けなかったので、靴を脱いでしまった。ウォルターは涙と怒りで気色ばみ、独善的な考えにとらわれていた。女はみんな彼の二番目の女房と同じく最低で、わたしも〝その一人〟だと彼は決めつけた。

もちろん、彼は酔っ払ってそんなことを言っただけだし、全ては羽根を踏んづけられた黒鳥の復讐なのだと分かっていたけれど、せっかく楽しむためにここまで来たのに、もうそれは叶わないと知って、胸の張り裂けるような思いがした。

彼の瞳に映るわたしの罪を軽減することはできなくても、どうにか挽回したかった。

ようやく、ここで唯一の安全な場所であるバスルームにたどり着くと、わたしは大きなタオルを抱えてバスタブに横たわって泣いた。本当は泣くのは嫌いなのに、泣きに泣いて、バスルームに反響する泣き声を楽しんでさえいた。こんな風に気持ちを吐き出すのは、わたしの趣味じゃない。泣いて頭が痛くなって、お腹も痛くなって、体の不調や感情にただ振り回される女性もいるが、わたしは笑うのが好きだし、おしゃべりをして夜更かししたかった。泣いて、打ちひしがれて、眠れなくなるのではなくて。ＬＳＤのせいでこんな状況に追い込まれてひどい目に遭っているというのに、急にパット・オブライエンが「フランスのネズミみたいにゲイ」と呼ばれていたのを思い出して、また笑ってしまった。

いっそ、レズビアンになった方がいいのかもしれない。女性相手なら、何か言ってこんなに相手を怒らせることもないだろう。あるいは、やっぱり怒らせてしまうのかも。相手の女性が立ち直れなくなるほどひどいことを言ってしまう運命なのかもしれない。

恋愛でわたしがいつも恐れていたことのひとつは、自分の発言で――一度、何かを言っただけで、関係が全て破壊されてしまうことだった。もうそれで永遠に、一万年経っても修復されないほどに。

わたしはそれに値することをウォルターに言ってしまったのだ。（ウォルターの前、「ペニスのサイズが普通」と言ってしまった相手とは二度と会えなかった。「いったふりをしていた」と打ち明けたら相手がどんなに傷つくか、とある男性で思い知ってからは、絶対に言わないようにしていた）それに彼は意地悪で、怒り狂っていたから、起きてきたらどんなことをするか分からない――このときはホテルのベッドで眠りに落ちていたが――まるで見知らぬ他人であるかのようにこちらを見るかもしれないし、もっと別のひどいことをするかもしれないから、彼が寝ている内にいなくなろうと決心して、わたしは涙でびしょ濡れのタオルを新しいものと取り替えた。家に帰って、新しい人生を始めるのだ。

夜が明ける六時まで待って、荷物を一泊用の鞄に詰め込み、忍び足でトロピカルな小道を抜けてフロントに行くと、深夜業務の担当者がテレビを見ていた。

「タクシーを呼んでもらえる？　外で待っているから」

無慈悲なくちばしと翼でわたしを追い立て、サンセット大通りまでガーガーと追い回すかもしれなかった黒鳥たちは、ありがたいことに眠っているようだ。

六時四十五分に家に着いてほっとすると、自分自身が黒鳥になろうと決めた。自分の同類である、変わり者の美しいアウトサイダーたちとだけ付き合おう。誰かの飾りではなく、自分自身がアートになるのだ——ウォルターが欲しかったのは飾りだった。最後のチャンスと思って、友だちが教えてくれたヒップな雑誌の編集者にハリウッド高校の原稿を送ってもいい。もう彼女が連絡をしておいたから、直接彼に届けても大丈夫だと言われていた。それは一月も前の話だったが、もう結婚の可能性は消えたのだから、ここは一刻も早く行動した方がいいだろう。早速十時に郵便局に行って、わたしは原稿を送った。もう三回も没になった原稿だったが、これが唯一の希望だった。

これで、切手を貼って同封した原稿返却用の封筒が届くまでは前向きな気持ちでいられる。

十一時に戻ってくると、アパートの前にタクシーが停まっていて、大きな黄色い薔薇の花束を抱えたウォルターが運転手に代金を払っているところだった。

わたしが見つめると、彼はチャーミングにこう言った。「どこに行っていたんだ?」わたしは薔薇の花に負けた。「あなたはもうわたしが好きじゃないんだって思ったの。嫌いなんだって」

アパートのドアの鍵を開けて、わたしたちは部屋に入った。後ですぐにしおれてしまった薔薇を花瓶に生けて(薔薇には向かない気候だった)ヴァレンティノの古いスクラップブックに一輪挟むと、怒っている証拠に彼をにらみつけたが、すぐに前夜のことを忘れてしまった。ウォルターが可愛くて面白いかつての彼を取り戻したので、わたしも、御多分に漏れず、全てを水に流して過去にしてしまった。でもこういう過去は決して忘れないものである。

その頃から、気候も涼しくなり始めた。薔薇に酷な気温なのは変わりがなかったが、昼も三十二度程度になって熱波は去り、彼も昼は映画脚本の執筆をするためにシャトー・マーモントに戻った。何もかもがまたいい感じになってきた。ただ、〝精神科医〟という言葉だけは使わないように気をつけていた。でもどうしてもその言葉が頭から離れず、わたしは居心地が悪かった。

続く数日間、彼だけが知っているわたしの料理人としての才能をお披露目するために、八人の客をディナーに招こうとウォルターが考えつくまでは、少なくとも平和だった。わたしの頭はジュリア・チャイルドが考案したハーブでマリネしたローストポークのレシピで占められて、精神科医や、ショック療法や、ベル・エール・ホテルのことさえ吹き飛んでしまった。

ウォルターが招待した客の一人は彼のニューヨークの友だちで、自分よりも格上の出版社と契約を結んだ妻と別れていた。

「ひどい目に遭ったのは彼の方だよ。そんな相手と結婚していたなんて、恐ろしいだろうな。俺の一番の悪夢は、ただヴァージニアと結婚したというだけで文学史の脚注になってしまった、レナード・ウルフみたいな文芸アナルに成り下がることだ」

「あら、あなたには一番の悪夢がたくさんあるんだね。そのどれが現実になっても、あなたやあなたの友だちが好き勝手する理由になるんでしょう」

あの頃は〝競争心〟という言葉は使わなかったけど、男性がそういうことにムキになるのは知っていた。でもそれは言っちゃいけないことになっていた。女性は失敗しても「人生ってこんなものでしょ」と思えるが、男性にとっては成功が全てだったから。

「とにかく」と言って、彼はわたしを抱きしめた。「俺は君を絶対に捨てたりしない、こんなにセクシーで料理が上手いんだから。それに君は……」

最初にこのアパートに来たときにわたしの原稿を読んでいたので、彼は「作家じゃないから」とは言わなかった。でも、わたしが彼に言われた通りに冒頭を書き直して、それでも没にされているのは知っていて、原稿が送り返されるたびに気の毒に思ってくれていた。なぐさめようとして、わたしの大好きなレストランのザ・スタジオ・グリルにも連れていってくれた。

ディナーパーティが開かれる日の朝、ポークをマリネしていると、ヒップな出版社から郵便が届いた。手紙だ——原稿の返却用の封筒じゃなくて、手紙だ！　ウォルターはシャトーに行っていて留守だったので、こっそり手紙を開いた。わたしは他の誰にも邪魔されないで、シェップ・ウェルズという名の編集長が書いた極端に短い文面を読んだ。「原稿をありがとう。掲載が決まったので二週間以内に原稿料を振り込みます。もっと作品を送ってください。この雑誌の仲間になってくれて光栄です」

これはアートディレクターが朝、仕事を褒めてくれたと思ったら、昼に酒を飲んで、夕食前に気が変わったと電話してくるような、フリーランスのデザイナーの仕事とは違う。バンドメンバーの誰かが気に入らないと言い出して、何度も何度もやり直しをさせられるレコードアルバムのデザインの仕事とは違う。ギャラを払わなかったら自殺するという電話を、十四回もかけなければならない挿絵の仕事とも違う。

まったくの別次元だった。誰かがどこかでこんなことを言っていたのを思い出した。「本当に自分のやりたい仕事をしているときは、無理してタップダンスをしているような気持ちにはならない」

誰かに「一緒に仕事ができて光栄だ」って言われたらどんな気持ちがするかなんて、それまで想像したこともなかった。フリーランスのデザインの世界ではそれどころか、わたしがクライアントに情けをかけられていると思っていた。事実そうだった。

もしかして彼らは、わたしがそう思い込んでいたような俗物ではなかったのかもしれない。もしかして、アートディレクターたちがずっとわたしに「ライターになったらいい」と言っていたのは正しかったのかもしれない。

両親に電話をしたら、わたしがようやく正しいスタートを切ったと思ったのか、彼らは本当に安堵したようだった。原稿を送るように言ってくれた作家の友だちにも電話をした。「まあ、それはお祝いしなくちゃね、どこか素敵な場所でランチしましょうよ！」それからシャトー・マーモントのウォルターに電話したら、彼は「原稿を送ったなんて知らなかったよ」と言った。「自分でも送ったのを忘れていたんだと思う」

「で、誰が担当編集者だって言っていたっけ」彼は何だか奇妙な様子だった。「彼の名前は？」「シェップ・ウェルズだよ」わたしは小さな紙片の下の方に書いてある署名を読み上げた。わたしの人生を変えたのは、まともな便箋でさえなかった。タイプの文字がかすれている、小さくてエレガントなノートの切れ端だった。

「彼か、評判のいい男だよな」

それが決定的な一打になった。もしシェップ・ウェルズの評判が悪かったら、ウォルターはまだ救われたはずだ。

そうねと言って、彼を励まそうとした。「ギャラは全然大したことないみたい」

わたしが本当に愛している人以外は、みんなが喜んでくれた。人生とはそんなものなのかもしれない。

これからわたしを愛してくれるのは、フランスのネズミだけなのかも。ある種の高飛車な女性たちには、名声が好きなゲイの男しか寄ってこない。普通の男は、彼ら以外に喜びを見出す女性を愛さないものだ。そしてわたしは、文章が雑誌に載ることに喜びを隠せなかった。フランスのネズミがいようがいまいが、自分のこのショーを軌道に乗せようという、貪欲な野心がふつふつと湧いてきた。

ディナーの最中、ウォルターは何もかもが順調だというふりをしていたが、もうあの無垢で大きな瞳でこちらを見てはくれなかった。何か物思いに耽っていたのだ。彼はみんなに感じ良く振る舞い、わたしを誇りに思うと言い張った。理屈の上ではおかしくなかった。彼は文学者で、業界で大物になる重要性を知っていたはずだから。でも、もうハッピーエンドは訪れないのも分かっていた。彼の魂から自由なところが漏れ出していた。とうとう、血を流す二羽の黒鳥であるわたしたちを残してみんな帰ってしまった。まるで恐ろしい鳥同士の争いの後のようだったが、わたしは闘鶏用の雄鶏ではなかった。雌鶏で、雑誌に文章が掲載されるってだけだ。

今や心砕けたウォルターは、わたしのリビングにある全部の青いカクテルグラスを壁に投げつけていた。「お前が何を欲しいのか分かっているぞ、有名になりたいんだろう、ジョニー・カーソンのナイトショーに出たいんだな！」

ジョニー・カーソン？　彼の番組についてなんて考えたこともなかった。青いグラスは壁に当たって砕け、ガラスの破片となって床に散らばった。

「何が問題なのよ?」わたしは泣いた。「こんなの馬鹿げた昼のメロドラマみたいじゃない」

昼メロが嫌いというわけではなかったけど、あれはテレビの中だけでいい。

「ああ」彼はわたしを怒鳴りつけた。「くたばっちまえ! このクソみたいなアパートにあるものを全部壊してやる!」

「やめて!」わたしは叫んだ。ようやく正気になった。彼はエド・ルシェの作品を壁から外そうとしていて、もう絵になる出来事とは到底思えなくなっていた。夢とグラスとハートは砕けてもいい、でもジョゼフ・コーネル風のアッサンブラージュはだめ!

怒り心頭に発して、ウォルターはドアをバタンと閉めて部屋から出ていった。彼は義憤に駆られていた。一番の悪夢が現実になったのは、全部わたしのせいだった。

取り残されたわたしは、お世辞にも成功とは言えなかったディナーパーティについて思い返していた。(思い出に残る場面といえば、友だちのアーティストがクリスタルのソース皿いっぱいのマヨネーズをテーブルクロスにぶちまけたことくらいで、みんなラリっていたからそれを見て美しいと言っていた)

翌朝、彼は電話をしてこなかったし、薔薇を手に訪ねてもこなかったが、昼まで怒りは収まらなかったので、別にそれで良かった。

それから気が変わったので、わたしはシャトーに電話して、機嫌を直したら電話して欲しいという伝言を残した。こんなに明るくて、背が高くて、ブロンドで、超ミニスカートで、彼を心から愛していて、ヴァージニア・ウルフとはかけ離れたわたしをウォルターが捨てるなんて、ありえない。それにわたしは別に作家になりたいのではなかった。雑誌に載りたいだけだった。

でも彼の頭の中では、この件は終わったことらしい。

一週間経ってもウォルターからは何の連絡もなかったが、代わりにパーティで彼に何度か会わせたことのあるクリスティーンという知り合いの女性が電話をしてきた。「あなた、ウォルターと別れたりした？」

「どうして？」彼女はデカダンスというものに対して間違った考えを抱いている背の低いピンク色の女で、ブルジョア的だと勘違いしたのか、一度、サンフランシスコのバーで、トップレスで踊っていたことがあった。

「彼が電話してきて、一緒に何週間かハイチに行かないかって言うの」

「ハイチですって！」わたしは叫んだ。「じゃあ別れたのかもね！」わたしは自分の嫌いな最悪の形でめそめそし始めた。涙があらゆるところにこぼれていったが、ティッシュはなかった。

彼女はわたしの涙がおさまるまで礼儀正しく待っていた。「じゃあ、わたしが行ってもいいんだよね？」

わたしと出会う前の、二人の元妻とそれに続く女性たちとの悲惨な恋愛の歴史において、何事も上手くいかなかったのは、自分が成功にこだわり過ぎたせいだと彼は考えていた。でも今や彼はベストセラー作家だから、幸せで然るべきだし、今までこんなに幸せだったことはないと言い続けていたのに、わたしと一緒にロサンゼルスでもっと大きな幸せを感じるようになって、このままいくとすべてが消えてしまうのではないかという不安を抱くようになった。底が抜けて落ちそうで恐かったのだ。

本当は、数週間前、二人で暮らす家を探していた。わたしたちが見学したのはキャニオンのハリウッドサインの麓にある家で、プールがあって、寝室に暖炉があって、素敵なフローリングの床のある、ムーア様式的な雰囲気のところだった。わたしはすごく気に入って、ここなら夏の宵をパティオで過ごせると夢見ていた。過去のわたしはいつも快楽的に生きて、結婚したくないとずっと願っていたはずなのに、おかしな話だ。ウォルターは最も結婚に近い相手だった。彼は楽しくて、意地悪なところがあって、これは宿命なんだと思っていた。わたしにふさわしい運命だったはずだ。

それがクリスティーンと一緒にハイチに行くって？

どうしてこんな仕打ちができるの？

付き合った相手の友だちと寝てはいけない。それは六〇年代育ちのわたしでも知っている常識だ。ああ、でもロックンロールの世界だと調子に乗って、本当に好きなのはリードシンガーの方なのに、ドラマーと寝たいと勘違いしてしまうこともある。でも、他の場合は、そんなの許されない――もし誰か自分にとって大事な人がいて、その相手とまた会いたいと願うのなら、その人の友だちと寝てはいけない。たとえ、弾みであっても。もちろん、セックスするつもりで、その友だちと二週間ハイチに行くのは論外だ。

彼はわたしをサポートして、励まして、雑誌を主宰している自分の友人や、ニューヨークの自分のエージェントにまでわたしの原稿を送ってくれた（そして送り返された）。こんなことが起こるなんて信じられなくて、わたしは完璧に砕け散ってしまい、泣きに泣いて、涙が止まらなかった。毎朝通っていたクッキーの店、銀行、アートギャラリーのオープニングパーティ、自分の車。わたしはあらゆるところにクリネックスの箱を持っていった。わたしよりたちの悪いロマンティストである精神科ソーシャルワーカーのラティーナは、「涙は女性をより美しくするのよ」と慰めてきた。

「わたしの場合は違うの」泣きながら反論した。「涙のせいでわたしの美しさは損なわれるの」

わたしの心と魂は今や黄泉（よみ）の国でタップダンスしていて、雑誌の発売にときめく気持ちも失せてしまった。一瞬のきらめきと魅惑と引き換えに運命のロマンスを失って、まるで自分で仕掛けた文学の罠にはまってしまったみたいだ。

でも、始まる前からこういう顛末をたどるのは分かっていた。もしM・F・K・フィッシャーのようにガーデニングかアンティークか食べ物についてだけ書いて、家庭用の記事になるような題材にとどまっていれば、こんなことにはならなかっただろう。でも、わたしの原稿を採用してくれた雑誌には家庭欄さえなかった。あまりに華麗でヒップだった。あの雑誌の表紙を飾った人間は、今の世代の代表者として認定されたも同然だった。ニュージャーナリズムの牙城であり、とことんまでワイルドで、他のどこよりもクールで、真面目なところもあり、わたしのハリウッド高校の原稿は、だからこそ受け入れてもらえたのだ。写真家を含め、あの雑誌に関わっている人間はそれだけでスターになれた。既にスター級の書き手は、パブリシストをけしかけてもっと有名になることもできた。みんなライフや、タイムや、エスクァイアに書くことに興味を示さなくなり、人よりヒップになりたい者たちが、つまり誰もがあの雑誌で仕事をしたがって、小さな記事を書いただけで脅威と見なされた。ニュージャーナリズムのスタイルで政治やロックスターについての大型記事を書いている者はそれどころではない。わたしは事実の裏付けも、調査もせず、インタビューもしないで、ただハリウッド高校の恋愛について書いただけで雑誌に潜り込んだ。つまり、雑誌の観点からすれば、わたし自身がスターだってことだ。だって、ハリウッド高校はミック・ジャガーとは違う。ウォルターがハイチに行かなければ、この雑誌で仕事ができて有頂天だったはずだ。

でも彼は行ってしまったので、ハリウッド大通りにあるラリー・エドマンズ書店で、ハリウッド高校のマスコットについて書いた記事に添える、『シーク』のコスチュームを着たルドルフ・ヴァレンティノの艶やかな六切りサイズの写真を探しているときも――普通はアートディレクターの仕事で、才能のない漫画家が死人みたいなヴァレンティノのイラストを描くと相場が決まっているので、作者自らが記事のデザインを手がけるなんて前代未聞だった――わたしは泣き通しで、クリネックスの箱を抱えていくことになった。

旅行から戻ってくると、クリスティーンはわたしの別の友だちに何があったかを話した。彼女はウォルターの世迷言に腹を立てて、最初の週末に家に帰ってきていた。彼は旅先でとあるカップルと仲良くなって、その二人が偉大なのは、本当に偉大な人間だからではなく、自分と同じくらい飲んだくれているからだと主張したらしい。「本当にどうしようもない人たちだった。ひどい連中なのに、ウォルターは夢中だったの。全部ラム酒のせいだと思うけど」

当時は（今もだが）、わたしには大勢の女友だちがいて――少数を除いてみんな黒鳥的な女性たちだ――彼女たちは慣例や、女性はこうあるべきという社会の押しつけを無視していたが、どんなことがあろうと友だちの恋人とは寝なかった。他人の夫を寝取るのは、アイビー・リーグの大学でジョン・オハラ〔『サマーラの町で会おう』や映画『バターフィールド8』の原作小説などで有名な作家。戦前は人気に反して文学的な評価は低かったが、一九七〇年代の性革命以降、再び注目が集まり、アメリカの文学者たちに大きな影響を及ぼした〕の本を読み過ぎた女たちである。これは恋人の友だちと寝てはならないというルールに付随する不文律だ。残念なことに、ベニントン大学出身のクリスティーンはこれを知らなかった。男の方が平気ならば、誰かの彼氏と寝ても女性同士の友情をキープできると勘違いしていた。「こんなことで怒るなんて彼女は了見が狭いんじゃない」とクリスティーンは言っていたらしい。「彼はイヴとは別れたって言っていたのに」

「ウォルターがジェイズ・アット・ザ・ビーチから電話をかけてきたの」友だちのジニーが教えてくれた。「今から来ないかって言われたんだけど、忙しいって断った。わたしはジェイズが好きだし、ステーキは食べたかったけど、でもね、イヴ。元カノに嫉妬させたいって理由で食事に誘う男なんて願い下げだった」

たとえ、ぐでんぐでんに酔っ払っても――ブラックアウトを起こしても――わたしはうっかり女友だちの元彼のベッドで目覚めたことはなかったし、相手が彼女と別れたと言い張っても、それだけは絶対にごめんだった。女性たちはそれを知っていたから、わたしがどんなに派手な格好をしていても、パーティや飲み会に招いてくれていた。

あの時代に火がついた女性運動は、今でも解せないことのひとつだ。女性たちは急に、女同士で尊敬し合い、クレア・ブース・ルースの舞台〔一九三六年に初演された『女たち』のこと。オール女性キャストで上流階級の女性たちの嫉妬、不倫、競争心、ゴシップ合戦を描いて話題になった。一九三九年にジョージ・キューカーによって映画化されている〕みたいにずっといがみあっていなければ、世界を解放する道が開けるかのように言い出した。でもわたしの女友だちは誰も泥棒猫ではなかったし、サンセット・ストリップで勝負している美人の新進女優たちにも、美人の新進女優の女友だちがいた。そうあるべきだった。大事なのはそれだけだった。だって、美人じゃない女友だちが欲しいのなら引っ越さなくちゃならないし、わたしは絶対にどこにも引っ越したくなかったから。

ニューヨークやバークレーで女性運動に参加した女性たちは、本当の女友だちは誰かの夫を寝取ったりしないものだと急に気がついたのかもしれないが、ロサンゼルスの女たちにとってそれは常識だった。女性運動はトム・ヘイデン〔反戦活動家。一九六八年、シカゴの民主党大会で暴徒化したベトナム反戦運動の責任を問われた「シカゴセブン」の一人として知られる〕が妻の女友だちと一緒になるために離婚したことに端を発していたと言える。もうみんな我慢の限界だった――フリーラヴ発祥の地であるバークレーでさえ。

女性運動は当時、ロサンゼルスの女性たちが遵守していたものと間接的につながっている唯一の制度だった。六〇年代、人々はみんな自由を求めて離婚した。わたしたちの前の世代は、その両親と同じく死ぬまで結婚した相手と夫婦でいるはずだったが、急に自分たちも自由が欲しいと言い出した。でも、鉄の掟がなかったら絶望的なまでの混乱を招きそうな場所で、どういう訳かロサンゼルスの人々はいつも自由だった。だから美人の新進女優も友だちの恋人とは寝なかった。もちろん、友だちなんかいらなくて、その男だけが欲しいなら話は別だ。

わたしが本当に傷ついたのは、ウォルターがクリスティーンではない、わたしの本当の友だちみんなに、深夜のバーやジェイズ・アット・ザ・ビーチから頻繁に電話して誘い出そうとしたことだった。

そんなことをされるいわれがあるか。

ないはずだ。

たったひとつ、些細なことを除いて。

もう誰も彼をレナード・ウルフだとは間違えないだろう。レナードは決してヴァージニアの女友だちとは関係を持たなかったし、そういう妄想もしなかったはずだ。

実際、女友だちと関係を持つとしたら、それはヴァージニアの方だった。

一度彼が深夜に電話してきて、哀れっぽく振る舞ったので、一瞬、ハイチの件を忘れかけた。

でもああいう出来事は決して心から離れないものだ。

「スタジオが俺の脚本を没にしたんだ」彼は嘆いていた。「もう全部なかったことになるかもしれない」

「あら、わたしは同情するべきなのかな？」

「あのな」彼は言った。「どうしてアルバムジャケットの仕事で満足しなかったんだよ」

「そうね、あなたがあんなことをしたのは全部わたしのせい……」わたしは泣き出した。「ひとりぼっちで、壊されたグラスもまだ掃除できていない」

「どうしてあのままの関係でいられなかったんだろう？ 俺たちは完璧だったじゃないか」

「でもあなたはいつもニューヨークに帰りたがっていた。そうすればもっと幸せになるとずっと信じていたじゃない」

「そうだな、あっちにアパートメントを借りたんだ」彼は言った。「又貸し物件だが。いつかブックツアーか何かで君もニューヨークに来るかもしれないし」

「帰るんだね」

「俺はもうロッキー山脈から西へは二度と来ない」彼はそう答えた。

かわいそうにウォルターは、自分の不幸の原因はロッキー山脈より西のこの場所にあると考えて、この場所にいる誰かのせいだとは考えてなかったのだ。だけど、最近読んだものによると、ナルシストはいつも自分が最も愛する者を傷つけるようにできているという。黒鳥が恐ろしいほどナルシストなのは、白鳥よりもずっと美しいせいだ――翼の中に、ガラスの破片みたいな青がきらめいている。

最後、さよなら代わりに彼はこんな言葉を残した。「どうしてマドモアゼル誌じゃだめだったんだ？　それかヴォーグでも良かったのに」そうか、ヴォーグにも原稿を送れば良かったとふと思ったが、後の祭りだった。

「じゃあ、ジョニー・カーソンの番組に出るときは教えてくれ」

彼は受話器を下ろして電話を切った。


翌年の中頃のことだ。また熱波がやって来たが、（そんなことは二度とないと思うが）ベル・エール・ホテルに避難したくなるほどの暑さではなかった。代わりに、わたしとシェップ・ウェルズはサンタモニカの埠頭の怪しげなバーにいて、海を眺めていた。ヒップな雑誌で働いている他の編集者と違って、彼はわたしを恐れず、もっと原稿を書くように発破をかけてきた。わたしの書いた三本の新しい原稿は、全て採用された。

「知らなかったよ」わたしたちは小さな分厚いグラスでワイルド・ターキーをストレートで飲んでいた。「君が原稿を送ってきたとき、ウォルター・ボードレーと付き合っていたなんて」

「わたしたちは結婚するんだって、そう思っていた」

「それがね、おかしな話なんだ」シェップは言った。「君が原稿を送ってきた直後に、ニューヨークのウォルターのエージェントから彼の書いた記事が俺に送られてきたんだよ」

「嘘でしょ」

彼はラッキー・ストライクに火をつけて、ワイルド・ターキーを飲み干すと、ウェイターに新しいものをダブルで持ってくるようにと合図した。シェップはすらりとしたカウボーイタイプで、頬骨は美しく、笑い声は切れ味が鋭く、素敵な東テキサスのアクセントで話した。電話で声を聞いただけで、半分恋に落ちかかっていたが、こうやって本人に会った今、わたしはもう彼の虜だった。わたしの致命的な欠陥を気にしない、唯一のアメリカ人男性のように思えた。

「そうだな」彼はため息をついて、煙草の煙を沈みゆく太陽に向かって吐き出した。「彼は素晴らしい作家だが、送ってもらった記事はうちの雑誌向きじゃなかったんだ」

「彼の原稿を却下したの？」思わず大声になった。

「いい文章だったが、題材がうちの読者の興味の範疇外でね。エージェントにも手紙でそう伝えた。彼は知っていたはずだけど、聞いてなかったかい？」

「いいえ、彼はハイチに行っちゃったから」

「何だって今頃ハイチなんかに？　グレアム・グリーンの『喜劇役者』でも読んだかな？」

「そういえば、読んでいたわ」これで納得した。ウォルターから編集者は誰かと聞かれて、それで人生のどん底に落とされたのだ。それでわたしはクリスマス中泣いて、新年も泣いて、雑誌が発売される二月まで泣き続けたのだ。

「あの太陽を見ろよ」シェップの鋭い灰色の瞳が窓の外を向いた。わたしは夕陽が太平洋に沈んでいくのを見た。長い間ずっと自己憐憫に浸っていて、こんな風に楽しんだのは久しぶりだった。シェップといると、まるで生き返ったような気がした。

シェップは〝もの言う監督〟コッポラの長い記事を書くためにシャトー・マーモントに滞在していて、今年の夏は面白いことになりそうだとわたしの心はときめいていた。

「それで」わたしは彼に言った。「わたしに全て教えくれる」

「全てか」彼はため息をついた。「美人さん、それには時間がかかるよ」

「わたしは時間ならあるの」美人さんなんて、誰にも呼ばれたことはなかった。「最初から始めて、そのまま続けて」

わたしは目を閉じて、身を任せた。

終わりが来るまで、わたしたちは楽しんだ。ただ、ウォルターのときほどは楽しくなかった――少なくとも、秋が来るまではそこまで盛り上がらなかった。ウォルターと付き合っていたときは、原稿が雑誌に掲載されたらきっと素晴らしいだろうとそればかりを夢見ていたが、実際に夢が実現してみると、あの暑い夜にベル・エール・ホテルのロビーでウォルターが言った台詞が思い出された――思っていたのとは違うな。

でも実は思っていた通りで、だからこそ厄介だった。

こんな矛盾について思い悩むのは、かつてエマーソンの言った通り「狭量なる心の表れ」だっていうのは分かっているけれど。成功に悩むわたしを責めることはできないし、ベル・エール・ホテルで起こった出来事は、全部わたしのせいという訳でもない。


それから十年が経ってほとぼりが冷めた頃、ウォルターの新作がかつてないほどのベストセラーとなり、前よりもずっと大物のプロデューサーに映画化権が売れ、西海岸に来て脚本を書かないかという依頼が来たので、彼はロッキー山脈の誓いを破ることにした。「スタジオはマリブの家を用意するっていうんだ」彼はグリニッジヴィレッジの自宅から長距離電話をかけてきた。「どんなものだろうな？　上手くいくと思うか？」

「岩場が多すぎて、あそこでは泳げないよ」

「できればシャトーに泊まりたいって言ったんだが、向こうはあそこだと俺は自滅するって言うんだ。でもシャトーなら外出できるし、エレベーターで知っている顔とも出くわす。向かいにはインペリアルガーデンも、まだあるよな？」

「ええ」その頃はまだ、その場所はロックスベリーになっていなかった。

「いいじゃないか」

その時点でわたしには数冊の著書があったが、どれもベストセラーには至らず、従ってジョニー・カーソンの番組に出ることもなかった。彼の方は業界の大物になっていて、誰も注目していないわたしの本の書評を友人たちに頼んでくれたこともある。読んで死にたくなるような評ではなく、いい書評だった。

そうして、ありがたいことに、わたしたちは友だちになった。色々とあったけれど、彼は相変わらずわたしを笑わせられる数少ない人間の一人だった。ただ、もうあの無垢な瞳で見つめられることは叶わなかった。本当に残念でならないが、でも彼には無垢を失う権利がある。わたしのせいでそうなったとは言って欲しくないけれど。

二人とも大人になっていた。もうアイスティー以外は飲まないし、ドラッグもやらなかった。ウォルターの方はまだ互助会をペストのように避けていたが、わたしは未だに見た目を気にするあの頃のロサンゼルスの人間（要するに、知り合いの全員）と同じく、敵討ち(かたきうち)のようにのめり込んでいた。ブラウンだったカーリーヘアは今やシルバーがかった白髪になっていたが、相変わらず瞳は青く、カウボーイ体型で、昔と変わらぬブーツを履いていて、昔と変わらずどんなに一緒にいても飽きなかった。

時折シャトーまで迎えに行くと、彼はバケツとシャベルを欲しがる八歳児みたいにビーチタオルを握りしめて、落ち着かなげに私道でわたしを待っていた。

実際、彼は期待に胸をふくらませていた。「充分暖かいといいんだが」彼が最初に訊くことはこれだ。「泳いでも大丈夫かな?」

彼は知り合いで唯一、まだヴェニスビーチに行って太平洋で泳ぐことに楽しみを見出している人間だった。わたしはサーフィンをやっている友人のボブが、この地域のライフガードが命を落としているのと同じタイプの白血病になって以来、泳いでいない。ここにある美しき入江は実のところ瀕死の黒鳥なのだ。

わたしたちはその後の恋愛でも失敗ばかりしていた。でもわたしは二度と結婚する気にならず、どんなハッピーエンドも信頼していなかったから、彼ほど悲惨ではなかった。彼は幸せを探し続けて、(いつもの二十代の若い女とは違う)四十代の弁護士の素敵な女性と出会って婚約し、ニューヨーク中の人々を式に招いた。どこかの新聞のインタビューで、こんな発言まで抜かれていた。「とうとうこれで、本物の幸福とはどんなものなのかが分かりましたよ」

「それなのにどうしちゃったっていうの?」わたしたちは売られているTシャツを見ながら、ヴェニスビーチのボードウォークを散策していた。

「まあな、式の三日前に、彼女が自分の〝内なる願望〟について聞いて欲しいと俺に言ったんだよ」

「それで?」

「彼女は法律事務所を辞めて、短編小説を書くコースを取りたいんだと」

「ええええ!」

「俺は固まっちまったよ」彼は言った。「もう動けなかった。彼女の望みは料理をして、ちょっとしたパーティを開くことだと思っていた」

「わたしがしていたみたいに？」

「そうだな、俺が一番幸せだったときみたいに。君がよく作ってくれたローストポークが食べたくて、彼女にジュリア・チャイルドの本をプレゼントするところだったんだ。ああ、あれはうまかったな。マヨネーズが添えてあって――あれがテーブルクロスにぶちまけられたのを覚えているか？」

「そうだね、でも彼女は料理と短編の執筆を両立できたかもしれない」

「俺はニューヨークから逃げたんだ。彼女には怖気(おじけ)づいたと言った。パリに行って隠れていたんだよ」

「誰か彼女の友だちを連れていったんじゃないでしょうね？」

「いいや、俺も昔よりは考えている。それに、彼女の友だちは不細工ばかりだったし」

「彼女を置き去りにしたなんて信じられない、梯子(はしご)を外したも同然じゃない。レナード・ウルフの話はしなかったの？」

「そんな必要ないと思ったんだよ」彼は呻き声を上げた。「彼女はただ古風に結婚したいって言っていて、ぎりぎりまで短編小説については何も言わなかったんだから」

「まったく、ウォルターったら」わたしは朝起きて、彼が永遠にいなくなってしまったのに気がついたかわいそうな花嫁を思い浮かべていた。「あなたはわたしよりも手に負えないね」

歩きながらわたしは彼に、わたしたちの大好きな作家のレンゾがロサンゼルスに来てシャトーに泊まる予定だという話をした。「彼をどうしたらいいと思う？」

「ほほう！」彼は言った。「どうしたらいいかは、きっと分かるはずだ」


二人が友だちに戻る前、彼がロサンゼルスからいなくなってかなり経ってから、わたしはベル・エール・ホテルの黒鳥のことを思い出した。一緒にロックンロールなあの結婚パーティに出席していたジニーと、その話になった。招待客の一人がラリって黒鳥のいる池の方にふらつきながら歩いていったのを、二人は目撃していた。その客が黒鳥たちのうっとりするようなその黒さを愛でようとしたところ、急に鳥が立ち上がってみんなを追いかけ始め、ハイヒールのせいで走れない女性に嚙みついた。そして彼女のドレスを引き裂いた。

「その招待客から学ぶべきだったんだよ」わたしは言った。「あそこには行っちゃいけないって」

「あれは花嫁だったのよ」ジニーは言った。「覚えてないの？　白いドレスを着ていたもの、花嫁だったんだって！」

「黒鳥はウエディングドレスを引き裂いたの？」わたしは凍りついたが、心の底では彼女が正しいと分かっていた。もっと早く思い出せたら、どんなに暑かろうと、決してウォルターをベル・エール・ホテルには連れていかなかった。夜明けにホテルを出て、家に帰ってシェップに原稿を送ることもなかった、もし黒鳥が花嫁に嚙みつくような場所だと知っていたら。あのときは、結婚して幸せに暮らすことが自分の運命だと信じていたのだから。

でも思い出したときには、もう手遅れだった。二人の恋の物語は砕けたグラスと、破れたハートと、壊れた夢になってハイチに占領されて、わたしの未来は放たれたのだ。

誰もこのままでは生きていかれない

ステファニー・ダンラー（作家）

イヴ・バビッツは一九四三年、正真正銘の、生粋のロサンゼルス人として生まれた。もちろん、そんなものに真正性があればの話だが。ここロサンゼルスでは、真贋は家系、肩書き、功績によって決まるのではない。この不安定な海岸線の一部で採用されている審美的な基準こそが真正性の決め手であり、バビッツ家の人々はその基準を堂々とパスしたのだ。バビッツ家の神話化についてイヴ本人ほど長けた人物はいないが、それでも、彼女の信じられないほど牧歌的な子供時代について学んだことを、私なりにここに記しておこう。イヴの両親は双方ともアーティストで、父親は二〇世紀フォックスオーケストラで働いていた著名な作曲家、母親は画家だった。この二人はボヘミアン精神と知性、そして華やかさが絶妙に組み合わさったカップルであった。イヴの名付け親はイーゴリ・ストラヴィンスキーで、彼女はそのストラヴィンスキーや、チャールズ・チャップリン、ポーレット・ゴダード、グレタ・ガルボ、バートランド・ラッセル、オルダス・ハクスリー夫妻の集まるピクニックやディナーパーティで育てられた。このリストは尽きない――彼女の子供時代の実家の常連客や、大人になってからの彼女のベッドの常連だった有名無名の人物たちの名前を羅列して、イヴ・バビッツの紹介に代える者は少なくない。二〇一二年にイヴ・ルネッサンスが訪れる前、彼女はアート界やロックミュージシャンのグルーピーという注釈的な位置付けをされていた――ジム・モリソンとエド・ルシェの、パートタイムの恋人だ。

自分が「荒地の娘」であることの弁明に生涯をかけてきた女性が、ベッドの支柱に刻んだ寝た男の数だけで語られるなんて、珍しい話ではないだろう。十六歳でイヴに出会っていたら、どんなに良かっただろうか。プルーストとヘンリー・ジェイムズの読者で、鋭い観察眼の持ち主で風刺家、本人曰く「ビーチによくいるブロンド娘」。執筆に夢中で、同じくらい、パーティに、洋服に、恋愛に、ゴシップに夢中だった。繊細かつ不安定なロサンゼルスの気候の記録者で、ジャカランダの花やスモッグ、ポーツや、ダン・タナズや、タイクスといった古くてみすぼらしいレストランや、砂漠のような夕暮れの突然の寒さを愛する女性。十六歳でイヴを発見できたら、私は孤独を感じなかったはずだ。

でも私は彼女を見つけられなかった。ジョーン・ディディオンの貪欲な読者だったが、（三十代になるまでサンフランシスコを訪れたことがなく、未だにサクラメントには行ったことのない）私のようなロサンゼルス娘には、彼女は堂々としていて厳格で、あまりに北カリフォルニア的だった。男性の作家たち――チャールズ・ブコウスキー、ジョン・ファンテ、ナサニエル・ウエストはバロックで陰鬱だった。私はいかにもビーチにいる南カリフォルニアの少女である十六歳の私を、それ以上のところに導いてくれるメンターを、道標を求めていた。代わりに私はこの展望のなさを気候のせいにして、サンタモニカとサン・ガブリエル山地の間にある荒地を否定し、カリフォルニアから離れたのである。

昨今では、都市と恋に落ちるのは忌むべきことだと考えられている。恋の相手がロサンゼルスの場合は尚更だ。誰か他の人や、仕事や、正義の道に恋をするべきだという。わたしはいくつかの都市で、人々や様々な思想に恋をして、わたしが誰を愛してきたか、どんな思想を受け入れてきたかは、自分がどこにいて、そこがどれだけ寒いか、それに耐えるために何をしなければならなかったのかということにかかっていると学んだ。〔SLOW DAYS, FAST COMPANY (1977)〕

私たちが下す決断や、価値観やニーズや願望をどう定義するかは、ほとんどのところ住んでいる場所によって決まるものではないか？　だとしたら、彼女の言っていることは真実だ。今まで追いかけ、捉えて、離れなければいけなかった街について考えるとき、それは私の真実でもある。十六年の年月と幾つもの寒い気候を経て、私はロサンゼルスに戻ってきた。だけど地元出身の余所者に成り果てていた。高速道路の名前も、それらの道がどこにつながり、どこで交差しているかも分からない――交通経路と近道の知識こそがロサンゼルスのインサイダーとしての地位の決め手なのに、私は運転免許を取得する前にこの街から出ていったのである。でも天気については、「水彩画にするのにふさわしい雨がちなロサンゼルス」も「熱々の気候」も知っている。

ザ・ニューヨーク・レビュー・オブ・ブックスの編集部やイヴ・バビッツの本を復刊したカウンターポイント、そして私の周囲の人々は、私が彼女について知らなかったと打ち明けるとショックを受ける。初めて彼女の文章を読んだときは不安に駆られた——その自然体ぶりに怖気（おじけ）づいたのだ。彼女は社会風刺家と日記作家の崇高な伝統を受け継いでいるが（ゾラ、バルザック、彼女の愛するプルーストの影響が至るところに見られ、最高に官能的なところになると、コレットの精神的な双子になる）、その物語の多くはどこか未完成のスケッチのようでもある。観察が調査に発展することはなく、冒頭から最後の文章までを貫く道徳的な基盤もなく、ただそれぞれのフレーズが紡がれている。彼女の文章を読んでいると、自分の今までの道のりを裏切っているような気持ちになる。私は東部になんぞ行った！　もてはやされている古典文学、すなわち男どもが書くものをみんな読んで研究してきた！　規律を重んじる厳格なプロテスタントの労働倫理を守り、作家として生きることは、大きな犠牲の上に成り立つ苦しい人生を意味すると信じてきた。そうして——何十年にも渡って辛く苦しい思いに耐え忍び——自分のことを真摯に捉える術を学んできたのではなかったか？

「ロサンゼルスのアーティストたちは人々の期待するような燃える熱意なんか持ち合わせていない。彼らはそんな真剣にはなれないのだ」〔前掲書〕

彼女の人をからかうような、小悪魔的な語り口調の散文は、私が芸術と苦悩について一人で学んできたことの全てをひっくり返した。もしかして執筆というのは（そしてファックや、食事や、ドラッグの使用や、ドライヴや、駐車場探しも）楽しむものだったの？　まるで空の上に慈悲深く博識な図書館司書がいるかのように、必要なときに本が現れるのには驚かされる。イヴを読むのにはうってつけのタイミングだった。自分自身の文章にほんの少しばかり自信が出てきたとき。ニューヨークでの辛い月日のあと、私はカリフォルニアに舞い戻ってきた。「悦楽」は癒しとなった。私は喜び勇んでイヴ・バビッツの文章を味わい尽くした。イヴは順番に、私のジャカランダを、サンタアナを、セメントの河川敷を、崖崩れを起こした渓谷を取り戻してくれた。地殻変動と電力に揺らぐ、限りなく豊穣な街を、彼女は私のために創造したのだ。

『ブラック・スワンズ』はイヴ・バビッツのアシッドにまみれた物憂いロサンゼルスと、塩辛い空気の中のストリップモールでの私の少女時代がようやく交錯した時期の作品集だ。一九八〇年代と九〇年代が舞台である。

一九九二年四月三十日の朝、私と妹は学校に行かなくてもいいと知って、わくわくしながら起きた。サウスセントラルにあるコンプトン裁判所の書記官だった母も仕事に行けなかった。「暴動が起きたんだって」知ったかぶりの九歳の私は妹に言った。叔父と叔母は名前の知られた地方検事で、義理の父は悪名高い私設弁護人。ロドニー・キングの裁判は、テレビで放映された他の九〇年代の有名な裁判と同じく、夕食の席で話題として上がった――今でも私にとっては個人的な出来事だ。でも四月三十日は不名誉や恐怖の日ではなかった。その日、私はシャーリー・テンプル・カクテルを作りながら過ごした。近所を自転車で散策して道に落ちたアボカドを探し、レモンの木に登った。ウスターソースを混ぜたマッシュアボカドを作り、テレビの前で一箱分のトリスケットと一緒に食べた。その週、学校はずっと休みだった。母は私たちをそばに置きたがった。まるで楽園のようだったが、だからと言って、誰もそんなことには驚かない。私たちは良心の呵責をアボカドと太陽で和らげるために、この土地に移住してきたのではなかったか？

一九九二年四月二十九日、イヴは起きて、古くからの友人で恋人候補のレンゾとシャトー・マーモントで会うために支度をした。彼女がワイルドな二十代として過ごした一九六〇年代から、全てが均一化された一九八〇年代までの年月を振り返ることができる場所だ。エアコンのない、一九七〇年代の蒸し暑く安っぽいシャトー・マーモントを表すのに、これ以上の説明はないかもしれない――「その頃の部屋といえば、自殺したくなるほどダサくて惨めな代物」――でも八〇年代後半の今や、ホテルは新しいオーナーのアンドレ・バラスによって改装されて「シャワーヘッドを全部取り替えて、新型の冷蔵庫を部屋に設置し、おまけにルームサービスという素晴らしき新世界の領域にまで踏み込んでいた」。シャトー・マーモントは品行を改めた。イヴもそうだったが、四十代の彼女ほど、そのことに驚いた者もいなかった。

そして作家仲間で、「わたしやあなたの考えが及ぶ以上にニューヨークシティ的な雰囲気で」ゆっくりとしたエレベーターから降りてくるレンゾがやって来た。イヴは彼に街を案内し、ハリウッドヒルズの壮麗な屋敷に連れて来て、将来を約束されたロサンゼルスのカップルから反面教師へと変貌を遂げたケイトとザック・グレッグソンの物語を語り始めた。イヴの題材となったたくさんの女性たちがたどった道のりだ。ケイトの家――というかこの街の輝ける桃源郷タイプの大邸宅――は見捨てられてプールは干からびている。ロドニー・キング事件の評決が読み上げられるのをラジオで聞きながら、イヴはレンゾに言った。「七〇年代初めの頃はわたしたちの勝利なんだって本気で信じていたんだから。本当に、こっちが正しいと証明されて、もう二度と敗北することはないんだって」

『ブラック・スワンズ』は一九九三年に発表されたイヴの最後の短編集で、この時点で一九八二年に発売された前作の『L.A.ウーマン』から十年の月日が流れていた。イヴを取り巻く世界は変わり、『ブラック・スワンズ』は取り戻せない青春や、若い頃の軽薄さや確信、目が覚めるような感覚の喪失がテーマになっている。イヴとレンゾはシャトー・マーモントに戻ると、イヴの他の著作の登場人物たちと同じく、情事に耽って我を忘れる。シャトー・マーモント(とロサンゼルスの街)が彼女を魅了し、罠にかける能力を失ったと信じていた時期に、彼女が溺れた(イヴの得意分野である)セックスの描写がこれだ。

レンゾの素晴らしい肉体と驚異的なスタミナ以外で後から思い出せることと言ったら焦げつくような匂いで、それはわたしたちから来ていると思っていたし、それからしばらく、聴覚を失ったのかと疑うほどの静寂が続いたのも、自分たちのせいだと思い込んでいた。でもよく考えるとわたしたちはしゃべりっぱなしだったので、耳はちゃんと機能していたはずだ（中略）

何日もずっと話し込んでいたかと思うと、途端にキスが始まり、わたしたちは家から離れてみんなに置いてきぼりにされた場所でしか見つからないような、もうひとつの宇宙に突入していった。時折、手のひらいっぱいのチェリーやマンゴーをお互いの口に押し込んでは眠りに落ち、夢を見たままで目覚めると、ヴェルベットみたいな煙が部屋に充満していた。〔本書「高くついた後悔」〕

これぞイヴ・バビッツだ。無頓着に、ただ神聖なもののためだけに生きる、肉体的な現在形。彼女の快楽と肉体への献身が、どれだけ素晴らしい恋人であることに寄与したかについては、ただ想像することしかできない。もちろん、読者の方はこの煙がただムードを盛り上げるための舞台演出ではないことを知っている。これは――六十六人が死亡したといわれ、数千人の負傷が出た――暴動から生じた煙火のせいで、彼女が詩的な固定装置だと信じていた静寂は、ロサンゼルスを占拠した州兵による強制的な夜間外出禁止令によって生じたものだった。イヴは自分の街が炎上していたと気がつく。「テレビを見ていたら、急にこれは自分の責任かもしれないと思えてきた。〝わたしが家にいれば、こんなことは起こらなかったんだ！〟」

『ブラック・スワンズ』には、読み終わってからヒヤッとするような箇所が半ダースはある。（二〇一八年現在の視点からすると、イヴの政治意識の欠如は承認しがたいところがあり、それが彼女はしょせん軽薄な書き手だという一般的な意見に間違いなく影響を及ぼしている）でも同時に、そうした箇所は非常に人間的でもある。「高くついた後悔」（皮肉な格言の女王以上に、こんなにうまいタイトルをつける人はいるだろうか？）のこのあまりに面白いエピソードが成功している理由は、登場人物の正しい洞察力によるものではないのだ。この作品が、ロサンゼルスの住人たちの無謀で自分勝手な行動について、何かの判断を求めて読むような本ではないことをイヴの読者たちは知っている。しかしイヴがレンゾに語る荒廃した邸宅や、打ち捨てられた信念についての物語を読むと、彼女が何もかも分かって書いていると気がつく。ケイトとザックの家のパーティの描写はこうだ。「誰もが安全で守られていると感じていた。警察はここまで探しに来ないし、どんなに長居しても飽きることはなかった」

　レンゾはからかうような調子で、暴動は個人的なことではないとイヴに釘を刺す。でもある意味では、そうなのだ。『ブラック・スワンズ』のイヴには、年月の重みと歴史の声が備わっている。彼女は、自分も含めた同世代の人間が六〇年代の理想を台なしにしたと知っていた。

ということは、東部にいる私たちの非難者は正しかったということなのだろうか？　日焼けと運動に夢中になったせいで私たちは近視眼的になり、一時的な快楽を求めて、それを修正するくらいの帯域幅しか残さなかったということなのか？　この干ばつと災害は、私たちが来るべき未来や世代に対しての責任感が欠如していることを物語っているのだろうか？

どうか許して欲しい。私たちの街はまだ若いのだから。大人になった人間が自己中心的だった子供時代を振り返り、それを忌むものとして見捨てるべきか祝福するべきか迷う、『ブラック・スワンズ』にはそれに似たような逡巡のエネルギーが渦巻いている。その子供とはイヴであり、一九六〇年代と七〇年代にハリウッドを魅了したそのサンセット・ストリップでの冒険のおかげで、彼女の足は長いことピーター・パン的な軽やかさを保持していた。私たちが後期の彼女の作品に見るのは成熟した女性であり——筆者の成長に反して、美化して描くのがどんどん難しくなっていく街の姿である。

「おかしな八月」で、常に痛烈な批判に走りながら、笑顔とウィンクでそれを照れて引っ込めるような、彼女独特の軽快で、うっすらと自己認識的なスタイルによってイヴはその傾向について このように要約している。

わたしと仲間たちの方はというと、ナルシスト的なファンタジーに目がないタイプで（わたしたちの多くは生まれつきの輝くようなカリスマのせいで、恋愛遊戯的なものを引き寄せてしまうところがあったが、それは恋愛遊戯が悪趣味になる前の話である）、そのうちに孫を愛で、家族のためにディナーを用意して、子供たちを刑務所ではなく大学に送り込んだことを誇りに思う、そんな優雅な老年期に移行していくものだと最初から信じ切っていた――始まりの頃は、そういうのが「人生」ってものなのだとばかり思っていた。つまり、目指さなくても、そうなるようにできていると考えていたのだ。〔本書「おかしな八月」〕

ぴんと張った肌と道徳観念のない美しさ、結果や未来を気にしない自由――青春の奔流について書くことにかけてはイヴ・バビッツの腕は天下一品だ。それでも私たちはみんな人生を前進していく他なく、『ブラック・スワンズ』では、私たちのイヴが自分の下してきた決断とこの街の変容について理解しようとしている様がうかがえる。驚くことに、彼女にとってロサンゼルスはまだ昔の恋人や、恋人候補、ダンスのパートナーたちがいる街だ。中年になったイヴはタンゴを習得しようと躍起になり、その情熱が衰えていないところを見せる。「大抵の文明社会においては、もっと重要なこと――芸術や、偉業や、そういったものを蔑ろにして恋愛に夢中になるのは悲劇だと考えられている。でもタンゴにおいては、恋愛の執心は赤裸々なまでに祝福されている…『タンゴ・アルヘンティーノ』では誰も〝前向きに生きよう〟なんてしていない」

イヴはまだ自分に文章の書き方を教えようとし、何を書くべきか、どう生活するべきかお説教する人々に抗っている。しかし『ブラック・スワンズ』を貫く緊張感は、年齢を重ねた故の奇跡なのだ。作品全体には郷愁が溢れ、新設のショッピングモールに対する批評は辛辣で、セルアウトや結婚してしまった友人たち、更にはロサンゼルスを離れるという重罪を犯した友人たちに対してはもっと手厳しい。ただ泡から空気が抜けたとしても、破裂することはない。イヴは今や、大人になることの象徴である喪失感についてよく理解できるようになった。彼女は（特に「チベット解放」の主人公を）エイズによって、薬物の過剰摂取によって、そして東海岸や中西部によって愛する人を失った。一九八〇年代から九〇年代にかけて、イヴはリハビリ施設で過ごし、アルコール依存症から脱するための十二ステッププログラムや運動、ベジタリアンダイエットの熱心な改宗者となった（彼女の食欲は伝説的だ）。「永遠に続くって訳じゃないよ。だって結局は死ぬか、立ち直るしかないんだから」本の冒頭で軽口を叩いておいて、彼女はそこに括弧で追加する。「何があっても悪いのは自分ではないと信じられた頃に、わたしが知ったような顔をしてバーで面白半分に言っていた一般論」そう、何もかも永遠に続くという訳ではない。

『イヴのハリウッド』（*EVE'S HOLLYWOOD*）で描かれていた二十代の彼女と比較してみよう。「成長しなければいけないなんて誰が言ったの？　わたしは年老いて死にたくない。ただ死にたい…自分好みのものでない苦痛に直面するなんて、とても信じられない」

だが、彼女の好みも、何を信じるかもお構いなしで苦痛はやって来ると判明する。そして死と若返りだけが選択肢ではないことも——あまり魅力的とは言えない第三の選択肢は、ただ年を取ることだ。

自己陶酔と混じり合った地震、火事、無差別殺人といった大惨事に対する恐怖はハリウッドで大きな場所を占めていて、まるでプールやオレンジの木や溌剌として希望に満ちた若者たちと引き換えに悪魔に魂を売ったんじゃないかと疑いたくなるような、現実としてはあまりに美し過ぎる見せかけの下にずっと潜んでいる。ハリウッドがその基盤としている全てのものに暴力的なまでに対抗する言葉に「中年」がある——「老年」の方は神が百年の間禁じているので気にしなくても大丈夫だ！——誰もが知る通り、ハリウッドで常に重視されるのは美貌であり…望まれているのは色褪せたり、たるんだり、皺が寄ったりする気配の見えない顔だが、もちろん、どんなに自惚れが強くても現実の女性たちは年を取る。そして年を取るということは、壊滅を意味するのだ。〔本書「自己陶酔の街」〕

年を取るということは、壊滅を意味する。尽きることのないと信じていたコインが、時間が経つにつれて目減りしていくと気がついたビーチのブロンド女はどうするべきなのか？　ブロンドのライターたちは。イヴの場合は文章を書いた。イヴはこの通り、「ブラック・スワンズ」という素晴らしいタイトルの文章で、滑稽に、ダークに、スピードとＬＳＤでのせいで行き過ぎたラヴストーリーについて語っている。

「つい最近、わたしが真剣な交際をして結婚してもいいと最後に思ったのはいつかと人に訊かれた。〝ああ、一九七一年かな。原稿が売れる前で、この人とならきっとうまくいく(ホームフリー)と確信していたの〟」

そうだね、イヴ、それこそがロサンゼルスに戻ってきたときに私が感じたことだった。恐らくは輝くようなカリスマを持つ書き手の一員として、文章を書いて、それを発表して、食べて、踊って、ドライヴして、駐車場を見つけることに躍起になって。故郷(ホーム)で。自由(フリー)で。

ステファニー・ダンラー　二〇一八年一月

訳者あとがき

イヴ・バビッツという名前は知らなくても、もしかしてあなたは彼女の裸身なら見ているかもしれない。

一九六三年、カリフォルニアのパサディナ美術館（現ノートン・サイモン美術館）で現代美術家マルセル・デュシャン初の回顧展が開かれた。その際に写真家のジュリアン・ワッサーが撮影した有名な写真がある。彼の代表作である『大ガラス』をバックに、デュシャンがヌードの女性とチェスをする写真だ。あの豊満な肉体を持つ若い女性こそが、二十歳のイヴ・バビッツである。

彼女の名前は一九六〇年代から八〇年代にかけてのロサンゼルス文化と結びついている。この都市のアート・シーンやロック・シーンに必ず顔を出す有名なパーティ・ガールだった。七〇年代はバッファロー・スプリングフィールドのアルバムジャケットのデザインなどで、コラージュ・アーティストや写真家として活躍。イヴの特異な文才を見抜いたのは、作家のジョーン・ディディオンだ。イヴが自分の通っていたハリウッド高校の美少女たちについて書いた原稿がローリング・ストーン誌に掲載された経緯については、本書の「ブラック・スワンズ」にも描かれている。

その後、イヴ・バビッツはローリング・ストーンやエスクァイア誌で活躍し、五冊の私小説と二冊のノンフィクションの本を出しているが、本人も言っている通り、発売当時はさほど売れなかった。文芸の世界からは無視されていたというのが実情だ。それでも少数の熱狂的なファンがいた。ジャクリーン・オナシスはロサンゼルスに行く知り合いの全員にイヴの『スロウ・デイズ、ファスト・カンパニー』（一九七七）を熱烈に推薦したという。きらびやかさの中に潜む悲しみを理解する人たちは、イヴ・バビッツの文章の真価を知っていた。

一九九七年、不幸な事故がイヴを襲った。彼女は車を運転中、煙草に火をつけようとして、マッチを膝の上に落としたのである。履いていたスカートに可燃性の生地が使われていたせいで、炎があっという間に燃え広がって、彼女は下半身に大火傷を負った。六週間も集中治療室で過ごし、十二時間に及ぶ二度の皮膚移植手術に耐えたが、体の多くの箇所の汗腺を失い、かつてのように出歩く生活はできなくなった。残酷な少女だった頃、年老いたハリウッド女優たちを見て決して年はとらないと誓った彼女は、年老いる前に美しい肉体を失ったのだ。セックスとダンス、食べること、肉体的な陶酔の全てを愛していたイヴにとってはあまりに辛い顛末だった。「今の私は人魚だ、人間の皮膚を半分失った」。

それ以降、イヴ・バビッツの名前はシーンから完全に消えてしまった。二〇一二年、ライターのリリー・アノリックがこの伝説のパーティ・ガールの居場所を突き止めたときには、イヴは例のスカートの生地を作った繊維会社からもらった賠償金で、小さなアパートで世捨て人同然の暮らしをしていた。アノリックはグラマラスなかつての写真とは違うイヴの姿と、その言動にショックを受ける。彼女は右翼思想を持つ陰謀論者になっていて、支離滅裂なことを口走っていた。晩年はドナルド・トランプの熱烈な支持者だった。トロツキストの両親に育てられ、リベラルなアーティストたちと交流していたイヴ・バビッツだったが、すっかりそのサークルからは外れてしまった。孤独のために狂気に陥ったのだと当初は考えられていたが、やがてこの妄言はハンチントン病によるものだと判明する。この病気のせいで彼女は認知症を患っていた。肉体だけではなく、イヴ・バビッツは知性や判断能力も失ったのだ。

それでも時々、輝く一瞬を捉え、官能的な文章を書いたかつての彼女が浮上することがあったという。二〇一四年にリリー・アノリックの書いたイヴ・バビッツの記事がヴァニティ・フェア誌に載ると、ステファニー・ダンラーの言うところの「イヴ・ルネッサンス」が起こる。二〇一五年にニューヨーク・レビュー・ブックス・クラシックスが「イヴのハリウッド」を出したのを皮切りに、全ての著作が復刊。かつては彼女の作品に冷たかったニューヨーク・タイムズをはじめ、主要な新聞や文芸誌、カルチャー誌がこぞってイヴ・バビッツの特集記事を組むようになった。

とりわけイヴ・バビッツの文章に熱狂したのは、新世代の女性の読者たちだった。ドラマ「セックス・アンド・ザ・シティ」のヒロインになぞらえて「西海岸のキャリー・ブラッドショー」

というキャッチフレーズも飛び出した。「見かけが全て」のルッキズムの総本山のようなハリウッドにおいて若い女性であることや、恋愛の不平等性、ロマンスの真実について気ままに、そして辛辣に綴るイヴに、彼女たちは他の書き手にはない自由を見出したのである。かつてイヴ・バビッツの紹介に使われていたのは彼女がベッドを共にした男たちの名前だったが、今はインスタグラムや自身のブッククラブでイヴの本を熱心に布教する女性セレブリティたちの名前を並べた方が分かりやすいかもしれない。最近でもシンガーソングライターのレイヴェイがブッククラブで彼女の『セックス・アンド・レイジ（*SEX & RAGE*）』を推し、カイア・ガーバーが同書についてミュージシャンのグレイシー・エイブラムズと語り合う動画をYouTubeにアップしていた。ラナ・デル・レイもイヴの大ファンだ。

「昔は私を好きになるのは男ばかりだったのに、今は若い女子にしか人気がないみたいだね」と生前のイヴは言っていたらしい。

二〇二一年十二月にイヴがこの世を去ったときは、数日違いで亡くなったジョーン・ディディオンと並ぶ「カリフォルニアの重要年代記作家」と呼ばれるまでになっていた。リリー・アノリック曰く「イヴは名声や成功をスキップして、そのまま伝説になったのだ」。

イヴは美しい男女や、彼らの持つ才能、ラヴストーリーを愛したが、彼女の生涯最高の恋人はロサンゼルスの街だった。イヴは誰にもこの街について悪いことを言わせなかった。私も多くの読者と同じく、彼女の文章を通してロサンゼルスと恋に落ちたような気がしている。イヴの文章には、六〇年代をワイルドに生きてきたというプロフィールから想像されるような猥雑さは一切ない。ビーチの乾いた砂のようにさらさらしていて、プールの水に差し込む日差しのようなきらめきがある。ユーモラスでざっくばらんなのに、鋭くて、極めつけの美しいフレーズが次々と飛び出す。私は彼女に似た書き手を知らない。

ステファニー・ダンラーも指摘している通り、イヴの文章には現代の観点からするとヒヤッとするような箇所もある。「ココ」に書かれている、当時の医学雑誌に掲載されていたという（残念ながら未だにＨＩＶの感染率が高い）アフリカの女性たちとハーブの関係も、その背景に男女の社会格差と貧困の問題があると今の私たちなら分かる。でもモラルの頂点にいるような気持ちでいる私たちも、時代を重ねた後に、思いもしなかった過ち（あやま）を犯していたと知ることがあるかもしれない。そして九〇年代に書かれた『ブラック・スワンズ』は過ちを知らずに若き日を過ごしてきたイヴ・バビッツの悔恨の物語でもあるのだ。彼女は女性が男性のために命を落としてしまうようなロマンスの構造については熟知していて、それを率直に書いた。

私は彼女の文章を翻訳できたことを幸運に思っている。その間、イヴのハリウッドに住んでいられたのだから。

翻訳の完成を辛抱強く待ってくれた堀川夢さんと、左右社の筒井菜央さん、二人に心から感謝を捧げる。大変にお世話になりました。

二〇二四年十一月　山崎まどか

イヴ・バビッツ　Eve Babitz

1943年、カリフォルニア州ロサンゼルス出身の作家。著書に*SEX AND RAGE: ADVICE TO YOUNG LADIES EAGER FOR A GOOD TIME*や*L.A. WOMAN*、またNYRB Classicsに収録されている*EVE'S HOLLYWOOD*などのフィクション作品、また*FIORUCCI, THE BOOK*や*TWO BY TWO: TANGO, TWO-STEP, AND THE L.A. NIGHT*などのノンフィクション作品がある。ミズやエスクァイアなどの雑誌に寄稿していた。デザイナーとしても活動し、1960年代後半にはバーズ、バッファロー・スプリングフィールド、リンダ・ロンシュタットのアルバムジャケットを手がけた。2021年没。

山崎まどか　やまさき・まどか

コラムニスト。著書に『オリーブ少女ライフ』(河出書房新社)、『女子とニューヨーク』(メディア総合研究所)、『優雅な読書が最高の復讐である』(DU BOOKS)、共著に『ヤング・アダルトU.S.A.』(DU BOOKS)、訳書に『愛を返品した男』(B・J・ノヴァク、早川書房)、『ありがちな女じゃない』(レナ・ダナム、河出書房新社)、『カンバセーションズ・ウィズ・フレンズ』(サリー・ルーニー、早川書房) などがある。

ブラック・スワンズ

2025年1月31日　　第1刷発行

著者	イヴ・バビッツ
訳者	山崎まどか
編集	堀川夢
発行者	小柳学
発行所	株式会社左右社 東京都渋谷区千駄ヶ谷3-55-12 ヴィラパルテノンB1 TEL　03-5786-6030　FAX　03-5786-6032 https://www.sayusha.com
装幀	名久井直子
印刷所	創栄図書印刷株式会社
カバー写真	Courtesy of Mirandi Babitz
表紙写真	Photo-booth pictures of Eve Babitz (The Huntington Library, Art Museum, and Botanical Gardens)

ISBN978-4-86528-452-2